KB243169

높은 곳에 오르다

登高

바람 세고 하늘 높은데 원숭이 울음소리 애절하고

강가 물 맑고 모래 흰데 새 맴돌며 난다

끝없이 나무들에선 낙엽이 우수수 떨어지고

그치지 않는 장강은 출렁출렁 밀려온다

風急天高猿嘯哀　渚清沙白鳥飛廻

無邊落木蕭蕭下　不盡長江滾滾來

長江水路寨

장강수로채

Fantastic Oriental Heroes

長江

장강수로채 8

박현 新무협 판타지 소설

초판 1쇄 찍은 날 § 2005년 6월 25일
초판 1쇄 펴낸 날 § 2005년 7월 5일

지은이 § 박현
펴낸이 § 서경석

편집장 § 문혜영
편집 § 장상수 · 서지현 · 최하나

펴낸곳 § 도서출판 청어람
등록번호 § 제1081-1-89호
등록일자 § 1999. 5. 31
어람번호 § 제2-0629호

주소 § 경기도 부천시 원미구 심곡1동 350-1 남성B/D 3F (우) 420-011
전화 § 032-656-4452   팩스 § 032-656-4453
http://www.chungeoram.com
E-mail § eoram99@chollian.net

ⓒ 박현, 2004

ISBN 89-5831-595-4 04810
ISBN 89-5831-303-X (SET)

박현 新무협 판타지 소설

長江水路寨

장강수로채

Fantastic Oriental Heroes

長江

8
상봉

도서출판
청어람

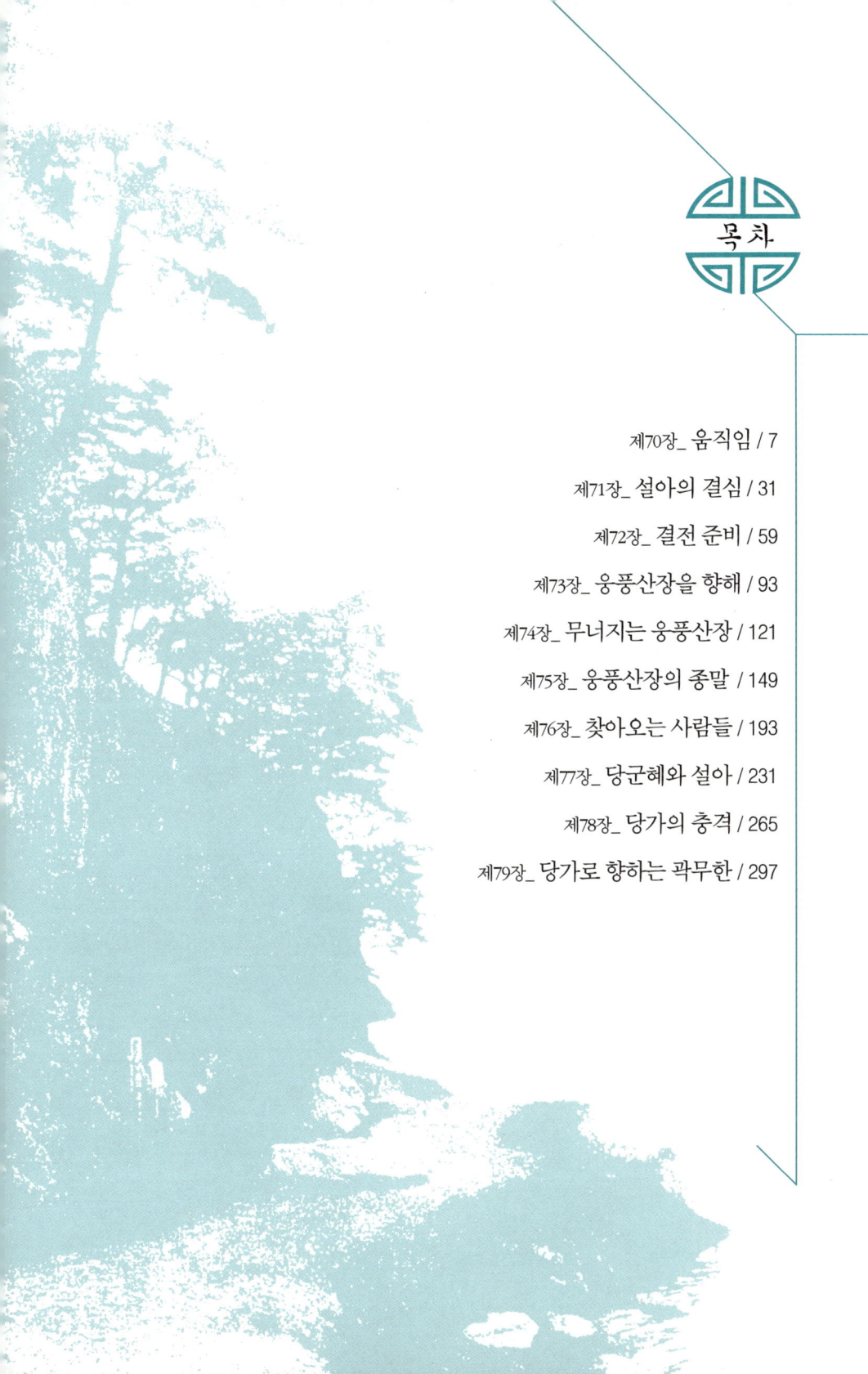

목차

제70장
움직임

움직임

지저귀는 새소리와 함께 아침이 밝았다.

이탁은 창 틈으로 들어오는 햇살을 피해 이리저리 뒤척이다가 어느 순간 튕기듯 일어났다.

"어이쿠! 늦었다."

오늘은 적취협으로 이사를 가는 날이다.

그런데 늦잠을 자다니…….

벌써 옆 자리는 텅 비어 있었다.

"이런 의리없는 놈들! 좀 깨워주든지 하지, 자기들끼리만 쏙 빠져나 가다니!"

이탁은 빈 침상을 노려보며 한바탕 욕을 퍼붓고는 후다닥 밖으로 뛰어나갔다.

아직은 조금 이르다 싶은 시간.

그러나 수하들은 벌써 이삿짐을 나르며 분주하게 움직이고 있었다.

"총채주께선 일어나셨을까?"

하긴 이 소란통에 자고 있는 사람이 이상할 것이다.

이탁은 얼마 지나지 않아 곽무한을 찾을 수 있었다.

곽무한은 강둑에 서 있었다.

그 곁으로 추단과 곽패가 있었는데, 모두들 강둑 아래를 내려다보며 즐거운 표정으로 대화를 나누고 있었다.

태양 아래 웃고 있는 세 사람.

때마침 불어온 강바람이 그들의 머리카락을 날리자, 그들 모두가 영웅도에 나오는 위인들처럼 멋있어 보였다.

이탁은 저 그림에 자기도 끼워 넣고 싶어 강둑을 향해 몸을 날렸다.

"총채주, 벌써 일어나셨습니까?"

쏴아아.

바람이 코끝에 부서지는 순간 곽무한이 고개를 돌려왔다.

"여어! 이제 일어났나?"

멀리서 외치는 곽무한의 목소리가 무척 시원하게 들렸다.

"헉, 헉. 정말 좋은 날씨입니다. 이사하기에 딱 좋은 날씨군요."

이탁은 호흡도 고르기 전에 곽무한과 어깨부터 나란히 했다. 그 바람에 옆으로 밀려나게 된 곽패가 뭐라고 투덜댔지만 이탁은 웃음으로 받아넘겼다.

"저 빼놓고 무슨 이야기를 나누고 계셨습니까?"

"뭐, 이런 저런 이야기."

"아, 예."

곽무한의 대답에 '그런가 보다' 하며 고개를 끄덕이던 이탁이 돌연 낯빛을 굳혔다. 저 뒤쪽에서 쿡쿡거리는 추단과 곽패를 본 때문이었다.

그들이 애써 웃음을 참는 걸 보니 뭔가 중요한 이야기가 오간 것 같았다. 이탁은 상한 기분을 감추며 다시 한 번 물었다.

"저어… 혹시 말씀하신 이야기들 중에 제가 알아둬야 할 사항은 없습니까?"

"글쎄. 뭐, 별로……."

곽무한은 여전히 미소로 말을 흐렸다.

그때 추단이 끼어들었다.

"있었지. 엄청 신나고 재미있는 이야기가 있었지. 그러나 총채주! 우리끼리 비밀로 하는 게 어떻습니까? 그게 늦잠 잔 사람에게 합당한 처벌이 아니겠습니까?"

"옳습니다. 그게 좋겠네요. 흐흐흐."

마치 골리듯 말하는 추단. 덩달아 맞장구를 치는 곽패.

"이, 이 자식들이!"

이탁은 두 사람을 잠깐 노려보다가 얼른 표정을 바꿔 곽무한을 돌아봤다.

"하, 하, 총채주. 그래도 제가 명색이 수석 부채주 아닙니까? 번거로우시더라도 저놈들에게 한 이야기를 다시 한 번 들려……."

그때 추단이 또다시 끼어들었다.

"됐어. 다 끝난 이야기야. 그러게 누가 늦잠을 자래? 큭큭큭."

"아무렴요. 수석 부채주란 양반이 이런 날 늦잠을 주무시다니. 쯧쯧."

이번에도 곽패가 끼어들었다.

이탁은 일순간 할 말이 없어 얼굴만 붉으락푸르락했다.

그때 곽무한이 웃으며 말했다.

"됐어. 별다른 이야기가 오간 건 없어. 그저 파양수채 이야기가 잠깐 나왔을 뿐이야."

"파양수채 이야기요? 강서 최대의 수채 말입니까?"

"음. 내가 그 파양수채를……."

"잠깐만요, 총채주! 이제 그만 내려가셔야 될 것 같은데요? 준비가 다 된 모양입니다."

곽무한이 말을 이어 나가려 할 때 추단이 손사래를 치며 또다시 끼어들었다. 그 바람에 말하다 말고 강변으로 시선을 돌리는 곽무한.

이탁은 기가 막혔다. 막 중요한 이야기가 나오려는데 또다시 끼어들어 초를 치다니?

"추단, 너 이 자식! 총채주께서 말씀하시는데 자꾸 끼어들래?"

"어허! 끼어들다니. 난 그저 총채주께 이사 준비가 다 되었다고 말씀 드린 것뿐이야."

추단의 능글맞은 대답에 이탁은 울화가 치밀었다.

"이봐, 나도 눈이 있어! 준비가 다 되긴 뭐가 다 돼? 반 시진은 족히 더 걸리겠다!"

"반 시진은 무슨 반 시진? 우리 애들은 보기보다 몸이 빨라. 우리가 내려갈 즈음이면 벌써 준비를 다 끝내고 기다리고 있을걸?"

"우리 애들도 빨라요!"

추단의 느물거림에 또다시 끼어드는 곽패.

이탁은 약이 오르다 못해 분통이 터졌다.

"그래서. 고작 그런 이유로 총채주의 말씀을 끊었단 말이야?"

"당연하지! 정 억울하면 다음부터 늦잠을 자지 말든지."

"이, 이 자식이?"

"어쭈? 해보자는 거야?"

급기야 서로 멱살을 잡으며 으르렁거리는 두 사람.

곽무한은 그 장면을 보고 혀를 차다가 두 사람의 이마를 번갈아 후려쳐 버렸다.

"지금 뭣들 하는 거야? 너희가 세 살 먹은 어린애야?"

"아이코! 총채주, 그게 아니라……."

곽무한은 추단이 뭐라 변명하기도 전에 다시 주먹을 날렸다.

"아니긴 뭐가 아냐, 임마! 파양수채를 접수한 일이 뭐 그리 큰일이라고 친구를 따돌려?"

"어이쿠! 그게 어디 보통 일입니까?"

이탁은 두 사람의 이야기를 듣다가 깜짝 놀랐다.

"초, 초, 총채주? 파, 파양수채를 접수하다니요? 그게 무슨… 어이쿠!"

그러나 이탁은 반문하던 자세 그대로 뒤로 나가떨어졌다.

"너도 똑같아, 임마! 나중에 들으면 될 일을 왜 그리 안달을 내?"

"우웩! 파양수채라니요? 정말 파양수채를 접수하셨습니까?"

이탁은 토악질을 하면서도 재차 확인을 해왔다. 그러나 곽무한은 대답 대신 곽패를 노려봤다.

"어, 어? 초, 총채주, 저는 그냥… 저는 그냥……."

"그냥이고 저냥이고, 입 다물고 있으려면 계속 다물고 있든지, 왜 끼

어들어 불난 집에 부채질을 해?'

퍼퍼퍽!

"꾸에엑!"

세 사람 중에 곽패가 제일 많이 맞았다.

물론 그게 끝이 아니었다.

곽무한은 세 사람을 때린 걸로 그치지 않고 어깨동무를 한 상태로 쪼그려 뛰기를 시켰다.

"아이고, 총채주. 수하들이 보고 있는데……."

세 사람은 쪼그려 뛰기를 하는 내내 앓는 소리를 냈다.

차라리 몇 대 더 맞는 게 낫지 이게 무슨 창피란 말인가?

곽무한은 퉁퉁 부은 얼굴로 쪼그려 뛰기를 하는 세 사람을 보며 핀잔을 건넸다.

"부끄러운 줄은 아는 녀석들이… 모두 알아둬. 내가 그동안 파양수채 이야기를 꺼내지 않은 이유는 아직 그들이 내 마음속에 별다른 비중을 차지하지 않고 있어서다. 즉, 그들과는 아직 생사고락을 겪지 않아 내 새끼란 생각이 들지 않아서란 말이다. 그러니 공연히 부산떨 필요가 없다. 나중에 그 녀석들을 조련시킨 후 적당한 시기에 소개할 것이니 그렇게들 알고 당분간 기억에서 지워 버리도록."

세 사람은 슬그머니 고개를 숙였다.

그러나 곽무한의 말을 되새겨 보자 뭔가가 가슴 가득 치밀어 올랐다.

만 육천 명에 달하는 파양수채보다 자기들의 비중이 더 높다니?

그래서일까?

"우리는 형제다! 죽음도 함께하는 형제 사이다! 형제끼리는 절대

공(功)을 다투지 않는다. 시기하지도 않는다!"

쪼그려 뛰기를 하는 세 사람의 목소리는 시간이 갈수록 높아갔다.

뿌우웅!

뿔 나팔 소리가 길게 울려 퍼졌다.

"선두! 전진!"

누군가가 소리치자 팔뚝들이 힘줄을 곤두세웠다.

촤아악! 촤아악!

물살이 비명을 지르며 물러났다. 그리고 꼬리에 꼬리를 문 배들이 강을 거슬러가기 시작했다.

촤르르…….

배가 나아감에 따라 추단이 와신상담의 세월을 보냈던 숲이 점점 멀어져 갔다. 추단은 점으로 변해가는 숲을 보며 슬그머니 눈시울을 붉혔다. 그런 모습에 가슴이 아렸을까?

이탁이 넌지시 곽무한에게 말을 건넸다.

"총채주! 부탁이 있습니다. 지금 떠나면 언제 다시 이곳으로 돌아올지 모르니, 이 참에 비월문에 들러 한바탕 화풀이를 했으면 좋겠습니다."

이탁의 말이 끝나자마자 추단이 반색한 표정을 지었다.

"맞아! 내 몸이 왜 이리 근질거리나 했더니 바로 그 때문이었군. 총채주, 허락해 주십시오!"

"저도 동의합니다. 허락만 해주신다면 선봉은 제가 서겠습니다!"

추단이 눈시울을 훔치며 소리치자 곽패도 엉덩이를 들썩였다. 그 바람에 수하들의 눈이 일제히 곽무한을 향했다.

곽무한은 수하들의 심사를 알아차렸다.

모두들 그동안의 웅어리진 세월을 보상받고 싶은 모양이었다.

물론 예전 같으면야 언감생심 비월문을 건드려 볼 생각이나 했겠냐만, 모두들 자신과 함께 있으니 간담이 커진 것 같았다.

그러나 곽무한은 고개를 내저었다.

"됐어. 지금은 그들과 토닥거릴 시간이 없어. 모두들 그새 잊고 있나? 지금 우리에겐 비월문 따위를 치는 일보다 더 중요하고 급한 일이 있다. 그 일은 다른 누구도 대신해 줄 수 없는 일이다. 모두 그걸 잊고 있군."

곽무한의 말에 추단과 이탁은 고개를 푹 숙였다.

자신들이 해야 할 일.

남의 손을 빌려서는 절대 할 수 없는 일.

먼저 죽어간 형제들을 위해 복수를 하는 일이었다.

복수의 첫 상대는 밀림의 도깨비조차 덜덜 떤다는 귀주의 초강력 문파, 웅풍산장이다.

지금 적취협으로 이사 가는 이유도 바로 그 때문이다.

이미 일 단계 훈련이 끝난 수룡채들.

보다 강도 높은 훈련을 하기 위해 적취협으로 옮기는 것이다.

"웅풍산장은 쉽지 않은 상대다. 모두 각오들 단단히 해!"

곽무한은 그 말을 끝으로 입을 다물었다.

수룡채들은 한동안 굳은 표정을 지었다.

말로는 도저히 상상이 안 가는 초강력 집단, 웅풍산장.

자신들은 지금 그곳을 상대로 전쟁을 벌이려는 것이다.

모두들 묵직한 납덩이를 짊어진 기분이었다.

그때였다.

"와아악! 씨팔! 우리가 누구야? 구대문파와 싸우고도 살아남은 독종들, 대수룡채의 호걸이 아닌가! 그깟 놈들! 제발 내 앞에 좀 나타나라고 해봐! 내가 이 도끼로 아예 아작을 내주지! 크하하하하!"

곽패가 광소를 터뜨리며 도끼를 쾅쾅 내려찍자 모두의 표정이 환하게 변했다.

그들은 모두 곽패의 뒤를 이어 병장기를 쿵쿵 내려찍으며 거친 음성을 토해냈다.

"와아아! 그깟 놈들! 모두 와보라고 해!"

"우린 수룡채야! 수룡채의 호걸이란 말이야!"

곽무한은 그런 수하들을 보며 짐짓 인상을 찌푸렸다.

"이놈들아! 이제 그만 해. 배 다 부서지겠다!"

그러나 이번 명령은 별 효과가 없었다.

수하들은 곽무한의 명령에도 불구하고 계속 고함을 지르며 갑판을 찍어댔다.

곽무한은 잠시 어이없다는 표정으로 수하들을 쳐다보다가 피식 웃고 말았다.

이동은 순조로웠다.

중간에 합류한 삼판채들까지, 모두 이백여 명에 이르는 인원이 움직였지만 낙오자는 단 한 사람도 없었다.

우란강을 따라 흐르던 선단은 다음날 저녁, 금사강을 만나 동쪽으로 뱃머리를 틀었다.

뜨거운 폭염 아래 끝없이 이어지는 뱃길.

그러나 피로를 호소하는 사람은 아무도 없었다. 모두들 그저 묵묵한 표정으로 노 젓는 데에만 열중할 뿐이었다.

찌는 더위와 타는 갈증에도 불구하고 노질에만 전념하던 사내들.

그러나 의빈을 지나 장강에 접어들고부터는 표정이 변했다. 모두들 그간의 설움이 북받쳤는지 감개무량한 표정으로 장강을 쳐다봤다.

곽무한은 그런 수하들을 보며 남몰래 주먹을 움켜쥐었다.

장강에 접어들고부터는 물살이 빨라졌다.

곽무한은 장강에 이르러서부터 곽무한은 밤에 이동하고 낮에는 휴식을 취하도록 명령했다. 관의 기찰을 피하기 위해서였다.

적취협으로 이동을 시작한 지 어언 열흘째 되는 날.

곽무한 일행은 드디어 중경을 지나게 되었다.

이제 여기서 닷새 정도만 더 가면 적취협.

곽무한은 중경에 다다르자 눈앞에서 죽어갔던 의형, 무정괴조 진묵이 떠올랐다.

"잠시 쉬었다 간다."

곽무한은 중경에서 여정을 잠시 멈췄다.

별이 쏟아지는 밤.

곽무한은 강변에 나가 술을 따랐다.

'형님, 소제가 왔습니다. 제 술을 받으시고 부디 영면을 취하시길.'

곽무한은 밤이 이슥할 때까지 진묵의 혼령과 술을 마셨다. 그리고 먼동이 틀 무렵, 곽무한은 이탁을 불렀다.

"그동안 마음이 바빠 묻지 못했다. 가릉채의 근황은 어떠하냐?"

이탁은 한참 뜸을 들이다가 대답했다.

"가릉채는… 더 이상 없습니다."

"그… 러냐……."

예상했던 대답이었지만 충격은 마찬가지였다.

이탁은 곽무한의 표정을 살피며 말을 이었다.

"그들도 저희만큼이나 처참하게 당했습니다. 듣기로는 웅풍산장과 남궁세가가 선봉에 서고 사천당가와 청성파 등이 뒤를 봐줬답니다."

"……!"

설명이 이어지는 동안 곽무한은 침묵을 지켰다.

이윽고 이탁의 설명이 끝나자 곽무한은 낮은 목소리로 물었다.

"그럼, 지금 가릉강을 쥐고 있는 곳은 어디냐?"

이탁은 곽무한의 목소리에 오싹 소름이 돋는 기분이었다.

"타강채에서 관리 중입니다."

"타강채?"

"예, 예전부터 당가에 빌붙어 있던 놈들입니다. 가릉강을 장악하고 부터는 무림맹의 지휘를 받고 있습니다."

"사천당가에… 무림맹이라……."

곽무한에게서 순간적으로 엄청난 살기가 흘러나왔다.

이탁은 곽무한의 살기에 놀라 조심스레 화제를 돌렸다.

"저어… 그런데 한 가지 주목할 만한 소식이 있습니다."

"주목할 만한 소식?"

"예. 최근 들어 가릉강 하류 쪽이 소란스럽답니다. 가릉채 친구들이 다시 뭉치고 있는 모양입니다."

"다시 뭉치고 있다?"

곽무한의 눈에 이채가 어렸다.

이탁은 자신이 들은 소문을 상세히 전했다.

"작두? 예전에 금사상채를 칠 때 시체가 되다시피 한 그 녀석 말인가?"

"예! 그때의 상처 때문에 요양하고 있던 중이라 용케 화를 피한 모양입니다. 그가 옛 수하들을 규합해 가릉채를 다시 일으키려는 중이랍니다."

"으음."

"어떻게… 한번 만나보시겠습니까?"

곽무한은 잠깐 생각에 잠겼다가 고개를 저었다.

"아니, 지금은 아니야. 나중에… 형님께 바칠 제물이라도 준비하고 난 뒤에."

곽무한은 그 말을 끝으로 자리에서 일어났다.

이탁은 잠시 멍한 표정으로 있다가 곽무한의 등에다 대고 소리쳤다.

"혹시 모르니 그들의 행적은 수소문해 놓겠습니다!"

어느새 저만큼 걸어간 곽무한. 대답 대신 고개를 끄덕인다.

"휴, 그래도 마다하진 않으시니 그나마 다행이군. 나중에 작두 그 친구를 끌어들이면 이곳 중경을 손에 넣는 건 일도 아니지……."

이탁은 사천의 요지, 중경을 거머쥘 그날을 생각하며 벌써부터 꿈에 부풀었다.

*　　　　*　　　　*

무호(蕪瑚)는 편리한 수운망과 기름진 토지로 인해 안휘 동부의 대표적인 물산 집산지로 손꼽히는 곳이다.

대륙이 폭음으로 신음하는 여름.

당금 강호에서 태풍의 눈으로 급부상한 흑룡방의 근거지가 자리한 이곳 무호에도 어김없이 여름 태양이 내리쬐었다.

장강이 눈 아래로 내려다보이는 언덕 위의 전각군.

흑룡방이란 현판이 붙어 있는 입구를 지나 하늘을 향해 우뚝 치솟은 전각군을 헤쳐 가노라면 일 장 높이의 담장을 두르고 형형한 안광의 무인들이 경계를 서고 있는 높다란 전각이 나온다.

전각 안.

이리저리 꺾인 회랑(回廊)을 지나 검은 문으로 입구를 장식한 대전.

대전 안에는 대낮인데도 거센 불길을 일렁이는 화로가 양쪽에 놓여 있고, 벽면과 천장에는 일월성신도(日月星辰圖)가 그려져 있다.

대전 중앙.

짙은 눈썹에 우뚝한 콧날을 지닌 삼십대 후반의 사내가 앉아 있다.

그는 눈자위에 검붉은 기운을 갈무리하고 있었는데, 그 때문에 호남형으로 보이기 쉬운 그의 얼굴이 전체적으로 어둡고 사악해 보였다.

사내의 앞, 대전 바닥에는 십여 명이 엎드려 있었다.

그들은 모두 살기등등한 얼굴에 주름투성이의 초로인들로 태사의에 앉아 있는 사내를 두려워하는 듯 오체투지의 자세로 엎드려 있었다.

사내는 한동안 눈을 감고 뭔가를 생각하고 있었다. 그런데 그의 주위로 알 수 없는 기운이 흘러나와 대전 공기를 묵직하게 만들고 있었다.

일렁이는 화롯불 소리만 간간이 들릴 뿐 고요한 정적이 흐르는 대전.

정적은 중년인이 눈을 번쩍 뜸으로 깨어졌다.

"그래… 백시(白屍), 계속 말해 보라."

중년인의 말이 떨어지자마자 대전 바닥에 코를 박고 있던 초로인들 중 새카만 피부에 깡마른 해골 같은 자가 고개를 들었다.

"예, 지존. 정파 놈들이 그렇게 회합을 가진 걸로 미뤄, 머지않은 시일에 반격이 있을 듯합니다. 그래서 속하 생각으로는 십만대산(十萬大山)에 있는 본 교의 정예들을 불러 올리는 게 어떨까 합니다."

깡마른 해골이 이마를 콩콩 찧으며 말하자 중년인이 시선을 옆으로 돌렸다.

"흑저(黑猪), 네 생각은 어떠냐?"

중년인의 시선이 향한 곳은 저팔계처럼 생긴 초로인이었다. 그는 중년인의 시선을 받자 흉광을 번뜩이며 말했다.

"지존이시여, 속하 역시 백시의 말에 동의합니다. 잔챙이들을 데리고 골목대장 흉내 내는 것도 이젠 질렸습니다. 지금부터라도 본 교의 힘을 드러냈으면 합니다."

"본 교의 힘이라……."

중년인은 희미한 미소로 중얼거렸다. 그 순간 그의 눈에서 붉은 안광이 흘러나왔다.

"헉! 지존이시여, 저희들이 무슨 실수라도……?"

두 사람은 중년인의 눈빛을 보자마자 바닥에 코를 박았다.

중년인은 고개를 설레설레 저으며 말했다.

"아니다. 너희들이 실수한 건 없다. 단지 한주먹 거리도 안 되는 정파 놈들 때문에 본 교의 정예를 불러 올려야 한다는 사실이 우스워서 그런다."

중년인의 말이 끝나기 무섭게 두 사람이 고개를 치켜들었다.

"지존이시여! 그렇게 우습게 볼 일이 아닙니다. 석년의 지존들께서도 그렇게 생각하시다가 모두 분루(忿淚)를 흘리고 말았습니다. 그런데 어찌 그런 실수를 반복하시려… 읍!"

이구동성으로 외치던 두 사람은 채 말을 맺지도 못하고 고개를 땅에 박았다. 중년인이 노한 표정으로 자신들을 노려보고 있어서였다.

"너희들이 감히 암흑마교의 정통 후계자이자 전륜암흑대능력(轉輪暗黑大能力)을 극성으로 익힌 본좌, 전륜암왕(轉輪暗王) 초극패(超極覇)를 우습게 보는 것이냐?"

중년인의 공력은 엄청났다.

그의 호통 한 번에 대전 벽이 쩍쩍 갈라지며 흙먼지가 와르르 쏟아져 내렸다.

그러나 그보다 더 놀라운 사실은 중년인이 내뱉은 말에 있었다.

암흑마교와 전륜암흑대능력.

만약 이 자리에 강호의 노고수들이 있었다면 모두 경악으로 눈을 부릅뜰 단어들이었다.

암흑마교는 한때 마중지존(魔中至尊)로 불리며 명나라 창업에 절대적인 공을 세운 명교의 후신(後身)을 지칭함이었다.

그들은 명교(明敎) 내에서 호교무인(護敎武人)들로 구성된 비밀 결사체였는데, 주원장에 의해 명교가 무너지자 스스로를 암흑마교라 부르며 명 황실에 대한 복수를 시작, 천하를 공포에 빠뜨린 자들이었다.

당시 그들의 무위가 얼마나 대단했는가 하면, 그들을 진압하기 위해 출동한 황군(皇軍) 오십 만과 정파 고수 삼만이 비명에 쓰러져야 했고, 그리고도 모자라 정파 불멸의 영웅이라 불리던 벽라대제가 그들의 수뇌부와 동귀어진을 감행해야 했다.

그러나 그런 희생을 치르고도 그들의 뿌리를 완전히 뽑지 못해, 강호는 나중에 또 한 번 홍역을 치러야 했다.

그 홍역이 바로 당금 무림에서 신화처럼 떠받드는 검선 이지환과 천외천 소명현의 전설이 탄생하는 계기가 된 계기, 철마성의 혈겁을 말함이었다.

그러나 그때의 혈겁은 암흑마교의 잠재력이 모두 동원된 혈겁이 아니었다. 당시의 혈겁은 암흑마교의 세 갈래 계파 중에서 암왕 계열이 주도해서 일으킨 혈겁이었다.

그러나 그때의 혈겁만으로도 황실이 흔들리고 천하가 공포에 떨었는데, 지금 눈앞의 중년인이 암흑마교의 정통 후계자라니? 그리고 전륜암흑대능력이라니?

전륜암흑대능력이란, 과거 명교가 무너지면서 그들 최고의 절기였던 북명신공과 건곤대나이심법을 잃어버리자, 그 무공을 대신하기 위해 만들어진 무공이었다.

그 무공은 몇몇 구결로 전해지던 북명신공과 건곤대나이심법뿐만 아니라, 워낙 잔혹한 수법이 담겨 있어 암흑마교 내에서도 수련을 금지시켰다는 삼대마공까지 동원해서 만든 무공으로, 그 파괴력 하나만큼은 예전과 비교할 수 없을 정도로 강화시킨 무공이었다.

평생 무공만 참오하던 원로들이 혼신의 힘을 기울여 만든 암흑마교 최강의 파괴 무공.

그 무공의 위력이 어느 정도인가 하면, 육십 년 전 암흑마교의 전대 고수 중 한 사람이었던 파천마군(破天魔君)이 그의 성명절기인 귀염폭멸강기(鬼炎爆滅剛氣)도 일만 명에 달하는 병사들을 상대했다고 전해지는데, 그 귀염폭멸강기조차 전륜암흑대능력을 만들기 위한 삼대마공 중 하나였으니, 그 위력이 어느 정도인지 짐작할 수 있을 것이다.

그런데 그 능력을 극성으로 익힌 자가 당대의 암흑마교를 이끌고 나타났으니 이 어찌 경악할 일이 아닌가.

"본좌는 그대들의 염려를 잘 알고 있다. 그러나 그리 걱정할 필요가 없다. 그대들도 알다시피 본 교의 무공과 상극이라는 뇌정신공은 이미 후인을 잃은 지 오래다. 그리고 천외천이라 불리는 자는 본좌의 안배에 의해 저 먼 북방 땅을 헤매 다니고 있다. 그런 판에, 겨우 십대고수라고 알짱거리는 것들을 두려워할 필요가 무에 있나?"

초극패는 광오했다.

그는 당금 천하의 십대고수조차 전혀 안중에 두지 않고 있었다.

그러나 수하들은 달랐다.

그들은 태어나자마자 무공 수련에 매달렸던 초극패에 비해 강호 경험이 많았다. 그래서 그들은 십대고수를 절대 만만하게 보지 않았다.

"지존이시여, 이미 속하들은 지존께서 한 손만 휘저어도 능히 천하를 오시(傲視)할 수 있다는 것을 잘 알고 있습니다. 그러나 지존께서도 아시다시피 작금의 싸움은 저희들 몫입니다. 그러니 저간의 사정을 헤아려 주시길……."

백시의 말에 초극패는 살짝 인상을 찌푸렸다.

그러나 백시의 말에도 일리가 있었다.

지금처럼 하찮은 싸움에 자신이 나설 수는 없었다. 자신은 좀 전에 언급한 천외천에 대한 안배. 그 일이 틀어질 경우를 대비해 암중에 있어야 했다.

"좋아! 네 말에 일리가 있다. 곰곰이 생각해 보니 대멸천지계의 완벽한 성공을 위해서라도 본 교 아이들이 필요하겠어."

마침내 초극패가 수긍하는 빛을 보이자 노물들은 일제히 안도의 한숨을 내쉬었다.

초극패는 저팔계처럼 생긴 초로인에게 물었다.

"흑저, 현재 본 교의 아이들은 어디까지 조련이 되어 있나?"

"예! 현재 본 교에는 암귀군병(暗鬼軍兵) 일만과 흑혈전사(黑血戰士) 이천, 철갑마장(鐵甲魔將) 사백에 파천신장(破天神將) 팔십 명이 대기 중입니다."

"흠. 파천신장이 팔십 명이라? 나름대로 성과가 있었군."

초극패는 흐뭇한 표정으로 고개를 끄덕였다.

방금 흑저가 말한 호칭들은 암흑마교의 비밀 연무동인 수라마동(修羅魔洞)을 출관한 정예들을 가리키는 것이었다.

그들의 호칭은 각자 성취한 무공 정도에 따라 달리 주어졌는데, 가장 윗단계인 파천신장은 암흑마교의 삼대마공 중 하나를 오성 이상 성취한 자들로, 당금 강호의 절정고수와 맞먹을 정도였다. 그런 고수들이 팔십 명에 달한다니 초극패의 표정이 흐뭇할 만했다.

"좋아! 그럼 일차로 파천신장 스무 명을 불러 올리도록 하라."

"파천신장 스무 명입니까? 명을 봉행하겠습니다."

초극패의 명이 떨어지자 노물들은 희색만연한 표정을 지었다.

암흑마교의 관례상, 수라마동을 출관한 전사들은 각자 아래 단계의 무인 다섯을 거느릴 수 있었다. 그러니 스무 명의 파천신장을 불러 올린다 함은 백 명의 철갑마장과 오백 명의 흑혈전사, 그리고 이천오백 명의 암귀군병을 불러 올린다는 말과 다름없었다.

초극패의 명은 계속 이어졌다.

"일차로 불러 올린 파천신장은 모두 장강에 투입한다. 그리고 이차로 서른 명의 파천신장을 대기시키도록 하라. 그들은 정파의 이목이 장강으로 쏠린 틈을 타 각 문파를 제압하는 데 투입된다. 삼 개월의 시간을 주겠다. 그때까지는 장강 주변을 완전히 장악하도록!"

"존명!"

스무 명에 달하는 절정고수와 삼천여 명에 이르는 정예 무인들을 동원하고도 장강을 장악하지 못한다는 것은 있을 수 없는 일이었다. 더구나 뒤이어 투입될 파천신장들과 합류하게 된다면 장강 인근에 있는 문파들을 제압하는 것은 그야말로 식은 죽 먹기나 마찬가지였다.

'그런데 왜 삼 개월이란 시간을 주신 걸까?'

백시는 고개를 갸웃거렸다. 그 순간 초극패의 전음이 들려왔다.

"의아해할 것 없다. 좀 전에 말한 대멸천지계 때문이다. 이왕 시작할 바에야 달단(韃靼) 쪽과 시간을 맞춰야 하니."

백시는 초극패의 전음을 듣고 아! 하는 표정을 지었다.

대멸천지계란 말 그대로 천하를 멸하는 계획.

그 계획의 핵심에는 방금 전 초극패가 말한 달단이 있었다.

달단이란 몽골 동쪽의 유목 민족을 일컫는 말이었다.

그들은 대륙 북쪽을 통일하고 있는 강대한 부족으로, 최근 들어 마시(馬市) 무역 문제 때문에 명 황실과 마찰을 빚고 있었다.

당금의 명 황실은 달단과의 통상에 있어 개별 부족에게는 마시 무역을 허락지 않고, 전 부족을 대표하는 캔(汗)에게만 조공 무역을 허락했다. 그 때문에 생필품 부족에 시달리던 일부 부족장들이 명 황실에 대해 엄청난 반감을 갖고 있었는데, 그중 한 사람이 바로 달단의 영웅 아륵탄(阿勒坦)이었다.

아륵탄은 달단의 초대 칸이었던 달연한(達延汗)의 손자로, 여섯 개 부족으로 나눠진 달단 내에서 최강의 무력을 지닌 부족장이었다.

그는 통상을 무기로 자기 부족들을 이간질하는 명나라에 대해 지독한 반감을 갖고 있었는데, 때마침 자기와 뜻이 통하는 초극패를 만나게 되자 형제의 연을 맺고 명 황실을 뒤집어엎기 위한 대멸천지계를 합의하기에 이른 것이다.

초극패가 삼 개월이란 시간을 준 이유는 바로 아륵탄과 손발을 맞추기 위해서였다.

백시는 초극패의 전음을 듣자 그의 의도를 짐작할 수 있었다.

'과연 지존이시다!'

초극패가 세운 대멸천지계는 그야말로 치밀했다.

그는 대멸천지계를 시작하기 전에 먼저 호영신검을 북방으로 유인해 냈다.

비록 지금은 그 직위를 반납했다지만, 호영신검은 황실의 암중 수호자인 천추신검령의 전대 령주이다. 더구나 그는 예전 자기들의 갈래 중 하나이던 철마성을 예상치 못한 방법으로 거머쥐어 버린 또 다른 천외천의 한 사람, 철담마후의 남편이기도 하다. 그러니 그가 신경 쓰이지 않는다면 거짓말일 것이다.

그렇게 초극패는 호영신검을 북방으로 유인해 버리고 난 뒤, 소리

소문 없이 대운하를 장악했고, 이제 장강까지 움켜쥐려는 중이다. 그런데 강호십대고수를 필두로 한 정파에서 자신들에게 공동 대처해 올 것이 분명해지자 지금이 바로 대멸천지계에 돌입할 시점이라고 판단해 계획을 앞당기는 것이다.

이제 파천신장들을 투입해 장강을 거머쥐고 나면 달단과 시간을 맞춰 강호 제 문파를 공격하고, 그와 동시에 대륙의 물길을 막아 천하를 혼란에 빠뜨리면 되었다.

일이 그렇게 되면 황제가 병력을 동원할 것이고, 그때를 노려 아륵탄이 변경을 공격해 오면 된다. 그러면 황제는 혼비백산해 병력을 다시 북쪽으로 돌리게 될 것이고, 그때부터 대멸천지계가 진정한 위력을 발휘하게 된다.

이미 황군이 강호의 일에 끼어드는 것을 경험하게 된 정파인, 그때부터는 황군이 철수하더라도 주춤할 수밖에 없다. 관과 강호 사이에 맺은 묵계, 상호 불간섭 조항이 깨진 때문이다.

그때부터는 일사천리다.

북쪽에서 아륵탄이 황군을 붙잡고 늘어지는 동안 자신들은 정파 세력을 하나둘 무너뜨리며 대륙을 장악해 나갈 것이다.

결국 황제가 당했다고 생각해 병력을 분산시키는 순간이 바로 대멸천지계의 종착점이다.

황제가 병력을 분산시킬 때쯤이면 이미 자신들이 강호를 통일한 상황. 흡수 합병한 문파들로 하여금 황군과 전쟁을 벌이게 만든 뒤, 병력을 뒤로 빼 북경으로 돌진하면 상황 끝이다.

그렇게 시간이 흐르면 천하는 다시 암흑마교의 손에 돌아오리라.

아득한 과거, 명교인들이 치를 떠는 주원장의 배신 이전으로.

이리 재보고 저리 재봐도 승산은 충분하고도 남았다.

'다만 문제가 있다면 장강을 얼마나 빨리 장악하느냐는 것과 천외천이 과연 어떻게 나올 것인가야. 그러나 별문제는 없겠지, 이미 모든 변수를 계산에 포함시켜 뒀으니.'

초극패는 대전을 나서는 수하들을 보며 희미한 미소를 지었다.

제71장
설아의 결심

설아의 결심

계절은 벌써 한여름의 맹위를 떨치고 있었다.

가뜩이나 중원의 찜통이라 불리는 사천 땅.

이글거리는 태양이 연일 대지를 달궜다.

가만히 앉아 있어도 땀이 줄줄 흘러내릴 것 같은 열기는 키 작은 모옥이라고 피해 가지 않았다.

예전과 달리 낮은 울타리가 둘러쳐진 모옥.

짧은 그늘 밑에서 산왕과 청랑이 축 늘어져 잠을 자고 있었다.

덥지만 평화로운 오후.

그러나,

끼이익!

모옥 문이 열리고,

"까아… 떰떰해."

혀 짧은 목소리에 뒤뚱거리는 몸짓의 보옥이가 나타나고부터는 평화가 깨어지고 말았다.

문 열리는 소리 때문에 잠에서 깬 산왕과 청랑은 보옥이를 발견하자마자 황급히 고개를 숙였다. 행여 보옥이와 눈이라도 마주칠까 해서였다.

그러나 한발 늦어버렸다.

보옥이의 눈은 이미 그들을 향하고 있었다.

"까르르. 노라, 노라."

입을 헤벌리며 뒤뚱걸음으로 다가오는 아기.

산왕은 후다닥 몸을 웅크렸고 청랑은 등을 돌려 땅바닥을 긁었다.

그러나 보옥이의 목표는 산왕이나 청랑이 아니었다.

"까아. 고냥이. 고냥이."

보옥이가 노린 것은 산왕의 등 뒤에서 자고 있던 새끼 백호들이었다.

산왕은 뒤늦게 울상을 지으며 보옥이 주변을 맴돌았다.

"아유, 저 개구쟁이. 호호호."

창문 너머로 그 모습을 지켜보던 설아는 배를 잡고 웃었다.

하루가 다르게 자라는 아기.

봄까지만 해도 작은 의자에조차 못 올라가던 녀석이 이제는 마음껏 의자 위로 기어오르고 걸음걸이도 빨라졌다.

옹알이만 하던 입에서는 혀 짧은 소리가 종일 튀어나왔고, 먹성도 엄청나게 늘었다.

녀석은 하루 세 끼로도 모자라 사방을 돌아다니며 아무거나 마구 주워 먹었다. 그러다가 가끔은 마당에 떨어진 산왕이나 청랑의 똥을 주워 먹어 설아를 울지도 웃지도 못하게 만들기도 했다. 그러나 그 때문인지, 보옥이의 몸무게도 엄청나게 늘었다. 이제는 녀석이 고집을 피운답시고 드러누워 버리면 쉽게 들어올리기도 힘들었다.

보옥이는 먹성과 몸무게만 는 것이 아니라 어이없는 용기까지 늘어났다.

설아가 잠깐 낮잠이라도 잘 양이면 녀석은 핼끔핼끔 눈치를 살피다가 저 혼자 쪼르르 외출을 감행해 설아를 놀래키기도 했다.

모옥 주변의 울타리는 그런 이유 때문에 만들어졌다.

좌우간 시간이 흐를수록 밝고 건강하게, 그리고 개구지게 자라는 보옥이를 보면서 설아는 조부가 돌아가신 슬픔을 극복할 수 있었다.

"까르르. 나랑 노라. 노라. 까아아."

연신 되지도 않는 발음으로 잠자는 새끼 백호들을 괴롭히는 아기.

창가에 앉은 설아는 그런 보옥이를 지켜보며 옷을 만들고 있었다.

"힝. 잘 안 되네."

이제껏 보옥이 옷은 조부가 사 오거나 구해왔다.

그러나 조부가 돌아가시고 난 뒤로는 설아가 준비해야만 했다.

물론 마을에 가서 사 오는 게 가장 간단한 방법이었지만, 돈에 대한 개념이 없기도 하거니와 아기를 두고 마을에 갈 수 없었던 설아로서는 직접 나뭇가지를 빻아 거기에서 나오는 작은 실타래로 아기의 옷을 만들 수밖에 없었다.

점심을 먹고 난 뒤인데다가 나른히 쏟아지는 햇살.

설아는 옷을 만들다가 깜빡 잠이 들었다.

새끼 백호와 노는 와중에도 몰래 창가를 훔쳐보곤 하던 보옥이.

잠에 빠진 설아를 보고 눈을 반짝 빛냈다.

드디어 기회가 온 것이다.

드넓은 울타리 밖의 세계.

언제나 꿈꾸던 미지의 세계.

저번보다 좀 더 먼 곳. 저 언덕 위의 나무 뒤편.

드디어 그곳을 탐험할 수 있게 된 것이다.

보옥이는 얼른 새끼 백호들을 내팽개쳤다.

그리고는 앙증맞은 발로 청랑의 머리를 툭툭 찼다.

낑.

올 것이 왔구나 하는 표정으로 자세를 낮추는 청랑.

폴짝 올라타는 아기.

보아하니 한두 번 해본 솜씨들이 아니다.

"가. 가."

보옥이는 영악하게도 목소리까지 낮추고 있었다.

훌쩍!

마침내 청랑이 울타리 밖으로 몸을 날렸다.

보옥이는 흥분된 표정으로 곧 펼쳐질 미지의 세계를 상상했다..

얼마나 잠들었을까?

실타래가 툭 떨어지는 바람에 설아는 잠에서 깼다.

"어머. 내 정신 좀 봐."

설아는 웃으며 실타래를 주웠다. 그러나 설아는 곧 안색을 굳혔다.

알 수 없는 느낌이 뇌리를 스친 때문이었다.

설아는 휙! 창 너머로 눈을 돌렸다.

없었다.

새끼 백호와 놀고 있어야 할 보옥이가 보이지 않았다.

"보옥아! 보옥아!"

설아는 급히 창밖으로 뛰어나갔다.

보니 산왕은 잠들어 있고 청랑이 보이지 않는다.

"이 녀석이 또?"

설아의 눈이 파르르 떨렸다.

보옥이가 또 외출했다는 것을 눈치챈 것이다.

그러나 이번에는 감이 나빴다.

뭔가 스멀거리는 느낌이 들어 견딜 수 없었다.

"산—왕!"

설아의 고함에 산왕이 놀라서 뛰어왔다.

"가자! 청랑을 찾아야 해!"

크왕!

산왕이 포효를 지르며 달려나갔다.

설아는 산왕의 뒤를 따라 신법을 전개하는 동시에 현현원영공을 펼쳤다.

가장 먼저 떠오른 것은 울창한 숲.

빛 하나 들어오지 않는 어둑한 숲이었다.

그 다음으로 떠오른 것은 나뭇가지 사이를 뛰어노는 원숭이들.

설아는 그중에서 새끼 원숭이를 봤다.

두려움에 떨고 있는 새끼 원숭이의 눈.

그 눈은 흔들리는 잡목 숲을 보고 있었다.

그 순간,

"꺄악! 청랑!"

설아의 입에서 비명 소리가 터져 나왔다.

새끼 원숭이의 눈을 통해 피투성이가 된 채 비틀거리고 있는 청랑을 본 것이다.

"보옥이는? 보옥이는?"

설아는 당황과 두려움으로 보옥이를 찾았다.

"아!"

설아는 자기도 모르게 풀썩 주저앉고 말았다.

다행히 보옥이는 무사했다.

겁에 질려 청랑 뒤에서 앙앙 울고 있었다.

설아는 천천히 자리에서 일어났다.

청랑과 보옥이에게 다가서고 있는 흑의인들을 본 때문이었다.

"감히 내 아기를 해치려고 하다니!"

순간적으로 설아의 눈에 한기가 피어올랐다. 그와 동시에 설아의 신형이 눈 깜짝할 사이에 사라져 버렸다. 눈으로 보고도 믿을 수 없는 이 형환위(移形換位)의 신법이었다.

크와앙!

설아가 사라지자 산왕이 그 뒤를 따랐다.

"엇! 이게 무슨 소리야?"

흑의인들은 은은히 들려오는 산왕의 포효성에 깜짝 놀랐다.

"예감이 좋지 않아! 빨리 저 늑대새끼를 처리해!"

"존명!"

그러나 이빨을 내비치며 사납게 날뛰는 청랑.

비록 초일류급 고수가 대부분인 자신들이었지만 짧은 시간에 청랑을 처리하기는 쉽지 않았다.

"빌어먹을! 안 되겠다. 아기부터 먼저!"

흑의인들이 막 보옥이 쪽으로 방향을 틀려 할 때였다.

아이리리리리!

멀리서 기이한 음성이 들려왔다.

그 음성은 숲을 흔들며 빠른 속도로 다가오고 있었는데, 왠지 모르게 오싹한 느낌이 들었다.

"누군가가 오고 있다! 모두 조심!"

흑의인들은 긴장된 표정으로 전열을 정비했다.

그 순간,

휘리링!

흑의인들 앞에 일진 돌풍이 불더니 휘날리는 나뭇잎 사이로 한 사람의 신형이 나타났다.

"와앙! 엄마!"

보옥이는 설아를 보자 울음을 터뜨렸다.

"아가야, 괜찮아. 엄마가 왔으니까 이제 괜찮아."

마치 그림처럼 나타난 설아. 보옥이를 보며 미소를 지어 보였다.

그러나 흑의인들을 향해 돌아서는 순간, 설아의 눈에 섬뜩한 한기가 어렸다.

그런데 흑의인들 사이에서 의외의 목소리가 나왔다.

"그녀다! 모두 조심해!"

흑의인들은 설아를 알고 있는 듯했다.

그들은 설아가 등장하자마자 긴장된 표정으로 거리를 벌리기 시작했다.

그리고,

"은한금쇄망(銀漢禁碎網)과 염왕추혼사(閻王追魂沙)를 준비해!"

누군가가 명을 내리자 흑의인들이 품속에서 뭔가를 꺼내기 시작했다.

선두의 흑의인들이 꺼내 든 것은 시커먼 모래 알갱이.

뒤쪽에 있던 흑의인들이 꺼내 든 것은 은빛 그물이었다.

은한금쇄망과 염왕추혼사.

둘 다 당가가 자랑하는 것들이었다.

은한금쇄망은 씨줄과 날줄에 독침을 달아 산 사람을 갈기갈기 찢어 버리는 그물을 말함이었고, 염왕추혼사란 살짝 닿기만 해도 살이 녹아 버리는 독 모래를 말함이었다.

그러나 설아는 그런 사실을 아는지 모르는지 서늘한 눈빛으로 흑의 인들을 노려보고 있었다.

"뿌려!"

예의 그 음성이 다시 흘러나오자 흑의인들이 일제히 손을 떨쳤다.

파아아!

사방을 뒤덮는 시커먼 모래.

촤아악!

거대한 입을 벌리며 날아드는 은빛 그물.

그러나,

"차아앗!"

설아의 입에서 날카로운 기합성이 터져 나오고 그와 동시에 설아의 손이 허공에서 원을 그리자, 사방을 뒤덮던 모래들이 뭔가에 이끌리기 라도 한 듯 한쪽으로 모이기 시작했다. 그 순간 설아가 다시 손을 움직였다. 그러자 모래들이 일제히 하늘로 솟구치며 그물망의 입구 부분을 두드렸다. 다음 순간 설아가 재차 손을 움직이자 그물망은 힘없이 바닥에 떨어지고 말았다. 기를 운용하는 상승의 묘리 중, 움켜잡아 끌어당기는 채경(採勁)에 이어 두 방향으로 힘을 가하는 렬경(裂勁)의 수법이 눈 깜짝할 사이에 펼쳐진 것이다.

푸시시.

독과 독이 섞이자 맥없이 녹아버리고 마는 그물망.

"저런 수법이?"

예상치 못한 상황에 흑의인들이 당황하는 순간, 이번에는 설아의 발이 움직였다.

팡! 팡! 팡!

마치 장난치듯 발 아래 쌓인 모래를 걷어차는 설아.

그 단순한 동작에 흑의인들은 비명을 지르며 몸을 날렸다.

"으아아! 피, 피해!"

아무리 독에 단련된 흑의인들이라도 갑자기 날아드는 염왕추혼사에 대해서는 방법이 없었다.

"으아악!"

"커헉!"

결국 몇 놈이 전신을 배배 꼬며 쓰러졌고, 몸을 피한 몇 놈이 달려들어 해독제를 발라주는 등 수선을 피웠다.

"이이익! 뭣들 하는 거야?"

그 모습을 본 흑의인 중 하나가 고함을 질렀다.

고함 소리가 터져 나오자 다시 전열을 정비하는 흑의인들.

그러나 자기들이 던진 독에 자기들이 당하는 바람에 움직일 수 있는 놈은 열 명도 되지 않았다.

그래서일까?

우두머리로 보이는 자가 꾀를 냈다.

"안 되겠다. 모두 저년을 막아! 난 목표를 탈취한다!"

그는 명을 내리자마자 보옥이를 덮쳐 갔다. 그 순간 나머지 흑의인들이 설아를 향해 암기를 뿌려댔다.

이른바 양동 작전.

"흥!"

그러나 설아는 코웃음을 치며 신형을 뽑아 올렸다.

보옥이 쪽으로 가기 위해서였다. 그러나 바로 그때 보옥이를 덮쳐 가던 흑의인이 허공에서 방향을 틀었다.

"흐흐흐! 기다렸다, 이년!"

그는 득의의 미소를 지으며 설아에게 뭔가를 던졌다.

그게 신호라도 된 듯 나머지 흑의인들도 일제히 뭔가를 집어 던지기 시작했다.

핑! 핑! 핑!

설아를 향해 새까맣게 날아오는 것.

그것들은 모두 어른 주먹만한 구슬들로, 사천당가에서 혈폭신탄(血爆神彈)이라 부르며 애지중지하는 화탄이었다. 폭발 순간 방원 십 장여를 독으로 뒤덮어 버리는 무시무시한 암기였다. 그러나 흑의인들은 그러고도 안심이 되지 않았던지, 혈폭신탄을 향해 장력을 뿌리기 시작했다. 허공에서 폭발시키기 위해서였다.

그러나 그들은 곧 눈을 부릅떠야 했다.

휘류류류릉!

설아가 차가운 눈빛으로 소매를 한 번 휘젓자 그 많은 화탄들이 모두 하늘로 치솟아 버리는 게 아닌가?

"헉! 저럴 수가!"

어떤 건 빠르고 어떤 건 느리게 날아간 화탄이었다.

그런데 그걸 모두 허공으로 띄워 버리다니!

그러나 그게 끝이 아니었다.

퍼퍼펑!

"케엑!"

"어이쿠!"

흑의인들은 저마다 비명을 지르며 나뒹굴었다.

자신들이 날린 장력에 자기들끼리 부딪치고 만 것이다.

"으으… 이게 어찌 된 일이야?"

흑의인들은 멍한 표정으로 서로를 쳐다봤다.

허공에다 대고 펼친 장력이 방향을 틀어 되려 자기편을 공격하다니?

도대체 왜 이런 현상이 일어났는지 이유를 알 수 없어서였다.

그러나 이유는 간단했다.

화탄을 허공으로 띄우고도 여력이 남은 설아의 경력 때문이었다.

조금 전 은한금쇄망을 처리하던 그 경력이 흑의인들의 장력을 끌어당기고 나누어 서로 부딪치게 만들어 버린 것이다.

흑의인들이 얼떨떨해하는 순간,

"차아앗!"

차가운 기합성과 함께 설아가 다시 움직였다.

이번엔 간단한 움직임이 아니었다.

한기를 풀풀 날리며 벼락처럼 움직이는 설아.

우두둑!

까가각!

"끄아아!"

"크으윽!"

그녀가 움직일 때마다 뼈 부러지는 소리와 함께 흑의인들에게서 처절한 비명성이 흘러나왔다. 그들은 바닥에 쓰러진 뒤에도 사지를 부들부들 떨며 거품을 흘렸는데, 그 모습이 무척 참혹해 보였다.

난꽃같이 부드럽지만 한 번 펼쳐지면 어김없이 맥을 끊어버린다는 난화절맥수.

백 년 전, 강호를 한바탕 뒤흔든 수왕모의 절기에 설아의 독심까지 실린 때문이었다.

"으으……."

이제 남은 흑의인은 넷.

그들의 안색은 이미 파리하게 질려 있었다.

독도 안 통하고 화탄도 안 통하는 데다가 저 섬뜩한 손속이라니!

그들은 쓰러진 동료들을 보며 몸을 떨었다.

그러나 그들은 떨고 자시고 할 시간도 없었다.

어느 한순간, 그들의 눈에 설아가 확 커져 온 것이다.

"으아아! 막아!"

흑의인들은 누가 먼저랄 것도 장력을 뿜어댔다.

그러나 설아의 손짓 한 번에 맥없이 흐트러져 버리는 장력.

"으으으. 이럴 수가?"

그들은 망연자실할 틈도 없었다.

피피핏!

귀 간질이는 소리가 났다 싶은 순간, 코앞으로 들이닥치는 은빛 선(線).

"커흑!"

"아흑!"

세 놈이 허벅지를 틀어쥐며 쓰러졌다.

그들의 허벅지에는 가느다란 은침이 반짝이고 있었다.

이제 남은 놈은 흑의인들을 지휘하던 우두머리.

"으으! 도저히 상대가 안 돼!"

그는 급히 몸을 돌렸다.

착 가라앉은 설아의 눈빛은 살 떨리는 살기도, 으스스한 혈광도 보이지 않았지만, 이제껏 마주친 눈빛 중에서 제일 무서웠다.

설아는 흑의인이 달아나자 걸음을 멈췄다.

흑의인이 사라진 방향을 무심히 쳐다보던 설아, 천천히 등을 돌렸다.

"아가야, 괜찮니?"

"와앙! 엄마."

설아가 손을 벌리자 보옥이가 뒤뚱거리며 다가왔다.

"괜찮아, 이제 괜찮아. 다 끝났어."

설아는 보옥이를 안으며 낮게 중얼거렸다.

"끄아아아악!"

멀리서 처절한 비명 소리가 들려왔다.

좀 전에 달아난 흑의인이었다.

설아는 한순간 그쪽을 바라보며 눈을 떨었다. 그러나 곧 입술을 앙다물며 중얼거렸다.

"당신이 자초한 일이에요."

이미 숲 주변은 설아가 부른 맹수들로 천라지망을 이루고 있었다.

달아난 흑의인은 아마 시체조차 온전치 못하리라.

설아는 한동안 청랑의 상처를 살폈다. 그리고는 뒤따라온 산왕에게 보옥이를 맡기고 돌아섰다. 돌아선 설아의 눈에는 한기가 일렁거렸다.

"으아아아아!"

흑의인 중 하나가 비명을 질렀다.

그가 비명을 지른 이유는 마주한 설아의 눈을 통해 자신의 영혼이 송두리째 빨려 나가는 기분이 들어서였다.

그가 지른 비명 소리는 파문처럼 번져 흑의인들의 가슴을 공포로 물들였다.

설아는 현현원영공을 통해 흑의인들의 뇌리를 하나하나 들여다보았다.

잠시 후, 설아의 눈이 마구 흔들렸다.

그리고 한참 뒤, 설아의 눈에서 눈물이 주르륵 흘러내렸다.

"그가… 살아 있어……."

설아는 눈물을 흘리며 중얼거렸다.

*   *   *

촘촘히 늘어선 스물다섯 개의 현(絃).

그 위에 작은 손이 얹혔다.

한참 망설이던 손가락이 움직임을 시작하자 스물다섯 개의 현이 부드럽게 떨렸다.

디리링. 디디디딩.

처음엔 수줍은 꽃봉오리였다가 어느새 활짝 만개한 꽃이 되어 밤하늘로 울려 퍼지는 비파 소리.

실로 오랜만의 연주였다.

설아는 비파를 통해 마음속에 있던 그리움을 마음껏 토해냈다.

그렇게 설아가 곽무한을 그리며 연주할 때였다.

"까아! 엄마, 엄마!"

보옥이가 뒤뚱거리며 다가왔다.

비파 소리 때문에 잠에서 깬 모양이었다.

설아는 비파를 내려놓고 보옥이를 안았다.

"요 심술꾸러기. 이 밤에 왜 안 자고 나왔니?"

설아가 코를 비비며 묻자, 보옥이는 귀엽게 인상을 찌푸리며 고개를 돌렸다. 그리고는 연신 비파를 가리키며 종알거렸다.

"소리. 소리. 좋아."

"호호호. 비파 소리가 듣기 좋으니? 그래서 나온 거야?"

설아는 웃으며 보옥이를 안아 들었다.

보옥이의 눈에는 별이 담겨 있다.

용왕의 내단을 먹은 이후부터 생긴 광채였다.

별빛을 담은 보옥이의 눈은 설아가 늘 그리워하던 그의 눈빛과 닮았다. 그 덕에 설아는 곽무한에 대한 그리움을 조금이나마 달랠 수 있었다.

그러나 이제, 그의 소식을 알게 됐다.

설아는 한달음에 달려가고 싶었다.

그러나 그리움과 함께 다가오는 두려움.

설아는 곽무한이 보옥이만 반기고 자신을 외면하지나 않을까 두려왔다. 그래서 비파를 타며 마음을 달래고 있던 중이었다.

"하아… 아가야, 엄마가 어떻게 했으면 좋겠니?"

설아는 한숨을 내쉬며 보옥이를 쳐다봤다.

그러나 여전히 비파에만 관심을 갖는 보옥이.

"잉! 요 녀석. 엄마가 괴롭다는데도……."

그때 설아의 뇌리에 흑의인의 말이 떠올랐다.

"아기… 저 아기는 본 가의 아이요. 명이 내렸으니 언제라도 본 가로 잡아가게 될 것이오. 무슨 수를 써서라도 말이오."

그들은 이미 자기뿐만 아니라 보옥이도 알고 있었다.

예전, 자신이 살려 보냈던 자들과 자신이 불구로 만들어 버렸던 당무극을 통해 모든 것을 알고 있었던 것이다.

설아는 와락! 보옥이를 끌어안았다.

'아기만은 안 돼! 절대로 안 돼!'

설아에게 있어 보옥이를 잃고 살아간다는 것은 도저히 상상할 수도 없는 일이었다.

그러나 그 때문에 설아는 곽무한의 모친 이야기를 떠올리게 됐다.

낮에 흑의인들을 통해 알게 된 사실 중 가장 충격으로 와 닿았던 이야기. 아들의 생사조차 모른 채 당가에 유폐되어 있는 곽무한의 모친 이야기가 떠오른 것이다.

"어떻게 부모를 자식과 생이별하게 만들 수 있을까?"

설아는 곽무한의 모친을 생각하자 당가에 대해 까닭 모를 분노를 느꼈다.

자기만 해도 보옥이를 잃고는 살아갈 의미가 없을 것 같은데, 하물며 자식과 생이별을 하고 있는 사람의 심정이야 말해 무엇 하랴.

'그래, 그를 만나야 해! 만나서 이야기를 해줘야 해!'

설아는 그런 생각으로 곽무한을 찾았다.

수줍음과 두려움 때문에 마냥 주저할 수만은 없다고 생각한 것이다.

그러나 그는 알 수 없는 곳에 있었다.

생소한 주변 환경으로 봐, 저 먼 남방의 어디인 것 같은데 배를 타고 어디론가 가고 있었다.

설아는 가슴이 답답했다.

만약 자기가 아는 곳에 있으면 백아를 타고 얼른 달려가 보련만…….

그렇다고 계속 현현원영공을 펼쳐 그의 행적만 뒤쫓고 있을 수는 없다. 그가 어디 있는지 알기도 전에 자기가 먼저 쓰러질 수도 있으니.

신비한 능력을 지닌 반면, 쓸 때마다 수명이 줄어드는 현현원영공.

근래 들어 현현원영공을 펼치기만 하면 머리가 아파왔다.

그동안 곽무한의 생사를 알기 위해 무리하게 사용했다는 증거.

설아는 어찌할까를 잠시 고민했다.

그때 퍼뜩 든 생각.

'그들은 이미 이곳을 알고 있다. 그러니 떠나야 한다. 떠나야 한다면 어디로?'

머리 속에 곽무한의 모친이 떠올랐다.

"그래. 아가야, 우리가 먼저 가서 그를 기다리자."

설아는 호랑이 굴속으로 뛰어들기로 했다.

어차피 당가에서 보옥이를 노리는 이상, 또 곽무한의 모친이 당가에 있는 이상 오히려 당가 근처가 안전할지도 몰랐다. 그리고 언젠가는 곽무한이 당가로 올 것 같은 예감이 들었다.

아침이 밝았다.

설아는 천천히 면사를 썼다. 그리고 만감이 교차하는 눈빛으로 모옥을 한 번 둘러보고는 보옥이를 내려다봤다.

보옥이는 입을 쑥 내민 채로 자신의 치맛자락만 붙잡고 있다.

"요 녀석, 왜 그런 표정이니? 엄마랑 떠나기 싫어?"

설아는 빙그레 웃으며 보옥이를 안아 올렸다.

아직 철도 안 든 보옥이다.

그러니 뭘 알까 싶었지만, 녀석은 영악하게도 집을 떠난다는 사실을 눈치챈 모양이었다. 아까부터 자꾸 고개를 두리번거리며 못마땅한 표정을 짓고 있었다.

"그래… 너도 집을 떠나려니 마음이 아픈 모양이구나. 엄마도 마찬가지란다. 그러나 어쩌겠니? 이게 다 아빠를 만나기 위해서인걸."

설아는 눈시울을 붉히며 주변을 둘러봤다.

산왕이 슬픈 눈으로 자신을 올려다보고 있었다.

청랑은 심통 어린 표정으로 땅바닥만 벅벅 긁고 있었다.

설아는 가슴이 찡해왔다.

그러나 어쩔 수 없었다.

그들이 들이닥치기 전에 이곳을 떠나야 했다.

"안녕. 내가 돌아올 때까지 잘 놀고 있어. 알았지?"

설아는 산왕과 청랑의 머리를 쓰다듬어 줬다. 그러자 보옥이가 '나도 나도' 하며 끼어들었다. 산왕과 청랑은 인상을 와락 일그러뜨렸다.

설아가 그 모습을 보며 깔깔 웃는데, 갑자기 모옥 주변이 소란스러워졌다.

"음?"

설아는 고개를 돌리다가 깜짝 놀랐다.

모옥 주변에는 원숭이, 다람쥐, 토끼 등 온갖 동물들이 몰려와 있었다. 평소 자신이 치료해 주고 돌봐주던 녀석들이었다.

모두들 자기가 떠난다는 걸 어떻게 알았는지 슬픈 눈망울로 쳐다보고 있었다.

"아가들아, 엄마 금방 다녀올 거야. 그러니 슬퍼들 하지 마, 응?"

설아는 젖은 표정으로 동물들을 하나하나 안아줬다.

그때였다.

원숭이 녀석들이 불쑥 산딸기를 내밀었다.

산딸기를 내미는 녀석들의 손은 시커멓게 물들어 있었는데, 아마도 자기에게 선물을 주려고 온 산을 뒤진 모양이었다.

이별 선물을 내민 것은 그들만이 아니었다.

다람쥐들은 아직 설익은 도토리를 내밀었고, 사슴들은 향기로운 풀을 내려놓았다. 모두들 자기만의 방식으로 선물을 건네왔다.

"아가들아… 고마워……."

설아는 말 못하는 미물들의 마음에 감동을 받아 눈물을 글썽였다.

물론 보옥이는 울지 않았다.

그는 입을 헤벌리며 이것저것 주워 먹기에 바빴다.

설아는 산소에도 들렀다.

"할아버지, 잠시 자리를 비울게요. 저 없다고 외로워 마세요."

설아는 사방을 돌아다니며 까부는 보옥이를 달랑 집어 절을 시키고는 자기 역시 절을 올렸다. 그리고는 보옥이와 함께 산길을 내려오는데 멀리서 동물들의 울음소리가 심금을 울려왔다.

"안녕… 나 없는 동안 모두 잘들 있어."

설아는 잠깐 뒤돌아서서 손을 흔들어주고는 다시 길을 떠났다.

낯선 땅 낯선 곳. 당가타를 향해서였다.

그러나 설아는 알지 못했다.

보옥이가 왜 자꾸 뒤를 돌아보며 손짓을 해대는지.

설아의 뒤쪽, 우거진 수풀에는 황소만한 덩치의 늑대, 청랑이 뒤따르고 있었다.

*　　　　*　　　　*

"뭣이라? 또 실패라고? 으아아아!"

호통 소리와 함께 목침이 날았다.

"그놈들이 그러고도 혈우단이란 말이더냐? 그깟 계집 하나도 처리 못하는 주제에 혈우단이라니! 앞으로 그놈들에게 혈우단이라고 하는 대신 조족지혈단이라고 해!"

애꿎은 화풀이였다.

지금 눈앞에 있는 녀석은 혈우단 소속이 아니라 자신의 심복이었다.

그러나 당장직으로서는 화가 날 만도 했다.

가뜩이나 부친의 병문안을 다녀와 속이 상하던 차에 또다시 복장 터지는 보고를 접하고 말았으니.

"죄, 죄송합니다. 도저히 역부족이었던 모양입니다."

"역부족이라고? 그게 변명이 된다고 생각하나? 다른 놈들도 아니고 혈우단이다! 그것도 난다 긴다 하는 녀석들만 추려서 보냈단 말이다!
그런데 그깟 계집 하나를 못 당해? 그년이 어디 삼두육비의 괴물이라
도 된단 말이더냐?'

"들어보니 보통 계집이 아닌 모양입니다. 아무래도 저희 생각을 수
정할 필요가……."

"닥치거라, 이놈!"

호통으로 말을 자르긴 했지만 당장직은 수하의 말에 수긍할 수밖에
없었다.

천하제일은 아니더라도 당세에 대적할 사람이 드문 부친이었다. 그
런 부친을 불구로 만들었다는 게 하도 믿기질 않아 이제껏 운이 나빴
으려니 치부하고 말았지만, 그게 아닌 모양이었다. 그 계집에게 가는
족족 반병신이 되거나 백치가 되어 돌아오는 걸 보니…….

"으드득! 다시 한 번 보내라. 이번엔 혈우단뿐만 아니라 뇌전당에
벽력당까지 동원시켜라. 제깟 년이 아무리 날고 긴다 한들 쏟아지는
암기와 작렬하는 화탄 앞에서도 무사하겠느냐?"

"아, 알겠습니다."

"그리고 그 애새끼는 무슨 수를 써서라도 데려오고!"

"조, 존명!"

당장직은 사라지는 수하를 보며 내심 한숨을 쉬었다.

혈우단의 정예로도 되지 않은 일이다. 뇌전당이나 벽력당을 추가한
다고 달라질까?

'으음… 백의신녀… 지금처럼 복잡한 상황에서 괜히 건드린 것일
까?'

그러나 그건 아니었다.

부친이 불구의 몸으로 돌아왔을 때부터 복수를 다짐했던 자신이 아닌가. 그녀의 능력이 예상을 초월한다고 해서 포기할 일이 아니었다.

'그래! 달라질 건 없어. 그년의 능력이 어떻든, 신분이 어떻든, 나에게 있어 그년은 불공대천의 원수나 마찬가지야! 그리고 그년은 이미 곽무한, 그놈의 일에 끼어들었어. 거기다가 놈의 자식까지 끼고 도는 상태. 제아무리 아미파에서 신주단지 모시듯 하는 계집이라지만 일이 이 지경에 이르렀는데 어쩌겠어? 속가제자 하나 때문에 맹을 탈퇴하고 본 가를 적대시할 까닭이 없지. 망설일 필요가 없는 일이야!'

당장직은 아예 암무령까지 추가시켜야겠다고 결심하며 설아에 대한 생각을 마무리했다.

'문제는 곽무한, 그놈인데…….'

막말로 백의신녀야 정 안 되면 세월을 두고 처리해도 되었다.

그러나 곽무한은 달랐다.

맹의 고수들이 달려들고 가문까지 합세했음에도 불구하고 망령처럼 되살아난 놈이다.

'비록 가주가 놈의 목숨만은 살려주라고 했지만 가족과 수하를 잃고, 거기다가 기억까지 잃어버린 채 살아간다는 것은 죽음보다 못한 삶이라며 부친이 독수를 쓰셨지.'

그런 연유로 지금쯤 놈은 자기 일에 가문이 끼어들었음을 눈치챘을 터. 언젠가는 복수하기 위해 달려올 놈이다.

그러나 문제는 바로 거기에 있었다.

만약 놈이 정말로 가문에 들이닥치기라도 하면 일이 상상외로 복잡해진다.

이미 가주가 전대 가주와 한 약속 때문에 공식적으로는 놈을 죽일 수 없는 상황.

그렇다면 모든 식솔들이 지켜보는 가운데 시시비비를 따지며 놈을 처리해야 한다는 말인데, 그 일이 얼마나 골치 아플 것인가.

그 상황에서 만약 당군혜가 나서거나, 다른 누군가가 나서서 놈의 신세에 대해 떠벌리기라도 하는 날이면?

생각하기도 싫은 일이었다.

인지상정이라고, 아무리 가문이 정한 혼사를 마다하고 외간 남자와 결혼했다고 해서 부모 자식 간에 생이별을 하게 만들고, 그것도 모자라 그 자식까지 죽이려 했다면 식솔들이 가문에 대해 뭐라고 생각할 것인가?

일이 그렇게까지 번지면 가주가 할 수 있는 일이라고는 그 직위를 내놓는 방법뿐이다. 그렇게 되면 차기 가주 직위는 당장명 일파에게 넘어가게 될 것이고, 그건 가주는 물론이거니와 원로들도 바라는 바가 아닐 것이다. 결국 그런 상황을 피하는 가장 간단한 방법은 놈을 쥐도 새도 모르게 없애 버리는 것.

그런데 문제는 놈의 종적이 갑자기 사라져 버렸다는 것이다.

그래서 궁여지책으로 놈의 자식을 납치하려는 것이다. 놈이 가문으로 향하는 즉시 그의 발목을 잡기 위해서.

'그런데 그년에게서 막히다니! 이럴 줄 알았다면 애초에 그년부터 뒤쫓는 건데⋯⋯.'

그러나 그때는 상황이 그렇게 될 수밖에 없었다.

당시에는 곽무한이 살아 있을 것이라고는 상상도 못했거니와 자신이 부친의 참변을 목도하고 수하들의 목격담을 토대로 그녀의 정체를 파악, 아미파에 항의 사절을 보내는 한편으로 추적대를 구성하려던 순간에는 공교롭게도 강호에 파란이 일었다.

흑룡방의 움직임이 심상찮다는 소식과 함께 원로 고수들의 회합 소식이 날아든 것이다.

그때부터 당가가 바쁘게 돌아갔다.

흑룡방 때문에 만들어진 사천무림맹이니 정파의 원로들과 힘을 합치기 위해서였다. 덕분에 당장직은 눈코 뜰 새 없이 바빠졌다. 연일 첩지가 오고, 사절이 오가는 바람에 미처 설아에 대해 신경 쓸 여력이 없었고, 그 바람에 일이 이렇게 꼬여 버린 것이다. 그리고 곽무한의 생존 사실을 알게 된 것은 극히 최근의 일. 그것도 정파 원로들과 정보를 나누는 와중에 개방을 통해 알게 된 것이니 뒤늦게 한탄해 봐야 무슨 소용이 있으랴.

당장직은 지난 일을 떠올리다가 문득 밖을 향해 소리쳤다.

"게 누구 없느냐?"

"예, 각주님."

"아직도 놈의 종적을 찾지 못했나?"

"…예. 그러나 사방에 통문을 띄웠으니 머지않아 소식이 들어올 것입니다."

역시 똑같은 대답.

당장직은 갑갑증이 치밀어 버럭 고함을 질렀다.

"도대체 네놈들은 뭣 하는 놈들이냐! 다른 곳도 아닌 이곳 사천 인근까지 기어들어 온 놈 하나를 찾지 못해 사방에 통문을 띄우고 난리를 친단 말이냐? 네놈들이 그러고도 가문의 눈과 귀를 자처하다니, 평생 거지들이 주는 정보나 감지덕지 받아 처먹어라!"

당장직의 고함 소리에 수하 녀석의 얼굴이 벌게졌다.

"머저리 같은 것들! 멀리서 찾으려 하지 말고 가까운 곳부터 뒤져
봐! 예전에 놈이 자주 출몰하던 곳부터 다시 뒤져 보란 말이야! 이 잡
듯이 싹싹! 알겠어?"

"조, 존명!"

당장직은 허겁지겁 사라지는 수하를 보며 긴 한숨을 내쉬다가 창밖
을 쳐다봤다.

"놈! 도대체 어디에 숨어 있는 것이냐?"

결전 준비

천험의 요새, 적취협.

흩어져 있던 수룡채들이 드디어 한자리에 모였다.

수룡채들은 저마다 감격의 눈물을 흘렸다.

이제, 슬픔과 고통은 아득한 과거가 되었다.

지금, 옆에는 동료가 있고 뒤로는 보금자리가 있으며 마음속에는 총
채주가 있다.

남은 것은 복수뿐.

훈련이 재개됐다.

"와아악!"

핏발 선 눈동자, 악다문 입술.

수룡채들은 달라졌다.

세도류에서, 자갈밭에서, 암벽 위에서, 모두들 이제까지와는 다른 필

사의 자세로 훈련에 임하고 있었다.

그런 각오를 읽었을까?

훈련은 상상을 초월했다. 아니, 정확히 말하자면 훈련이라기보다는 실전이었고 전쟁이었다.

쐐애애액! 퓨퓨퓨퓻!

비록 날을 제거했다지만 섬뜩한 살기로 날아드는 병장기들. 그 속에서 어우러지고 흩어지며 상대와 부딪쳐 간다. 봐주는 사람도 없고 물러서는 사람도 없다.

"와아아! 돌격!"

"오냐, 와라! 우와아악!"

함성과 눈빛이 뒤섞이는 순간, 사방에 피가 튀고 비명이 흐른다.

그러나 어느 누구도 두려워하는 사람이 없다. 필사의 각오로 싸우고 망설임없이 나아간다.

수룡채들은 이런 과정을 거치며 하나둘 재탄생하기 시작했다.

강철 같은 육체에 강인한 정신력.

그들은 모두 무인이 되어가고 있었다. 그것도 단순한 무인이 아니라 죽음조차 두려워하지 않는 무인들로 변해가고 있었다.

그러나 곽무한은 거기에 만족하지 못하는지, 수하들을 극한까지 몰아붙였다.

"이 새끼들이 지금 뭣들 하고 있는 거야! 그게 도법이라고 펼치고 있는 거야? 그래 가지고 피라미 새끼 하나라도 죽일 수 있겠어? 모두 팔다리가 날아가야 정신을 차릴 거야, 앙?"

퍼퍼퍼퍽!

"크윽!"

수하들은 날마다 지옥을 겪었다. 조금이라도 태만하거나 주저하면 그 자리에서 혹독한 체벌이 가해졌다. 인정사정은 눈곱만치도 없었다.

'어쩔 수 없어. 이렇게 해야 한 사람이라도 더 살아날 수 있어.'

흡사 야차처럼 구는 곽무한.

추단이나 이탁 등에겐 더 지독하게 굴었다.

"이 새끼들아! 너희가 그러고도 지휘관이야? 그러고도 수하들을 건사할 수 있겠느냐고!"

빠카카칵!

땀내가 나고 단내가 나고 피 내음이 흐르고 신음성이 흐르고…….

실전을 방불케 하는 수룡채의 훈련은 나날이 그 강도를 더해갔다.

혼자 있을 때면 곽무한은 치열한 고민을 했다.

예전에 이미 부딪쳐본 웅풍산장이다.

그러나 그때는 그저 흔들기에 불과했지만 지금은 달랐다.

강호에서 수백 년간 군림하던 문파를 아예 말살시켜야 했다.

의미가 전혀 다르니 마음가짐이나 준비도 달라야 했다.

'지형도 불리하고 세도 불리하다. 그러니 전격 기습에 독계를 써야 해. 인의가 어떻고, 도덕이 어떻고 망설이면 희생만 늘어날 뿐이다. 최단 시간 내에 고수들을 처리하고 놈들을 공포에 빠뜨려야 해.'

다행히 수하들은 구대문파의 독수에도 살아난 독종 중의 독종들이다. 도법이나 신법 연습은 지금도 질릴 만큼 시키고 있었으니 이제부터는 내공을 다듬어 줄 필요가 있겠단 생각이 들었다.

곽무한은 그 방편으로 추궁과혈을 생각했다.

이름난 영약들이 있으면 좋겠지만 지금 상황에서 그건 꿈과 같은 소리에 불과하다. 그러니 자신의 내공을 소진해서라도 최선의 방편을 찾아야 했다.

'내공은 그렇게 받쳐주면 되겠고 문제는 놈들을 공포에 빠뜨릴 방법인데……'

결국 돈과 시간이 필요한 것들이다.

'어쩔 수 없이 손을 빌려야겠군.'

곽무한은 결심을 굳히고 자리에서 일어났다.

"훈련이 끝나면 부채주들 내 방으로 좀 오라 그래."

자정 무렵이 되자 추단과 이탁 등이 땀 냄새를 풍기며 찾아왔다.

"부르셨습니까, 총채주!"

"음. 모두 자리에 앉아."

곽무한은 모두가 자리에 앉는 걸 보며 천천히 입을 열었다.

"내일부터 최종 점검에 들어간다. 그러니 마음가짐들 단단히 해."

"존명!"

곽무한은 긴장과 결의에 찬 수하들을 보며 말을 이었다.

"모두를 부른 건 몇 가지 처리할 일이 있어서다. 우선 추단, 지금 즉시 숙소로 돌아가 그동안 눈여겨봤던 놈들을 데려와! 그리고 곽패! 이 방을 중심으로 주변 십 장을 철통같이 경계해. 내 명이 떨어지기 전까진 그 누구도 출입하지 못하게 해. 그리고 이탁! 내일 나와 함께 갈 데가 있다. 그러니 배를 준비해 둬!"

"존명!"

반문은 일체 없었다.

곽무한은 수하들이 자리를 뜨는 걸 보며 운기조식에 들어갔다.

깊고 그윽한 호흡.

의념 따라 흐르는 진기.

팔만 사천 모공이 빛을 발하고 머리 위로 다섯 개의 환이 떠올랐다.

그러나 곽무한의 입에서 긴 숨이 토해져 나오는 순간, 광채는 흔적 없이 사라지고 뇌전 같은 기운만 두 눈에 번쩍인다. 그러나 눈 한 번 깜빡이고 나자 그마저도 흔적없이 사라졌다.

"후우움! 좋군. 이 정도면 가능하겠어."

곽무한은 단전을 팡! 소리나게 두드리며 빙긋 미소를 지었다.

"부르셨습니까, 총채주!"

우렁찬 음성과 함께 구십 도로 꺾이는 허리통들.

모두 서른 명으로, 저마다 독기 흐르는 눈에 한 덩치 하는 녀석들이 었다.

"음. 어서들 와."

곽무한은 흐뭇한 표정으로 수하들을 반겼다.

"모두 웃옷을 벗고 자리에 엎드려."

"존, 명!"

조금 의아할 만도 한 명령이었지만 누구도 망설이는 놈이 없었다.

쭉 엎드린 구릿빛 등판들.

"좋아! 모두들 수련을 게을리 하지 않았군."

한동안 수하들을 쳐다보던 곽무한이 갑자기 시선을 돌렸다. 옆에 서 있던 추단을 향해서였다.

"지금부터 입 밖으로 신음성 한마디라도 내는 놈이 있으면 그 자리에서 목을 베어버려! 알았나?"

"조, 존명!"

추단은 갑작스런 명에 놀라 허겁지겁 일월쌍환을 꺼내 들었다.

순식간에 얼어붙는 분위기.

그러나 수하들은 미동도 않았다.

훈련 분위기가 내내 그러해서인지 모두 석상처럼 엎드려 있었다.

곽무한은 수하들의 태도가 마음에 들어 고개를 끄덕였다.

정적이 흐르는 회의실.

움직이는 사람은 곽무한뿐이었다.

구릿빛 등판의 하단부, 명문혈에 닿는 곽무한의 손.

"초, 총채주?"

추단은 뒤늦게 곽무한의 의도를 알아차렸다. 그러나 휙 날아오는 곽무한의 눈빛을 보고는 입을 다물 수밖에 없었다.

구릿빛 등판들도 마찬가지였다. 하나둘 움찔거리다가 말았다.

뚝뚝 흘러내리는 땀방울.

땀은 곽무한뿐만 아니라 곽무한의 손이 닿은 수하들의 이마에서도 흘러내렸다.

아무리 수적패라 하나 어찌 추궁과혈의 의미를 모르랴?

추궁과혈.

자신의 공력으로 상대의 기를 다스려 주는 것.

보다 상세히 말하자면, 시전자가 내공으로 상대의 경락(經絡)을 소통시켜 주고 음양의 평형을 유지시켜 주며 기혈의 흐름과 장부(臟腑) 기능을 다스려 주는 것.

그건 마음이 있다고 해서 되는 일이 아니었다.

어느 한쪽이 부주의하게 움직이거나 호흡이 맞지 않으면 양쪽 다 주화입마에 빠질 수 있는 위험한 시도였다. 그런 이유로, 추궁과혈은 상대를 위해 어떤 희생도 감수할 수 있다는 마음가짐이 되어 있어야 가능한 일었다.

수하들은 곽무한의 마음을 느꼈다. 그래서 모두들 이를 악물며 정신을 집중했다. 자칫 잘못 움직였다가 총채주를 위험에 빠뜨릴 수도 있었으니.

곽무한이 추궁과혈을 실시하는 동안 경계조들은 바짝 긴장했다. 모두 눈에 불을 켜고 사방을 경계했다.

그렇게 얼마나 지났을까?

마침내 곽무한이 일어났다.

"휴우. 됐어! 모두 마무리를 하도록!"

긴 숨을 토하며 자리에서 일어나는 곽무한.

그의 얼굴이 너무 창백해 보여 추단이 부축하려 했다. 그러나 곽무한은 손을 휘휘 내저으며 수하들을 가리켰다.

"됐어. 나보다 저 애들을 돌봐줘."

곽무한은 추단에게 수하들을 맡기고 운기조식에 들었다.

곧 환한 광채가 회의실을 감쌌다.

"와아아!"

언제나 함성으로 시작되는 수룡채의 하루.

곽무한은 먼발치로 수하들을 바라보다가 세도류로 향했다.

"이제 나오십니까?"

이탁이 배 위에서 기다리고 있다가 허리를 꺾어 보인다.

"흠. 잘 빠졌는데?"

곽무한은 배의 앞머리를 보며 미소를 짓다가 훌쩍 몸을 날렸다.

"어디로 모실까요?"

"어디로 갈 건지 이미 알고 있잖아."

"흐흐흐. 확인차 여쭈어본 겁니다."

이탁이 웃으며 노를 잡았다.

파양수채!

수중호걸이라면 누구나 선망하는 곳.

이탁은 자기도 모르게 어깨에 힘이 들어감을 느꼈다.

곽무한과 함께 그곳에 가서 큰소리칠 생각을 하니 절로 흐뭇해진 것이다.

그때였다.

"총채주! 어디 가십니까?"

저 멀리서 추단이 뛰어왔다. 그 소리에 수하들을 훈련시키고 있던 곽패가 휙 눈을 돌려온다.

"어이쿠! 어서 가세!"

독종으로 소문난 추단이다. 그리고 그에 못지않은 곽패다. 그들을 데려갔다가는 공연한 소란이 일 것 같아 이탁만 데려가는 중이다.

"옙! 날아갑지요!"

이탁이 싱글벙글하며 노를 젓는다.

"아이고! 총채주! 저희도 따라가렵니다아아!"

저 멀리서 다시 고함 소리가 들려왔다.

추단과 곽패였다.

두 사람은 곽무한이 어디로 가는지 그제야 눈치챈 모양이었다.

곽무한은 펄쩍펄쩍 뛰는 두 사람을 보며 손을 흔들어줬다.

촤촤촤!

노 젓는 소리와 함께 수채가 점점 멀어졌다.

곽무한은 문득 이탁을 돌아봤다.

"혹시나 해서 말인데, 가서는 쥐 죽은 듯이 있어. 그들도 자존심이 있으니."

"하하하. 염려 놓으십시오."

그러나 이탁의 입이 귀에 걸린 걸 보니 염려가 되었다.

'차라리 혼자 갈 걸 그랬나?'

그러나 어쩔 수 없는 선택이었다. 곽무한은 셋 중에서 그나마 진중한 편인 이탁을 믿어보기로 하고 가부좌를 틀었다.

"물살이 거세다 싶으면 깨워."

"옙! 편히 쉬십시오!"

배는 빠르게 물살을 갈랐다. 물론 이탁이 노련한 때문이었지만, 한시바삐 파양수채로 가 큰소리를 쳐보고 싶은 이탁의 욕망도 한몫했다.

쿠쿠쿠쿠!

용틀임치는 물살.

은와탄에 이르자 이탁은 곽무한을 깨웠다.

그때부터 두 사람은 같이 노를 저었다.

펑, 펑!

가끔씩은 장력이 날아가기도 했다.

삼협을 지나고부터는 물살이 한풀 꺾였다.

의창을 지나 호북으로 들어서면서부터 유량이 급속히 늘어났다. 덕분에 배는 빠른 속도로 나아갔다.

형강(荊江)의 곡류 구간에서 잠시 쉰 곽무한과 이탁, 날이 밝자마자 다시 노를 저었다.

무성한 산을 지나고 계곡을 지나, 바다처럼 넓은 동정호를 지나고 바위 동산이 늘어선 적벽(赤壁)을 지나자 마침내 파양호가 그 위용을 드러냈다.

"우와! 대단하군요!"

이탁이 파양호를 보자마자 감탄사를 터뜨렸다.

맑은 물빛. 수평선과 맞닿은 뭉게구름.

산과 들이 어우러진 파양호는 그야말로 그림 같은 호수였다.

파라락!

나부끼던 깃발이 깃털처럼 내려간다.

우렁찬 목소리가 굉음처럼 울려온다.

"채주를 뵈오!"

드넓은 파양호.

곽무한이 지나갈 때마다 배들이 멈춰 서며 깃발을 내리고 사내들은 한목소리로 허리를 꺾는다. 벌써 몇 번째인지 헤아릴 수조차 없다.

"아!"

이탁은 한동안 감개무량한 표정을 지었다.

자기 옆에서 무심한 표정으로 인사를 받아넘기고 있는 곽무한.

이 거대한 수채를 단신으로 장악한 사내. 그가 바로 자신의 주군이다.

그가 자신들을 더 인정한다고 했다.

이탁은 서서히 본색을 회복했다.

'그리고 보니 모두 우리 애들보다 못하군. 눈에 독기가 없어.'

한번 그렇게 생각하고 나자 모두가 그렇게 보였다.

그때부터 이탁의 아랫배에 힘이 들어가고 턱이 올라가기 시작했다.

파양채의 부채주들이 왔을 때도 마찬가지였다.

"채주! 돌아오셨습니까!"

곽무한이 돌아왔다는 소식에 우루루 뛰쳐나온 부채주들.

한목소리로 허리를 꺾는데, 눈에 차는 놈이 없었다.

고작해야 맨 앞에 서 있는 배불뚝이 정도.

'그래, 모두 총채주와는 눈도 제대로 못 마주치는군. 그래서 우릴 더 인정한다고 하셨군.'

자신은 곽무한과 주먹질까지 나눈 사이가 아닌가?

이탁의 턱이 다시 올라갔다.

그러나 만약 이탁이 파양수채를 접수할 때의 곽무한을 봤다면 저들처럼 숨도 제대로 못 내쉬었으리라. 그러나 그때의 모습을 보지 못했으니 저들이 우습게 보일 밖에.

그런데 이탁의 그런 표정을 보며 인상을 구기는 사람이 있었다.

그는 곽무한을 보자마자 맨 앞으로 뛰어나왔던 탁대붕이었다.

그는 곽무한에게 숙였던 허리를 펴다가 오연한 표정으로 서 있는 이탁을 보고 인상을 와락 일그러뜨렸다.

'저 자식은 뭐야?'

탁대붕은 슬며시 이탁을 노려봤다.

이탁은 탁대붕의 눈빛을 받고 되려 눈을 부릅떠 보았다.

'저, 저 개자식 봐라?'

다시 쏘아지는 눈빛.

곽무한은 탁대붕의 눈빛을 보고 뭔가 이상하다는 생각이 들어 뒤를 돌아봤다. 그러나 그때는 이미 공손한 표정으로 고개를 숙이고 있는

이탁이다. 그래서 무심히 넘어갔는데,

"그러고 보니 둘 다 직위가 똑같군. 같은 수석 부채주야. 서로 인사들 해."

곽무한이 이탁을 소개하고부터 다시 심상찮은 기운이 감돌았다.

곽무한의 소개를 받자마자 다시 턱을 치켜세운 이탁 때문이었다.

그때부터 두 사람의 기세 싸움이 시작됐다.

곽무한은 그제야 분위기를 눈치챘다.

'아이고, 머리야.'

이런 상황을 방지하기 위해 이탁을 데려왔건만……

곽무한은 내심 한숨을 쉬며 두 사람에게 나직한 호통을 쳤다.

"뭣들 하는 거야? 인사들 나누라니까."

두 사람은 그제야 움직였다.

"삼두점 이탁이다."

"벽력권 탁대붕이다."

입으로는 서로 소개를 하지만 뚝뚝 끊어지는 말투에 포권도 없다.

더구나 마주한 눈에서는 여전히 불똥이 튄다.

자기와 엇비슷한 상대를 보면 일단 누르고 봐야 하는 게 이 바닥 생리다. 거기다가 둘 다 수석 부채주니 자존심까지 걸렸다. 그러니 말리기가 뭣해 곽무한은 한숨만 푹푹 내쉬었다.

서로를 노려보며 맹렬한 투기를 발하는 두 사람.

그 모습을 본 부채주들이 거기에 불을 질렀다.

"저 자식 눈 봐라?"

"채주를 믿고 너무 건방지잖아?"

짐짓 소곤거리지만 귀머거리가 아닌 다음에야 못 들을 리가 없다.

이탁은 그 소릴 듣자 오기가 치솟았다. 그래서 곽무한에게 부탁을 했다.

"총채주! 죄송하지만 저놈과 한판 붙고 싶습니다!"

물론 탁대붕이라고 가만있을 리 없다.

"채주! 저도 마찬가집니다. 기껏해야 촌구석에서 놀던 놈이 감히 여기가 어디라고……."

탁대붕은 말하다가 아차 싶었다.

저자가 촌구석에서 놀았다면 곽무한도 마찬가지가 아닌가?

"휴우. 알아서들 해!"

그러나 다행히도 곽무한이 무심히 받아넘긴다.

탁대붕이 안도의 한숨을 내쉬는 순간, 이탁이 본격적으로 도발을 해왔다.

"등신 자식! 감히 총채주께 채주라고 부르다니!"

"……?"

"벌써 예전에 아홉 개의 수채를 거느리셨던 총채주시다! 그러니 호칭부터 똑바로 해!"

"그, 그런가?"

초장부터 한 수 꿇리는 기분이다.

탁대붕은 뺨을 붉히며 주먹을 말아 쥐었다.

오늘의 그를 있게 한 벽력권을 펼치기 위해서였다.

반면 이탁은 기가 살았다. 그래서 삼두구를 꺼내는 대신 맨주먹으로 맞섰다.

'저런! 맨손으로는 힘들 텐데…….'

곽무한은 그런 이탁을 보며 고개를 내저었다.

좌우간 서로를 향해 마주 선 두 사람.

닳고닳은 능구렁이들답게 먼저 기파를 흘려 상대의 기를 가늠했다.

'젠장! 만만치 않군!'

'빌어먹을! 적수공권으로는 쉽지 않겠군!'

두 사람에게 동시에 든 생각이었다.

그러나 겉으로는 둘 다 무표정했다.

스읏, 스읏.

두 사람은 한동안 서로를 보며 빙빙 돌기만 했다.

그 모습이 지루했던지 부채주들이 야유를 보냈다.

"뭐 하는 거야?"

"에이, 시시해."

그 순간 이탁의 얼굴이 벌게졌다.

따지자면 자신은 적지에 뛰어든 것이나 다름없었다. 그러니 선공을 펼쳐 상대의 기를 꺾어야 했다. 그런데 이 모양이라니!

'젠장! 자만하지 말고 처음부터 무기를 꺼낼걸.'

그러나 이미 늦어버렸다.

'좋아! 까짓 거 목숨을 걸지 뭐!'

결국 이탁은 배짱 좋게 목숨을 걸기로 했다.

'저, 저놈이? 이런 비무에서 목숨을 걸다니?'

탁대붕은 깜짝 놀랐다. 눈빛을 통해 이탁의 결의를 읽은 것이다. 그러나 노련한 수적답게 순간적으로 표정을 굳혀 놀란 기색을 숨겼다.

'저 친구들! 무리를 하려고?'

곽무한은 두 사람을 보며 혀를 찼다. 그리고 만약의 사태에 대비해 여차하면 뛰어들 준비를 했다.

"간다앗!"

이탁이 기합성을 토했다.

"오냐! 와라!"

탁대붕은 양발을 벌리며 반격을 준비했다. 그런데 그때였다. 이탁이 신형을 쏘아 올리기 직전, 의외의 훼방꾼이 나타났다.

"어느 분이 신임 채주시오?"

멀대 같은 키에 얼굴 가득 반점을 지닌 놈이 멀리서부터 고개를 두리번거리며 다가오고 있었다.

"젠장!"

이탁이 제자리로 돌아오고 대치 상태가 풀렸다.

탁대붕은 뒤돌아서서 그를 곽무한에게 소개했다.

"창강채주입니다."

그런데 놈의 행실이 가관이었다.

곽무한에게 무슨 불만이라도 있는지 허리를 숙이는 대신 고개만 까닥였다.

"쌍수도(雙手刀) 곡철진(谷哲辰)이라 하오."

순간, 이탁이 쌍심지를 켰다.

그러나 창강채주는 계속 뻬딱했다.

"도대체 무슨 생각으로 제게 후퇴를 명했소? 내 신임 채주께 그 이유를 묻기 위해 달려오는 길이오!"

애석하게도 그는 날을 잘못 잡았다.

가뜩이나 한 건하지 못해 분을 삭이고 있던 이탁에게 걸렸으니.

"네 이노오옴!"

호통 소리와 함께 이탁이 날았다.

퍼퍼퍼퍼퍽!

"커커커커컥!"

눈 깜빡할 사이에 여덟 번.

벼락처럼 퍼부어진 이탁의 연환각에 창강채주의 몸이 허공에서 춤을 췄다.

"뭐, 뭐야?"

부채주들이 나서려고 했을 땐 이미 늦어버렸다.

느닷없이 튀어나온 이탁에 의해 창강채주는 이미 피떡이 되어버렸다.

이탁은 쓰러진 그의 목을 밟고 모두를 노려봤다.

"감히 총채주께 이따위로 구는 곳이 파양채인가?"

부채주들은 이탁을 보고 아무 소리 못했다.

탁대붕은 또 한 번 기선 제압당하는 기분이 들었다.

곽무한은 눈을 감은 채 창강채주의 말을 듣고 있었다.

가뜩이나 시퍼런 반점이 얼굴 반을 차지하던 창강채주, 이제는 얼굴 전체가 청면귀(靑面鬼)처럼 변해 간간이 이탁의 눈치를 살피며 말했다.

"…그러던 차에 며칠 전부터 놈들의 움직임이 달라지기 시작했습니다. 그런데 아무리 기다려도 별다른 명은 내려오지 않고… 계속 웅크리고 있자니 아이들의 사기가 말도 아니고… 그래서 하소연하러 온 겁니다."

곽무한은 창강채주의 말이 끝나자 천천히 눈을 떴다.

"흠… 놈들이 본격적인 공세를 준비하고 있단 말이지……."

곽무한은 잠시 말을 늘어뜨리다가 이내 눈을 빛냈다.

"자네 별호가 쌍수도라 했나?"

"예! 쌍수도 곡철진입니다."

"좋아. 그대는 회의가 끝나는 즉시 창강으로 돌아가. 가서 수하들을 소집해 몽땅 이곳으로 데려와. 창강에서 완전 철수하란 이야기야. 알아듣겠나?"

"예?"

창강채주는 의외의 명에 멍한 표정을 지었다.

"그, 그럼 이곳에서 그들과 싸우실 생각입니까?"

"아니! 당분간 기(旗)를 내린다."

"예엣?"

기를 내린다 함은 활동을 접는다는 말.

부채주들은 놀란 표정으로 곽무한을 쳐다봤다.

곽무한은 태연한 표정으로 말을 이었다.

"어차피 예상했던 일이야. 예전에 말했었지? 남의 싸움에 끼어드는 대신 내실을 다지는 게 낫다고. 지금이 바로 그때야. 당분간 본채 문을 걸어 잠궈."

"저어… 그러다가 놈들이 본채를 공격해 오기라도 하면요?"

누군가 주저주저하며 물었다.

곽무한은 무심히 대답했다.

"그럼 항복해."

"채주? 아니, 총채주?"

부채주들은 자기도 모르게 자리에서 벌떡 일어났다.

그때였다.

"지금… 단체로 항명하는 건가?"

이탁이 잔뜩 갈리는 목소리로 모두를 노려봤다.

"그, 그게 아니고……."

부채주들은 아차! 하는 표정으로 자리에 앉았다.

탁대붕 역시 마찬가지였다.

'니미럴…….'

어째 상황이 자꾸 이탁에게 고개를 숙이는 방향으로 흘러가는 듯해 기분이 나쁜 탁대붕이었다.

회의는 계속됐다.

"모두 오해하지 마, 진짜로 항복하라는 얘기가 아니고 거짓 항복으로 전력을 유지하라는 이야기야. 예전에도 설명했었지만……."

곽무한은 다시 한 번 설명을 했다. 수하들은 그제야 고개를 끄덕였다.

"그럼 이것으로 흑룡방 문제를 매듭짓지. 본채는 예전과 마찬가지로 탁 부채주가 관리해. 돌발 상황이 생기면 언제든 연락하고."

"또 어디 가십니까?"

"음, 개인적으로 처리할 일이 좀 있어서. 아! 그러고 보니 자네가 내게 연락할 방법이 없군. 다른 사람들도 마찬가지고."

곽무한은 잠깐 말을 끊고 부채주들을 둘러봤다.

"좋아. 이참에 몇 명이 함께 가도록 하지. 어차피 상견례도 나눠야 하니."

"상견례라구요?"

"음, 수룡채 식구들 말이야."

그때 이탁이 나섰다.

"총채주, 이제부터는 수룡채가 아니라 총채(總寨)라고 하시지요. 총채주께서 계시는 곳이니까요."

"흠… 총채라… 좋은 표현이군."

곽무한은 이탁의 지적에 고개를 끄덕이다가 눈을 빛냈다. 이왕 총채라고 부를 양이면 파양채의 수하들도 일부 데려가 수룡채의 분위기를 보여주는 게 좋겠다는 생각이 든 것이다.

"좋아! 마침 총채라는 이야기가 나와서 말인데, 탁 부채주! 조금 있다가 날랜 놈들로 천 명 정도를 추려봐. 그들도 함께 데려가야겠어."

"천 명이나요? 아, 알겠습니다."

"그리고… 출발하기 전에 몇 가지 필요한 게 있네. 보고 이대로 준비 좀 해줘."

탁대붕은 곽무한이 내민 목록을 보다가 눈을 휘둥그레 떴다.

"세상에! 화탄에, 흉갑에, 독염에… 거기다가 쇠뇌까지? 어디 전쟁이라도 벌이실 생각입니까?"

"훗. 전쟁이라… 좋은 표현이군. 그래, 전쟁이지."

곽무한은 실소로 받아넘겼다.

탁대붕은 곽무한이 별다른 설명 없이 웃어넘기자 잠시 실망한 기색을 지었다. 그러다가 무슨 생각이 났는지 곽무한을 보며 말했다.

"그리고 보니 총채주께서 처리해 주셔야 할 일이 있습니다만……."

"내가 처리할 일?"

"예. 며칠 전에 관에서 연락이 왔습니다. 지부(知府:정사품의 관직)대인께서 총채주를 뵙고 싶답니다."

탁대붕은 짧은 설명과 함께 서찰을 건넸다.

"지부대인이?"

"예."

곽무한은 건성으로 서찰을 훑고는 피식 냉소를 지었다.

"채주가 바뀌었으니 신고식을 하란 말이군. 자네가 대신 가게."

"예? 아이고! 제가 그런 자리에 어떻게?"

탁대붕이 펄쩍 뛰었다.

그러나 곽무한은 관의 생리를 잘 알고 있었다.

그들은 누가 오든 관심이 없다. 그들의 관심은 오로지 돈뿐이다.

"됐어. 내가 없을 땐 자네가 내 대리인이야. 가서 비위만 잘 맞춰주면 돼. 그리고 자리가 파할 때쯤 몰래 돈을 건네주면 되고."

"끄응. 알겠습니다."

"그리고 또?"

"동정수채에서 서찰이 와 있습니다."

"동정수채?"

역시 별 내용이 없었다. 그저 근일간에 한 번 만나자는 소리였다.

"흠… 그때 그 동맹 건 때문인가?"

곽무한은 고개를 한 번 갸웃거리고 말았다.

동정용왕 딴엔 곽무한과 은화연을 맺어주기 위한 구실이었으나, 모든 신경을 웅풍산장 공략에 집중하고 있는 곽무한으로서는 흘려 넘길 수밖에 없었다.

"나중에 한번 들르겠다고 해."

곽무한은 추가로 몇 가지를 더 확인해 보고 별다른 사항이 없자 회의를 마쳤다.

잠시 후, 오십 척의 배가 줄지어 파양호를 떠났다. 그리고 그들이 지나갈 때마다 작은 소란이 일었다.

"어이쿠! 무슨 일이야?"

"어디 전쟁이라도 났나?"

평소에는 좀체 보기 힘든 수적들, 그것도 형형한 눈빛을 지닌 사내들이 벌건 대낮에 움직이고 있어서였다.

*　　　*　　　*

땡, 땡, 땡!

타종 소리가 들려오자 수룡채들은 부산하게 움직였다.

"모두 정렬! 총채주께서 돌아오신다!"

"빨리! 빨리!"

타다다닥!

누가 먼저였는지 모른다. 그러나 종이 울린 지 채 일각도 지나지 않아, 강변에는 이백 개의 석상이 세워졌다. 하나같이 구릿빛으로 번들거리는 석상이었다.

좌아악!

배들이 꼬리를 물며 들어왔다.

낯선 배들이 무려 오십 척이나 들어왔지만 수룡채들은 눈도 깜짝 않았다. 그러다가 곽무한의 배가 들어서자 그들에게서 천지를 뒤흔드는 음성이 나왔다.

"총채주를 뵈오!"

한목소리로 울리는 이백 개의 음성에 세도류로 내려서던 파양채들이 깜짝 놀랐다.

웃통을 벗어젖힌 채 허리를 꺾고 있는 수룡채들.

곽무한뿐만 아니라 천 명의 파양채들이 지나가도록 미동조차 없다.

"으으… 뭐야?"

파양채들은 은근히 기가 죽었다.

곽무한의 뒤를 따르던 탁대붕이나 마자단, 홍갈 등도 마찬가지였다.

그저 그들 곁을 지나가는 것뿐인데도 알 수 없는 기파가 몰려와 숨쉬기조차 힘들었다. 가뜩이나 삼협의 물길에 놀란 그들, 수룡채들의 위용에 또 한 번 놀란 것이다.

그래서일까? 수하들이 분산되고 수뇌부들끼리 따로 회의실에 들었지만 탁대붕 등이 한 말이라곤,

"정말… 천험의 요새가 따로 없군요."

"경치도… 죽이는데요?"

쥐어짜내듯 내뱉은 이 두 마디가 다였다.

그날 밤.

어찌어찌 상견례가 끝나고 자갈밭 한복판에 술자리가 마련됐다.

"자! 오늘 하루는 자유다! 모두들 마음껏 먹고 마셔라!"

"와아아!"

화톳불 옆에서 곽무한이 먼저 잔을 비우자 분위기가 한껏 달아올랐다.

파양채들도 마찬가지였다.

낮 동안 잔뜩 주눅 들어 있다가 눈앞에 술자리가 마련되자 모두들 긴장을 풀어헤친 채 흥겹게 잔을 비웠다.

그러나 그들은 몇 잔 마시지도 못하고 잔을 내리고 말았다.

물론 귀동냥으로 들리는 수룡채들의 무용담 때문이기도 했지만, 그보다는 한참 술을 마시던 와중에 누군가가 석 잔의 술을 비우며 곽무한에게 말한 내용 때문이었다.

"총채주! 오랜만의 술자리이니 옛 기분을 한번 내고 싶습니다."

처음엔 무슨 소린가 했다.

그러나 곽무한이 승낙하고, 몇 놈이 취기 어린 몸으로 앞에 나서고 부터는 몸을 오싹 떨어야 했다.

"자! 나 장가덕이 나섰다. 누가 나와 붙을 테냐?"

"흐흐흐. 내가 상대해 주지. 난 고태독이라고 한다!"

그 말을 시작으로 놈들이 서로 뒤엉켜 박투를 벌이는데, 이건 박투가 아니라 실전이었다. 그것도 피가 튀고 살이 튀는 생사결이나 마찬가지였다. 한 놈이 분에 못 이겨 병장기를 꺼내 들면 다른 놈도 곧 자신의 병장기를 꺼내 들고 싸워대니.

"저, 저놈들이 미쳤나?"

그러나 구경하는 놈들이 더 미친놈들이었다.

동료들끼리 저렇게 위험하게 싸우면 말려야 정상이 아닌가?

그런데 놈들은 오히려 환호성을 지르며 열광하기 시작했다.

곽무한 역시 마찬가지였다.

어린애처럼 웃으며 응원에 몰두하는 게 아닌가!

"맙소사! 이게, 이게 저들의 여흥이란 말인가?"

한쪽엔 칼 빛이 서리치고 다른 한쪽엔 술판이 벌어진다.

몇 놈은 이쪽에서 목이 터져라 응원하고 다른 몇 놈은 저쪽에서 고주망태가 되도록 술을 퍼마신다.

그 와중에도 모닥불 주변에는 피가 흐르고, 또 시간이 지날수록 비무에 나서는 놈들이 늘어만 가고…

아무리 같은 수중호걸이라지만 이건 차원이 달랐다.

'으으… 저들은 무인이야! 우리 같은 삼류건달이 아니야!'

파양채들의 소리없는 비명이었다.

추단은 계속 이탁의 눈치를 살피다가 마침내 입을 열었다.

"싸워봤어?"

그러나 주변의 소음 때문인지 이탁은 여전히 술만 마시고 있다.

추단은 입술을 한 번 씰룩이고는 이탁의 옆구리를 찔렀다.

"이봐! 싸워봤냐니깐?"

이탁은 그제야 고개를 돌렸다.

"싸워보다니? 그게 무슨 소리야?"

물론 이탁은 추단이 무슨 이야기를 묻는지 알고 있었다. 그러나 정식으로 붙어보질 않았으니 할 이야기가 없어 능청을 떠는 중이었다.

추단은 그런 심정도 모르고 계속 집적거렸다.

"저자 말이야, 저 배불뚝이. 파양수채의 수석 부채주라잖아. 만나봤으니 붙어봤을 거 아냐? 어땠어? 응? 어떻더냐고?"

이탁은 어찌 대답할까 고민하다가 한번 당해보라는 심정으로 대충 대답했다.

"음. 싸워봤어."

이탁의 대답에 추단은 안달이 났다.

"어떻게 됐어? 응? 결과가 어떻게 됐냐고?"

"훗."

이탁은 대답 대신 묘한 미소를 흘렸다.

그 표정을 보고 추단은 지레짐작했다.

"이 자식! 이겼구나!"

그 말과 함께 추단은 자리에서 벌떡 일어났다.

"어? 어디 가?"

물론 추단의 걸음이 향한 곳은 탁대붕 쪽이었다.

추단은 탁대붕 옆에 앉아 그의 얼굴을 뚫어져라 쳐다봤다. 그러니 시선이 안 마주치려야 안 마주칠 리 없고.

"왜 그러쇼?"

역시나 성격대로 퉁명스레 묻는 탁대붕.

마음이 불편하니 말투가 삐딱할 수밖에 없고, 말투가 삐딱하니 눈빛 역시 고울 리 없다.

추단은 탁대붕의 눈빛을 보고 얼씨구나 싶었다.

"너냐? 네가 저쪽의 수석 부채주라며? 나랑 한판 붙을까? 응? 자신 없어?"

은근한 추단의 도발.

그러나 이상했다.

갑자기 탁대붕이 술잔을 집어 던지며 일어났다.

"이것들이 지금 돌아가면서 장난을 치나?"

"어? 생각있어? 생각있는 거 맞지? 흐흐흐."

아직 상황 파악이 안 된 추단이 쾌재를 지르며 일어설 때,

"형님! 내가 먼저요!"

어디선가 불퉁한 목소리가 들려왔다.

"어? 넌 여기 웬일이냐?"

목소리의 주인공은 탁대붕의 덩치에 가려 있던 곽패였다.

곽패는 불만 어린 목소리로 말했다.

"내가 먼저요! 내가 먼저 비무를 신청했단 말이오!"

순간 추단의 표정이 일그러졌다.

"어? 이 자식이, 찬물도 순서가 있지……."

탁대붕은 자신을 두고 옥신각신하는 두 사람을 보고 기가 막혔다.

"이것들이 정말?"

그러나 두 놈 다 흉측한 몰골들이다.

한 놈은 쾡하니 뚫린 애꾸눈에 툭 튀어나온 광대뼈였고, 다른 한 놈은 얼굴 반이 뜯겨져나간 외팔이다.

인상이 반 먹고 들어간다는 속설처럼, 그런 놈들이 계속 비무를 요청해 오자 탁대붕은 은근히 켕기는 기분이었다. 그러나 관록이 있지, 싸워보지도 않고 꼬리를 말 수는 없는 노릇.

"뭐, 이런 놈들이 다 있어? 좋아! 둘 다 덤벼!"

탁대붕은 홧김에 버럭 고함을 지르며 두 사람을 노려봤다.

그러나 탁대붕은 곧 울화통이 터져 기절하는 줄 알았다.

"이기는 사람이 윗줄이다. 알았지? 응? 약속했다?"

"형님! 제가 먼저라니까요!"

두 사람은 자신은 본체만체. 서로 먼저 싸우겠다고 아웅다툼을 벌이고 있었다.

이건 자신을 다 잡아놓은 사냥감으로 취급하고 있지 않은가?

두 사람의 실랑이를 보고 탁대붕이 울지도 못하고 웃지도 못하는 순간,

"거기 뭣들 하는 거야?"

곽무한의 불호령이 떨어졌다. 줄곧 이곳을 지켜보고 있던 모양이다.

"아, 아무것도 아닙니다."

"예, 아무것도 아닙니다. 그저 서로의 우호를 다짐하고 있던 중이었……."

"너희 둘! 입 닥치고 이리 오지 못해? 오늘만큼은 그들 모두 손님이

란 말이야!"

곽무한의 호통에 두 사람은 슬그머니 꼬리를 말았다. 그러나 돌아서는 와중에도 계속 뒤를 돌아보며 힐끔거리는 걸 보니 미련이 이만저만이 아닌 모양이었다.

탁대붕이 그 모습을 보며 내심 안도의 한숨을 쉬는데, 갑자기 돌발 상황이 일어났다.

"우우! 한판 붙어봐요!"

"뭡니까? 싸워보지도 않고 꼬리를 마는 겁니까?"

"와하하! 부채주님들, 겁먹은 거요? 그래서 피하는 거요?"

옆에 있던 놈들이 공연히 싸움을 부추기기 시작했다. 그러자 함성 소리가 순식간에 번져, 한쪽 구석에서 술을 마시고 있던 놈들까지 합세해 한목소리로 고함을 지르는 판이었다.

일이 이쯤 되자 곽무한도 어쩔 수 없었다.

"어쩌려나? 한 수 선보이려나?"

탁대붕도 어쩔 수 없었다.

파양채들까지 다 쳐다보고 있는데 어찌 꼬리를 말 수 있겠는가?

두둥!

북소리가 울렸다.

사내들은 두 사람을 위해 공간을 만들어줬다.

둥그렇게 원을 그리고 앉아 있는 관객들.

오늘의 주연 격인 탁대붕은 난생처음 치르는 공개 비무에 괜히 위축되는 기분이었다.

생사결도 아니고 난전도 아닌, 모두가 지켜보는 가운데 일 대 일 비무라니?

'젠장! 부담스럽군.'

탁대붕은 자신도 모르게 인상이 굳어졌다.

지켜보는 눈들이 저리 많으니 뭔가 그럴듯한 한 수를 보여줘야 한다는 심리적인 압박 때문이었다. 그리고 과연 손을 어디까지 써야 하나 하는 고민도 있었다. 반면 추단은 즐거운 표정이었다. 늘상 해오던 일이라 지금 상황을 즐기는 모양이었다. 그래선지 선공은 추단이 먼저였다.

"자! 간다!"

호통과 동시에 뿌려진 두 개의 원.

쐐애앵!

탁대붕은 귀를 찢으며 날아오는 은빛을 보고 헛바람을 집어삼켰다.

"이런!"

아직 분위기에 익숙지 않아 호흡 조절을 하고 있던 참인데 느닷없이 날아오는 공세라니?

탁대붕은 급히 보법을 펼쳤다. 순간 아슬아슬하게 스쳐 가는 은빛 원.

그러나,

"탓!"

귀를 찌르는 호통성과 함께 뭔가가 눈앞에 번쩍였다.

어느새 공간을 단축해 온 추단이 양팔로 회전 공격을 가해오고 있던 것이다. 순간, 탁대붕은 추단의 팔목을 튕겼다.

쾌콱!

강한 타격음과 함께 손등이 찌르르 해왔다.

'뭐야? 공력이 상당하잖아?'

그런 생각이 들자마자 탁대붕은 거리를 벌렸다.

놈의 발이 하체를 쓸어오고 있기도 했지만, 무엇보다 거리를 확보해 자신의 절기를 펼치려는 의도였다.

그러나 탁대붕이 미처 고려하지 못한 것이 있었다.

"엇?"

미끈!

지금 싸우고 있는 곳은 평탄한 바닥이 아니었다. 미끌미끌한 자갈밭이었다.

벽력권이란 별호처럼 세 걸음 안쪽이라면 집채만한 바위라도 으깨 버리는 탁대붕이다. 그러나 그런 권력(拳力)에는 하체의 안정이 가장 중요했다. 그런데 그 하체가 흔들려 버렸으니 벽력권을 제대로 펼칠 수가 없었다. 게다가 놈은 거리조차 주지 않고 따라붙는다.

파파파팡!

숨 쉴 틈조차 주지 않는 발길질.

'제기랄! 순간의 호흡과 거리만 있으면 되는데…….'

그러나 놈은 공력을 끌어올릴 시간도, 거리도 주지 않는다.

게다가,

패애애액!

날아드는 권각을 피해 허리를 젖히는 순간, 등 뒤로 섬뜩한 기음이 들려왔다. 이미 흘려 버린 원반, 그러나 회전을 먹어 되돌아오는 원반이었다.

"이런!"

원래 같으면 튕겨내야 옳았다. 그러나 불안정한 자세와 예상치 못한 수법에 당황해 그만 기회를 놓치고 말았다.

그때부터 악몽이 시작되었다.

패애액!

파파팡!

기음을 토하며 날아드는 원반. 원반을 날리자마자 짓쳐 오는 발길질.

바닥은 미끌미끌하고 시야는 화톳불로 어른거린다. 더구나 고막을 뒤흔드는 함성 소리에 화려한 기술을 보여줘야 한다는 심리적 압박감.

탁대붕은 도무지 정신을 집중할 수 없었다.

그 결과,

퍼퍼퍼퍽!

"쿠에엑!"

탁대붕은 결국 이렇다 할 공격 한 번 펼치지 못하고 만신창이가 되고 말았다.

그러나 악몽은 그걸로 끝나지 않았다.

"어이, 이제 나랑 붙자."

비몽사몽으로 널브러진 자신에게 다가와 옆구리를 쿡쿡 쑤시는 놈.

"왜 그런 눈으로 봐? 자신없어? 그럼 내가 형 한다?"

'이, 이런 치사한 자식…….'

어느새 반말을 툭툭 내뱉는 곽패를 보고 탁대붕은 억울하고 분해 눈물도 제대로 나오지 않았다. 어찌 이 상태를 보고도 싸우자는 소리가 나온단 말인가?

그러나 할 말이 없었다.

지켜본 결과 이게 놈들의 방식이었다.

지쳐 쓰러지지 않는 한, 놈들은 좀 전에 싸웠던 놈이든 새로운 도전자든 싸우고 또 싸웠다.

그런 장면을 직접 봤으니 뭐라고 대답하랴?

놈들은 그렇게 싸우면서 서로 정을 내는지 몰라도 자신은 절대 저들과 정을 내고 싶은 생각이 없다. 더구나 이런 치사한 비무를 통해 서열을 정할 생각은 더 더욱 없다.

그러나 놈은 그런 마음을 알아주지 않았다.

"모두 봤지? 이제부터 내가 이자보다 윗항렬이다! 모두 명심해!"

탁대붕은 자신의 허락도 받지 않고 사방에 허위 사실을 떠벌리는 곽패를 보며 고개만 설레설레 저었다.

다음날.

날이 밝자마자 탁대붕을 비롯한 파양채 부채주들이 사라져 버렸다.

그들 모두 이런 으스스한 곳에는 한시도 더 머물고 싶지 않아 벼락같이 떠난 것이다.

"아이고, 우리만 남겨두고 가면 어쩌라구?"

파양채들은 우두머리들의 빈자리를 보며 발을 동동 굴렀다.

그러나 그들의 표정은 곧 밝아졌다.

잠시 후에 수룡채들의 출전이 있다는 소식 때문이었다. 그리고 연이어 들려온 소식에 그들은 깜짝 놀라고 말았다. 상대가 다름 아닌 웅풍산장이라는 소리 때문이었다. 그리고 그들은 곧 충격적인 소식을 접해야 했다.

"너희들도 준비해. 같이 간다."

파양채들은 그 말을 듣는 순간 자리에 털썩 주저앉고 싶었다. 그러나 이어지는 말을 듣고 그들은 떨리는 무릎을 간신히 일으켜 세울 수 있었다.

"너희들은 아직 명문 정파와 싸워본 경험이 없으니 참관만 해."

물론 그런 의미는 아니었겠지만, 파양채들은 그때만큼은 자신들이 삼류 축에도 못 끼는 하류배 취급을 받아도 좋았다.

오후 무렵.

둥둥둥둥!

급박한 북소리가 울렸다.

수룡채들은 번개 같았다. 눈 깜짝할 사이에 출전 준비를 마치고 자갈밭에 도열했다. 반면 파양채들은 허겁지겁 줄을 섰다.

"모두 준비됐나?"

"예! 준비됐습니다!"

"좋아! 신명나게 부숴주자!"

"와아아아!"

함성 소리가 어찌나 컸던지 파양채들은 모두 귀를 틀어막아야 했다.

파양채들이 보기에 저들은 미쳐도 단단히 미친 것 같았다.

세상에, 강호에서 열 손가락 안에 드는 명문세가를 치러 가면서도 저런 환호성이라니!

그러나 그들이 그런 생각을 하건 말건 수룡채들은 열광적으로 고함을 질렀다.

그리고,

"출발하라!"

곽무한의 명이 떨어지자 육십 척의 배가 힘차게 나아가기 시작했다. 웅풍산장을 향한 수룡채의 진격이었다.

제73장
웅풍산장을 향해

웅풍산장을 향해

웅풍산장.

앞쪽에는 거대한 차밭을, 뒤쪽으로는 수직으로 치솟은 기암절벽을
등에 진 황금빛 건물.

오후 무렵.

구릉 전체가 찻잎으로 뒤덮여 마치 푸른빛 융단을 보는 듯한 계단식
언덕에 한 사람의 신형이 나타났다. 그는 웅풍산장을 향해 일직선으로
달려오고 있었는데, 한걸음 뗄 때마다 삼 장여 거리를 획획 건너뛰는,
바람 같은 신법을 전개하고 있었다.

그의 모습이 점차 사람의 형상을 이룰 즈음 경계 무인들이 그를 발
견했다.

"정지! 다가오는 자는 걸음을 멈춰라!"

그러나 그는 걸음을 멈추지 않았다.

"비켜! 급보야!"

호통 소리와 함께 사내의 신형이 코앞에 이르자 경계 무인들은 황급히 고개를 숙였다. 그러나 그는 인사를 받는 둥 마는 둥 하며 훌쩍 건물 안으로 사라졌다.

그가 사라지자 경계 무인들은 서로를 보며 소곤거렸다.

"혈영귀검님 맞지?"

"맞아, 귀검대 대주셨다가 얼마 전에 무림맹으로 좌천되신. 그런데 연락도 없이 어쩐 일이시지?"

그랬다. 사내의 정체는 작년까지만 해도 웅풍산장의 최정예 집단인 귀검대를 이끌던 혈영귀검 오치극이었다.

"장주를 뵈옵니다."

혈영귀검 오치극은 육도강이 들어서자 허리를 숙였다.

"음. 어서 오게. 왔다는 소식을 듣고 놀랐다네. 어쩐 일인가? 연락도 없이?"

육도강은 자리에 앉으며 의아한 눈길로 오치극을 쳐다봤다.

오치극은 대답 대신 공손히 서찰을 내밀었다.

"이게 뭔가?"

육도강의 물음에 오치극은 재차 허리를 숙였다.

"맹에서 빼낸 개방의 첩지입니다."

"개방의 첩지?"

"예. 한번 읽어보시지요."

"흠."

오치극이 내민 첩지를 천천히 읽어가던 육도강. 어느 순간에 이르러

불같은 노호성을 터뜨리며 자리에서 벌떡 일어났다.

"그놈이, 그 찢어 죽여도 시원찮을 놈이 아직 살아 있다고?"

오치극은 회심의 미소를 지었다. 장주의 반응을 보니 자신의 복귀가 멀지 않았다는 예감이 들어서였다.

"으드득! 어디냐? 놈이 있는 곳이 어디냐?"

이를 가는 육도강의 물음에 오치극은 슬며시 고개를 내렸다.

"현재로는… 알 수가 없습니다. 그러나 오가는 서신을 훔쳐본 결과 놈이 복수를 다짐하고 있는 것 같습니다."

"복수? 놈이 복수를 다짐하고 있다고?"

육도강의 눈이 금세 달아올랐다.

자신이 그놈 때문에 입은 피해가 그 얼마던가?

그놈 하나 때문에 장(莊)의 최고 고수였던 귀곡검 악무달과 십대고수의 절반, 그리고 귀검대의 팔 할이 목숨을 잃었다.

그 여파로 인해 자신들은 점차 무림맹에서 소외되어 갔으며, 또 그 바람에 지금 거의 봉문하다시피 하며 예전의 전력을 회복하기 위해 발버둥을 치고 있는 형편이다. 그런데 놈이 오히려 복수를 다짐하고 있다니?

오치극은 육도강의 눈치를 살피며 계속 말을 이었다.

"그래서… 맹의 이목이 집중되고 있습니다. 듣기로는 당가에서 벌써 놈의 행적을 뒤쫓고 있답니다."

그 말을 듣자마자 육도강의 눈에 불길이 확 치솟았다.

"찾아라! 수단과 방법을 가리지 말고 놈을 찾아라! 남들이 찾기 전에 기필코 먼저 찾아내라! 그래서 내 손으로, 이 두 손으로 놈을 갈가리 찢어 죽여야만 이 화가 풀리겠다!"

육도강의 호통에 오치극은 얼른 고개를 숙였다.

'됐어! 장주님의 명이 떨어졌으니 더 이상 무림맹에 복귀하지 않아도 되겠군. 여기까지 뛰어온 보람이 있어.'

잠시 후, 뒤돌아서는 오치극의 얼굴에는 희색이 만연했다.

그날 저녁.

굳게 닫혀 있던 웅풍산장의 대문이 활짝 열렸다. 그리고 그 속에서 벽록색 피풍의에 만도(彎刀)를 찬 무인들이 와르르 쏟아져 나왔다.

외진 골짜기에서 번화한 시진까지.

귀주 전역을 유리알 같은 눈동자가 헤집고 다녔다.

그러나 그때 곽무한은 이미 웅풍산장의 턱밑까지 와 있었다.

*   *   *

귀주 땅 안순(安順).

웅풍산장이 자리한 보정현과는 반나절 거리에 있는 현(縣).

오전 무렵.

오색영롱한 시냇물이 계곡 따라 흐르는 소롯길에 일단의 무리가 나타났다. 그들은 망태기를 짊어진 백 명의 사내들이었는데, 얼핏 보기에는 약초꾼의 행색으로 보였으나 진중한 걸음걸이며 좌우를 날카롭게 살피는 눈빛으로 미뤄 단순한 약초꾼으로 보이지 않았다.

마침 그들 중 선두에 있던 사내가 고개를 돌렸다.

거대한 몸집에 고슴도치수염, 치뜨지 않아도 자연스런 고리눈.

사내의 정체는 곽패의 심복이자 과거 수룡채의 여섯 령주 중 한 사람이던 장가덕이었다.

"총채주! 저곳만 지나면 목적지인데… 어찌할까요?"

장가덕이 총채주라 부를 사람은 세상에서 단 한 사람뿐이다. 그러니 이들의 정체는 당연히 수룡채들이다.

곽무한은 귀주로 들어서면서 수하들을 열두 개 조로 나누었다.

무려 천이백 명에 달하는 인원이다 보니 한꺼번에 움직일 수 없어서였다. 그래서 각 조에 임무를 나눠준 후 어느 한 지점에서 모이기로 하고, 자신도 직접 한 조를 이끌고 있던 중이었다.

"왜? 무슨 문제가 있나?"

장가덕의 물음에 일행 중간에 있던 곽무한이 앞쪽으로 걸어나갔다.

장가덕과 어깨를 나란히 한 곽무한은 장가덕이 가리키는 곳을 살펴보다가 미간을 찌푸렸다.

내리막이 끝나고 다시 오르막이 시작되는 언덕 모퉁이. 그 너머로 군막(軍幕)이 보인 것이다.

"음…, 이런 곳에 관병이라니……."

예전에는 없던 것이었다. 그런데 갑자기 군막이 설치되어 있다니.

가도 가도 풀 한 포기 제대로 나지 않는 여정이 드디어 끝나나 싶었는데 의외의 복병을 만난 것이다.

곽무한은 이마에 손을 얹고 군막 주변을 유심히 살폈다.

"으음."

군막 주위를 바쁘게 오가는 병사들을 볼 때 단순한 검문소가 아니었다. 주변 부대에서 임시 주둔지로 활용하고 있는 모양이었다.

곽무한은 할 수 없이 수하들을 돌아보며 명을 내렸다.

"잠시 쉬었다 간다."

"존명!"

명이 떨어지자마자 바닥에 드러눕는 수하들.

'하긴 그동안 강행군이었지.'

곽무한은 잠시 수하들을 바라보다가 언덕 끝에 위치한 바위로 다가 갔다.

"으음… 어쩐다? 하필이면 관병이라니……."

그러나 별다른 방법이 없었다.

양옆이 석회암으로 된 계곡이라 앞으로 나아가든 뒤로 물러나든 둘 중에 하나뿐이다.

곽무한이 언덕 아래를 내려다보며 어찌할까 궁리하고 있을 때,

두두두두!

저 뒤쪽에서 은은한 말발굽 소리가 들려왔다.

"이게 무슨 소리지?"

후미에 있던 누군가가 대답했다.

"관군입니다!"

"관군?"

모두의 눈에 긴장이 어렸다.

반면 곽무한의 눈에 기광이 피어올랐다.

"좋아! 궁하면 통한다더니!"

곽무한은 즉시 수하들을 돌아봤다.

"모두 뒤로 물러서! 내가 처리한다!"

곽무한은 놀란 표정의 수하들을 뒤로한 채 소롯길을 막아섰다.

두두두두!

깃발을 휘날리며 달려오던 오십 명의 기병. 그들은 소롯길을 막아선

곽무한을 보고 급히 말고삐를 잡아챘다. 순간, 이히힝! 하는 울음소리와 함께 사방에 먼지가 날렸다.

본대로 귀환하는 중에 난데없는 먼지를 뒤집어쓰게 된 안순 위(衛) 소속 백호장 오충광. 그는 어찌나 화가 났던지 먼지가 가라앉기도 전에 버럭 고함을 질렀다.

"네놈은 뭐냐? 감히 군(軍)을 막아서다니, 죽고 싶으냐!"

서슬 푸른 목소리. 여차하면 칼바람이라도 뿌릴 기세였다.

그러나 곽무한은 여유만만했다. 오히려 관병들을 향해 혈뢰도를 꺼내 들었다.

"미안하지만 모두 말에서 내려줘야겠어."

순간 오충광은 귀를 의심했다. 당랑거철(螳螂拒轍)도 정도가 있지, 감히 중무장한 기병에게 협박이라니?

"지금 우리보고 한 소리냐?"

오충광은 하도 어이가 없어 등 뒤를 돌아보기까지 했다.

그러나 뒤이어 들려온 곽무한의 말에 그는 벌레 씹은 표정이 되고 말았다.

"겁먹을 필요까지는 없어, 목숨만은 살려줄 테니까."

씨익 미소까지 내비치는 곽무한의 오만방자함에 오충광은 더 이상 참을 수가 없었다.

"노오오옴!"

노호성과 함께 오충광은 손을 번쩍 치켜들었다. 순간, 그의 등 뒤에 있던 기병들이 창검을 휘두르며 일제히 달려 나왔다.

두두두두!

"이놈! 목을 내놔라!"

마치 폭풍처럼 짓쳐 오는 기병들.

"앗! 위험합니다!"

수룡채들이 경호성을 터뜨릴 무렵,

"와하하!"

곽무한의 입에서 쩌렁쩌렁한 웃음소리가 터져 나왔다. 그 순간 달려오던 말들이 일제히 몸을 휘청거렸다.

"헉? 이 말이 왜 이래?"

기병들이 날뛰는 말들 때문에 당황할 즈음.

"하하하! 신나게 부숴주마!"

곽무한은 재차 웃음을 터뜨리며 기병들 사이로 뛰어들었다. 장내에는 곧 칼바람이 번뜩였다.

콰지지직! 빠카칵!

이히히힝!

"어이쿠!"

"끄아아!"

소롯길은 순식간에 말 울음소리와 비명 소리로 뒤덮였다.

수룡채들은 모두 경악한 표정을 짓고 있다가 뒤늦게 관병들 사이로 뛰어들었다. 얼마 지나지 않아 관병들은 모두 땅바닥에 널브러지고 말았다.

"이, 이 벼락 맞을 놈들! 감히 관병을 건드리다니! 후환이 두렵지 않으냐?"

잠시 후, 눈자위가 시퍼렇게 변한 오충광이 고래고래 고함을 질렀지만, 그는 곧 수룡채들이 휘두른 창에 입 안이 부서져 눈물만 줄줄 흘렸다.

"다들 이자들과 옷을 바꿔 입는다! 실시!"

곽무한의 명이 떨어지자 수룡채들은 모두 기가 막힌다는 표정을 지었다. 곽무한의 배포가 남다른 줄은 알았지만, 설마 관병을 덮쳐 그들로 변장할 생각까지 할 줄이야……. 그러나 놀람도 잠시, 수룡채들은 빠르게 옷을 갈아입었다.

"옷이 없는 놈들은 어떻게 하는지 알지?"

곽무한의 말에 몇 놈이 알겠다는 듯이 폭소를 터뜨렸다. 예전, 금사상채에서의 일을 떠올린 것이다.

잠시 후, 발가벗긴 관병들을 계곡 한쪽에 묶어둔 곽무한은 수하들과 함께 군막으로 향했다.

"정지! 누구냐?"

곽무한 일행이 다가서자 병사들이 창을 겨눠왔다.

그 위세에 수하들의 안색이 굳어지는 찰나, 곽무한이 앞으로 나섰다.

"모두 비켜! 특명을 받고 죄인들을 호송 중이다!"

고막이 윙할 정도의 호통 소리였다. 그 서슬에 놀라 병사들이 멍한 표정을 지었다.

군진으로 들어서려면 자신의 소속을 밝히는 게 상례인데도 오히려 호통을 지르다니? 그러나 입고 있는 갑주를 보니 자신들보다 훨씬 윗줄이다.

병사들이 어찌할 바를 몰라 당황할 때 멀리서 장수 하나가 다가왔다. 갑옷의 문양으로 보아 곽무한과 같은 백호장이었다.

"자네들은 뭔가? 어디 소속이기에 함부로 큰소리를 치는 건가?"

수룡채들의 안색이 순간적으로 굳어졌다.

소속을 밝히는 순간 자신들의 정체가 탄로날 것이 뻔했기 때문이다.

수룡채들이 당황한 표정으로 병장기를 쥐려는 순간, 곽무한의 호통이 다시 터져 나왔다.

"귀관은 누군가? 상부로부터 연락을 받지 못했나? 본관은 특명을 받고 움직이는 중이다. 그러니 길을 열어라!"

곽무한의 호통 소리에 백호장이 귀를 틀어막았다. 그는 인상을 찌푸리며 곽무한을 쳐다봤다.

"이봐! 보아하니 나와 같은 직급으로 보이는데, 귀 아프게 소리 지르지 말고 소속을 밝혀. 그러면 문을 열어주마."

그는 말하는 도중에 슬쩍 손을 치켜들었다. 그러자 병사들이 창검을 곧추세웠다. 그 순간, 곽무한의 눈에서 광채가 번쩍! 토해졌다.

"흥! 특명을 받고 움직이는 중이라고 말했다. 그런데도 소속을 묻는단 말인가? 좋아! 보고 싶다면 보여주지. 그러나 그대는 목을 걸어야 할 것이야. 분명히 경고했어!"

곽무한은 내공을 극한으로 끌어올려 신광을 번뜩이며 갑옷 안으로 손을 집어넣었다. 그 순간 뇌정신공이 발동돼 일시지간 백호장의 혼백을 흩뜨렸다.

"어, 어?"

백호장은 곽무한의 기세에 눌려 얼빠진 목소리를 냈다. 그 순간 곽무한의 목소리가 다시 이어졌다.

"이들은 모두 특급 죄인들이야. 모종의 이유로 인해 광산으로 데려가는 중이지. 만약 귀관 때문에 이 일이 지체된다면, 흥! 그대는 목이 열 개라도 살아남지 못할 것이야!"

말하는 도중에도 계속 쏘아지는 기파.

장수의 눈이 급격히 위축되었다.

자신을 위압하는 저 엄청난 기도.

가히 대장군 못지않았다.

'위(衛)에 저런 백호장이 있다는 소리는 들어본 적이 없다. 저 기세와 체격 좀 봐. 무려 칠 척에 달하는 거구잖아?'

그렇게 생각하고 보니 정말 특명을 받고 움직이는 자 같았다. 슬쩍 뒤를 훔쳐봐도 하나같이 무시무시해 보이는 놈들을 잡고 있다. 죄인들 중에 어느 한 놈도 칼자국 없는 놈이 없었다.

'그러고 보니 고관이란 작자들이 죄인을 몰래 팔아넘기는 게 어제오늘 일도 아니지. 저자가 저렇게 위세당당하게 나오는 데에는 틀림없이 고관들끼리 뒷거래가 있었을 것이다. 잘못하다가는 저자 말대로 내 자리가 위태롭겠구나!'

나름대로 생각을 정리한 그는 얼른 뒤로 물러섰다.

"길을 열어드려라! 특명을 수행하는 분이시다."

순간 몇몇 수룡채들의 입에서, 정확히 말하자면 곁다리로 참전 중인 파양채들 사이에서 킥킥거리는 웃음소리가 새어 나왔다. 상황이 너무 우스워 도저히 웃음을 참지 못한 것이다. 그러나 그게 오히려 백호장의 두려움을 자극했다.

'젠장! 아무리 특명을 수행 중이라지만 사람을 그렇게 노골적으로 깔아뭉갤 것까진 없잖아.'

그는 몰래 수룡채들을 흘겨보고는 수하들에게 빨리 길을 열어주라고 성화를 부렸다. 낯부끄러운 상황을 더 겪기 전에 얼른 저들을 떠나보내기 위해서였다. 그래선지는 몰라도 그는 입구를 통과시키는 데 그치지 않고 저 뒤쪽 출구에까지 통과시켜 주라는 손짓을 해 보였다.

"킥킥킥. 세상에, 저런 밥통이 있나."

수룡채들은 군막을 통과하는 내내 킥킥거렸다.

물론 그들은 이 모든 게 곽무한의 기세 때문임을 알아차렸다. 그러나 평소 자신들이 두려워하던 관병이다 보니 이번 기회를 통해 마음껏 비웃어보는 것이다.

안순 위의 임시 주둔지를 떠난 곽무한 등은 반나절을 더 달렸다.

중천에 있던 해가 서산머리에 걸릴 쯤, 앞쪽으로 시커먼 산이 나타났다.

"총채주, 목적지에 다 왔습니다. 이제 어떻게……."

광산 입구에 도착했으니 몸을 숨겨야 되지 않느냐는 소리였다.

그러나 곽무한은 고개를 내저었다.

"좋은 기횐데 망설일 필요 뭐 있어? 곧장 가!"

곽무한의 말에 수룡채들의 안색이 급변했다.

다른 곳도 아닌 웅풍산장에서 극비리에 운영하는 광산이다.

그 경계가 얼마나 삼엄한지를 잘 아는 곽무한이 아무런 준비도 없이 그냥 가자니!

그들이 해태 눈을 지니지 않은 다음에야 중무장한 자신들을 두고 볼리 없다. 그러니 이 상태대로 돌진한다는 건 '나 잡아 잡수' 하는 것과 진배없는 행동이다.

그러나 어쩌랴?

벌써 명이 떨어진 상황이고, 곽무한이 앞서 달리고 있는 형편이다.

수룡채들은 두근거리는 가슴을 억누르며 곽무한의 뒤를 따랐다.

한참 말을 달리니 광산 입구가 눈앞에 다가왔다.

먼발치로 봐도 철옹성이다.

무려 이 장 높이로 세운 담벼락, 그리고 담벼락 앞에 조성된 숲.

일 장 간격으로 늘어선 경계 무인들은 차치하고라도 저 숲에는 도대체 얼마나 많은 무인들이 은신해 있을까?

'제발 총채주님의 의도가 맞아떨어지기를……'

수룡채들은 입구로 다가서는 내내 병장기에서 손을 떼지 못했다.

광산 입구.

외곽 경계를 총괄하고 있던 귀검대 소속, 적혈편(赤血鞭) 추가단은 지축을 울리며 다가오는 기병을 보고 눈빛을 굳혔다.

"갑자기 웬 기병이지?"

그는 수하들에게 주의하라는 손짓을 해 보이고는 앞으로 나섰다.

"정지! 여기는 관에서 불하한 사유지요! 용무가 없다면 돌아서시길 권하오!"

추가단은 말하는 와중에 슬쩍 기파를 흘려보냈다.

귀검대 소속 무인들은 모두 초일류고수들.

추가단 역시 예외는 아니었다. 그러니 일반 무장이 그 기파를 어찌 감당하랴?

그러나 의외였다.

선두에 선 장수는 자신의 기파에 눈도 꿈쩍 않았다.

오히려 그는 턱을 치켜세우며 오만스레 말했다.

"상부에서 명을 받고 오는 길이오. 광부로 쓸 놈들을 끌고 왔소. 문을 여시오!"

의외의 반응, 예상치 못한 답변에 추가단은 당황했다.

"예? 그게 무슨 말씀이신지……?"

순간, 곽무한의 입에서 호통이 터져 나왔다.

"이런 한심한 작자를 봤나! 그대는 귀가 먹었나? 상부의 명을 받고 광부들을 데려왔다지 않은가? 귀찮게 굴지 말고 문을 열어!"

추가단은 일순간 멍해졌다.

'상부에서 명을 받았다니? 그게 무슨 소리지?'

그러나 그는 길게 생각할 틈이 없었다.

곽무한이 재차 호통을 질렀기 때문이다.

"이런 답답한! 그대가 보기에 본관이 지금 할 일이 없어 이런 장난을 치는 걸로 보이나? 윗선에서 오고 간 명이다. 그대 따위가 어찌 알 것이냐? 잔말 말고 문을 열어!"

"아, 알겠습니다."

추가단은 곽무한의 호통에 놀라 수하들에게 손짓을 해 보였다.

눈앞에 선 장수의 당당함도 당당함이려니와, 평소 장주의 관계(官界) 인맥으로 미루어 그럴지도 모른다는 생각이 들었던 것이다.

그러나 그의 귀로 또다시 호통 소리가 들려왔다.

"그대는 생각이 있는 사람인가, 없는 사람인가! 본관이 여기 지리를 어찌 알고 이놈들을 넘겨준단 말인가? 그대가 앞장서서 책임자에게 본관을 안내하라!"

이 순간 추가단은 더 이상 의심하고 자시고 할 틈이 없었다. 그저 드는 생각이라고는,

'휴우! 성질 하나는 정말 개차반 같은 놈이군.'

이런 생각밖에 할 수 없었다.

결국 추가단은 속으로 구시렁거리며 곽무한 일행을 안내했다. 덕분에 누구의 의심도 사지 않고 광산 깊숙한 곳까지 들어갈 수 있었다.

잠시 후, 광산 한 켠에 세워진 건물.

"저어… 장로님, 관에서 사람이 왔습니다."

"무슨 소리야? 관에서 사람이 오다니?"

추가단의 말에 문이 벌컥 열리더니 눈매가 하늘로 치솟은 초로인이 나타났다. 그는 잠깐 추가단을 쳐다보고는 날카로운 눈빛으로 곽무한 일행을 훑었다. 그 순간 곽무한이 말을 몰아 앞으로 나섰다.

"그대가 책임자인가?"

'이놈은 뭐야?

초로인, 귀수마혼(鬼手魔魂) 염적풍이 의아한 표정을 지을 때 추가단이 귀엣말을 건넸다.

"상부에서 명을 받고 왔답니다. 광부들을 데려왔다더군요."

염적풍은 고개를 갸웃거렸다.

"그래? 이때까지 이런 일은 없었는데? 더구나 연락도 없이……."

염적풍이 막 의심의 눈초리를 쏘아 보낼 때였다.

갑자기 곽무한이 투구를 벗어 땅바닥으로 내동댕이쳤다.

"이봐, 그대들! 도대체 어떻게 된 거야? 특명이라기에 이놈들을 데리고 삼백 리 길을 달려왔어! 그런데 대접이 이게 뭐야? 당신들 웅풍산장에서는 일을 이따위로 처리하나? 정 이놈들을 요청한 게 아니라면 본관은 이 길로 되돌아가면 그만이다. 그러나 뒷책임은 모두 그대들이 져야 할 거야!"

곽무한은 짐짓 염적풍을 노려보며 씩씩거리다가 휙 말 머리를 돌렸다.

"모두 기수를 돌려! 열받는 상황이지만 필요없다니 돌아간다!"

곽무한의 명이 떨어지자마자였다.

"존명!"

수룡채들이 일제히 말 머리를 돌렸다.

누가 봐도 당장 돌아갈 듯한 모습. 순간 염적풍의 얼굴에 당황의 기색이 어렸다. 이들이 정말 장주 쪽에서 보낸 사람들이라면 실례도 이런 실례가 없다.

"자, 잠깐만 기다리시오. 아무래도 우리 쪽에서 연락이 늦어지나 보오. 이보게, 적혈편. 어서 저분을 모시게. 여봐라! 뭣들 하느냐? 어서 차를 준비하라!"

염적풍은 갑자기 분주해졌다.

그 모습을 보며 곽무한은 다시 한 번 너스레를 떨었다.

"차는 무슨… 그냥 술이나 한잔 주시오. 하도 말을 달렸더니 목이 컬컬해서 원."

곽무한은 정말 목이 마른 듯 연신 목 주변을 어루만지며 계단을 올랐다. 그 연기가 어쩌나 자연스러웠던지 염적풍은 그나마 남아 있던 의심마저도 몽땅 날려 버렸다.

그날 밤.

광산 한 켠에 떠들썩한 술자리가 만들어졌다. 어른거리는 모닥불 사이로 곽무한의 모습도 보였다.

광산이 떠나갈 듯 웃고 떠드는 수룡채들.

숙소에서 그 모습을 지켜보던 염적풍은 은근히 화가 치밀었다.

"젠장할 놈들! 관병만 아니었다면……."

임무 수행차 왔다는 놈들이 남의 사업장에서 저렇게 웃고 떠들다니. 만약 자신이 술만 마실 줄 알았더라면, 아니, 저 백호장이란 놈이 술에 취해 그렇게 안하무인격으로 떠들어대지만 않았더라면 절대 저런 자리를 마련해 주지 않았으리라.

염적풍이 저 멀리 보이는 곽무한을 노려보며 이를 갈고 있을 무렵, 추가단이 들어왔다.

"명령하신 대로 주변을 샅샅이 훑어봤습니다. 그러나 별다른 징후는 보이지 않습니다."

"그래? 그렇다면 다행이군."

염적풍은 고개를 끄덕였다. 혹시나 싶어 경계망을 점검해 보라고 한 것인데, 역시 기우였던 모양이다.

"그런데 본장에서는 왜 이리 연락이 늦는 거야?"

"글쎄요… 무슨 사정이 있겠지요."

염적풍은 인상을 찌푸렸다. 이렇게 본장의 연락만 기다리고 있자니 답답해서 미칠 것 같았다.

"안 되겠다! 가서 전서구 좀 가져와!"

염적풍은 기다리다 못해 본장에 확인을 요청하기로 했다.

그런데 추가단이 막 자리를 뜨고 난 직후였다.

삐걱, 삐걱!

밑에서 계단 오르는 소리가 들려왔다.

염적풍은 누구의 발자국 소린지 금방 알 수 있었다.

"개자식, 취해도 단단히 취했군."

문을 열자마자 확 풍겨오는 술 냄새.

역시 그놈이었다.

"하하하! 어떠시오? 같이 한잔하시지 않으시겠소? 끄윽."

잔뜩 꼬인 목소리로 술잔을 들이미는 곽무한.

'이런 싸가지없는 놈!'

염적풍은 순간적으로 곽무한의 면상을 후려칠 뻔했다. 그러나 그런 심정을 용케 억누르며 곽무한을 달랬다.

"허허. 정백호 나리, 전 술을 못한다오. 그러니 그냥 수하들과……."

그때였다.

염적풍이 어색한 웃음으로 손을 내젓는 순간,

번쩍!

갑자기 곽무한에게서 엄청난 광채가 폭사되었다.

"컥! 이런……."

목에서 느껴지는 섬뜩한 통증.

'당했다!'

염적풍은 사력을 다해 구명절초이자 동귀어진의 수법인 귀수참혼(鬼手斬魂)을 펼쳤다. 그러나,

찌이익!

털썩!

염적풍의 절초는 애꿎은 갑옷만 찢어놓은 채 그 힘이 다하고 말았다.

"정상적인 대결이 아니라서 미안하군. 그러나 이해하게, 조금 바빠서 말이야."

곽무한은 염적풍의 시신에 애도를 보내고는 창밖으로 신호를 보냈다. 그러자 장가덕을 비롯한 세 명의 수하들이 올라왔다.

그들은 방 안에 들어서자마자 약속이나 한 듯 이곳저곳을 뒤지기 시작했다. 그리고 얼마 지나지 않아 장가덕이 환한 표정으로 손을 번쩍 치켜들었다.

"총채주, 찾았습니다!"

장가덕이 치켜든 것은 막대 모양의 폭약이었다. 그것들은 원래 국법으로 통제되는 물품이었지만, 관과 밀약을 맺고 있는 웅풍산장이다 보니 채광을 위해 은밀히 보관하고 있던 것들이다.

"좋아! 몇 개나 돼?"

곽무한의 물음에 장가덕이 양팔을 활짝 벌려 보였다.

"많습니다. 이백 개도 넘습니다!"

"그래? 예상보다 훨씬 많군. 시간을 절약할 수 있겠어."

곽무한은 폭약 상자를 보며 회심의 미소를 지었다.

곽무한이 웅풍산장을 치기로 결심하면서 가장 고심했던 부분은 수하들의 희생을 줄이는 것이었다. 그런데 저 정도 폭약이라면 고민의 상당 부분을 메워줄 수 있을 것 같았다.

잠시 후 수하들에게 행동 방침을 설명한 곽무한은 모두의 눈을 쳐다보며 다시 한 번 당부를 했다.

"효과를 극대화하기 위해서는 절대 먼저 움직이면 안 돼. 내 신호가 떨어지면 그때부터 시작하는 거야. 그래야 놈들이 혼란에 빠져. 알겠나?"

"예, 명심하겠습니다."

"좋아! 모두 다치지 않게 조심해."

곽무한이 막 지시를 마치고 일어서려 할 때였다.

밑에서 계단 밟는 소리가 들려왔다.

곽무한 등은 서로 눈빛을 교환하며 빠르게 몸을 숨겼다. 그 순간 방문이 벌컥 열렸다.

"장로님, 말씀하신 전서구를… 헉?"

아무 생각 없이 들어서던 추가단은 염적풍의 시체를 보고 깜짝 놀랐다. 그러나 그는 산전수전 다 겪은 고수답게 전서구를 집어 던짐과 동시에 검을 뽑아 들었다.

"도대체 어떤 놈이……!"

그러나 추가단은 더 이상 말을 이어갈 수 없었다.

"흠. 전서구라……."

어느새 추가단을 기절시킨 곽무한, 파득거리는 비둘기를 보며 좋은 생각이 떠오른 듯 눈을 빛냈다. 그러나 곽무한은 아무런 내색 없이 수하들을 돌아봤다.

"모두 준비해!"

곽무한의 명이 떨어지자 장가덕 등은 폭약 상자를 들고 어둠 속으로 사라졌다. 수하들이 사라지고 나자 곽무한이 몸을 날렸다. 잠시 후, 광산 이곳저곳에서 조용한 비명 소리가 흘러나왔다.

"윽!"

"커흑."

이미 술을 마시는 척하면서 경계망을 파악한 곽무한이다.

곽무한이 움직이자 외곽 경계망이 허무하게 무너졌다.

'됐어. 다음 목표는 저곳!'

다음 목표는 맞은편에 보이는 단층 건물.

이곳의 최고 고수들이 모여 있는 곳, 귀검대의 숙소였다. 그리고 놈들의 숙소 바로 옆쪽에는 이곳에서 거의 노예 취급을 받고 있는 광부들의 숙소가 있었다.

'좋아! 한바탕 난리를 피울 수 있겠군.'

곽무한은 곧바로 몸을 날렸다.

콰지지직!

한밤중에 요란한 소리가 흘러나왔다.

곽무한의 어깨에 부딪쳐 산산이 부서진 문짝 소리였다. 그 순간 귀검대들이 잠에서 깨어났다.

"누구야?"

"어떤 놈이야?"

거의 동시에 터져 나오는 분분한 고함 소리.

그러나 곽무한은 그들에게 정신 차릴 틈을 주지 않았다.

쉬이익! 서거걱!

"크아악!"

"으아악!"

불시에 들이닥쳐 번개처럼 도를 휘두르는 곽무한. 혈뢰도가 바람을 가를 때마다 피가 튀고 비명이 흘렀다. 그러나 놈들은 예상보다 많았다. 더구나 숙소도 미로처럼 설계되어 있어 앞으로 나아가기가 마땅찮았다.

"이러다간 끝도 없겠군."

곽무한은 미련없이 도를 거두고 천장으로 몸을 날렸다.

콰지직!

찰나 간에 천장이 부서져 나가고,

"우우우!"

곽무한의 입에서 쩌렁쩌렁한 사자후가 터져 나왔다.

그러나 사자후가 채 메아리도 울리기 전에 몇 개의 신형이 뒤를 쫓아왔다.

"이놈!"

쐐애액!

곽무한의 하반신을 노리며 날아든 십여 개의 빛줄기. 그러나 혈뢰도가 번쩍인 순간, 빛줄기는 흔적조차 없이 사라지고 목 잃은 시체들만 바닥으로 떨어져 내렸다. 그리고 주인 잃은 머리들이 뒤늦게 피분수를 뿜으며 떨어져 내릴 즈음,

"놈을 잡아라!"

악 받친 고함 소리와 함께 귀검대들이 밖으로 뛰쳐나왔다. 그 순간, 허공에서 회전하고 있던 곽무한의 신형에서 작은 불꽃이 피어올랐다. 그리고 그 불꽃이 긴 포물선을 그렸다 싶은 순간,

콰콰콰쾅!

눈부신 섬광과 함께 엄청난 폭발이 일어났다.

"끄아악!"

"으아악!"

실로 눈 뜨고 못 볼 참경이었다. 폭발에 휘말린 귀검대들이 산산이 터져 나가며 피와 살점이 사방으로 튀어 올랐다.

"으으……."

간신히 폭발에서 벗어난 귀검대들.

멍한 표정을 짓고 있는 그들 앞에 곽무한이 나타났다.

곽무한은 손에 인정을 남기지 않았다.

쉬익! 서걱!

"끄아아!"

곽무한의 손이 번뜩일 때마다 비명이 메아리처럼 울렸다.

잠시 후 비명성이 잦아들 때쯤, 곽무한의 신형이 다시 움직였다.

곽무한이 향한 곳은 광부들의 숙소.

콰지직!

"와아아!"

혈뢰도가 번쩍이고 입구 문이 부서져 나가자 광부들이 환호성을 지르며 뛰쳐나왔다. 그때부터였다.

콰콰콰쾅!

우르르르!

수룡채들의 불꽃놀이가 시작됐다.

어둑한 밤하늘에 쉴 새 없이 터지는 폭음.

폭음 소리 따라 와르르 무너져 내리는 갱도와 치솟는 화염. 그 와중에 비명 소리가 난무하고 감금되어 있어야 할 광부들이 정신없이 뛰어다닌다.

"뭐야? 도대체 어떤 놈들이 쳐들어온 거야?"

"무슨 일이야? 위에서는 왜 아무런 명령이 없어?"

경계 무인들은 정신이 하나도 없었다.

한눈에 봐도 난리가 난 것이 분명한데, 마땅히 울려야 할 비상 타종 소리가 없고 명을 내려야 할 수뇌부도 나타나지 않는다. 그리고 지금의 공격이 누구에 의해서 일어나고 있는지도 도대체 알 수가 없었다. 가장 의심스러운 무리인 관병들은 곽무한의 명에 의해 비밀리에 움직이고 있는 일부를 제외하고는 모두 제자리를 지키고 있어 의심의 대상에서 제외되었다. 그 때문에 경계 무인들은 무엇을 어떻게 해야 할지 알 수가 없어 모두 우왕좌왕했다. 물론 그 와중에 지휘 건물로 뛰어가 본 놈도 있었지만, 그들은 숨어 있던 수룡채들에 의해 애꿎은 목숨만 잃고 말았다.

쿠르릉!

콰콰쾅!

시간이 갈수록 커져 가는 폭음 소리와 비명 소리.

결국 광산은 수룡채들에 의해 접수되었다.

"와아! 끝났다!"

"우우! 대단한데?"

상황이 일단락되고 나자 파양채들은 휘둥그레진 눈으로 수룡채들을 쳐다봤다. 세상에! 내로라하는 초고수 집단. 자신들이라면 감히 얼굴 마주칠 생각조차 못하는 웅풍산장의 고수들을 상대로 고양이 쥐 갖고 놀 듯하며 단숨에 괴멸시켜 버리다니! 같은 수적 패거리라 생각했던 수룡채들의 활약에 파양채들은 깊은 감명을 받았다.

뜨끔한 충격과 함께 추가단은 서서히 정신을 차렸다.

추가단은 자기에게 무슨 일이 일어났는가를 잠깐 생각해 보다가 팅기듯 일어나려 했다. 순간,

"그대로 누워 있어."

섬뜩한 목소리와 함께 차가운 뭔가가 목을 눌러왔다.

눈을 굴려보니 피 묻은 도가 자신의 목젖을 누르고 있다.

추가단은 흔들리는 눈빛으로 좌우를 둘러봤다.

차가운 눈빛으로 자신을 내려다보고 있는 칠 척 장신의 사내 하나와 팔짱을 낀 채 그의 좌우에 서 있는 사내들이 보였다. 모두 오후 나절에 본 관병들이었다. 그러나 그들이 내뿜는 분위기는 그때와는 확연히 달랐다. 모두 스산한 살기를 뿜고 있었다.

"으으… 이놈들! 우릴 속였구나!"

추가단은 떨리는 목소리로 말했다. 그러나 아무도 대답하는 이가 없

었다. 대신 뭔가가 얼굴 옆으로 휙 날아왔다.

"써."

"…써?"

밑도 끝도 없는 말에 고개를 돌려보니 먹물이 묻은 붓 한 자루와 한지 한 장이 머리 옆에 떨어져 있다.

"으으… 도대체 뭘 쓰라는 거냐?"

"네놈들 본거지에 구원을 요청하는 글."

추가단은 이를 악물며 소리쳤다.

"나는 웅풍산장의 무사다! 네놈이 원하는 대로 할 것 같으냐?"

"싫으면 말고."

순간 추가단은 오한이 들었다.

저 단호한 말투, 무심한 눈빛.

시키는 대로 하지 않으면 금방이라도 목을 베어올 것 같았다.

"오냐! 이 미친놈들! 원하는 대로 해주마! 네놈들이 감히 장의 고수들을 상대할 수 있을 것 같으냐?"

결국 추가단은 붓을 들고 말았다.

잠시 후,

푸드덕!

전서구가 매캐한 화약 연기를 헤치며 밤하늘을 날았다.

한동안 창 너머로 전서구를 바라보던 곽무한이 등을 돌렸다.

"가자."

"…가?"

추가단은 처음엔 무슨 소린가 싶었다.

'서찰의 내용으로 보건대 분명 이곳에서 한판 붙자는 소리였는데?'

그러나 눈앞에 칼 빛이 번뜩인 순간, 추가단은 뒤늦은 탄식을 터뜨렸다.

"커윽. 이 치사한 놈들! 유인책이었구나……."

그러나 후회해도 이미 때는 늦었다.

두두두두!

추가단은 희미하게 멀어져 가는 말발굽 소리를 들으며 저 건너편에 있는 자신의 목을 잡으려고 발버둥을 쳤다. 그러나 손가락 끝이 목에 닿는 순간, 그는 의식을 잃고 말았다.

두두두두!

말발굽에 대지가 푹푹 패어 나갔다.

경물은 바람처럼 지나가고 등 뒤로는 모래바람이 휘날렸다.

그러나 곽무한은 만족하지 않았다.

놈들이 여기까지 오는 데 걸리는 시간은 반나절. 그 안에 수하들과 합류해 웅풍산장을 쳐야 했다.

"말이 나자빠져도 좋아! 최고 속도를 내!"

곽무한은 좀체 안 휘두르던 채찍까지 휘두르며 수하들을 채근했다.

그런 마음을 읽었을까?

이히히힝!

두두두두!

말들은 비명을 터뜨리면서도 힘차게 땅을 밟았고, 그 덕에 저 멀리 보이던 산허리가 점점 크게 다가왔다. 저 산허리만 돌면 수하들과의 합류 장소. 곽무한의 눈빛이 조금 가라앉았다.

무너지는 웅풍산장

땅에는 삼 리(里)도 넓은 곳이 없다는 귀주.

토지 대부분이 석회암 지대인 이곳에 유난히 넓은 초지가 있다.

초지를 따라 언덕을 오르면 드넓게 펼쳐진 차밭과 기암괴석으로 이루어진 절벽이 나온다.

절벽을 병풍처럼 두르고 차밭을 정원처럼 아우른 곳, 웅풍산장.

아직도 캄캄한 밤이건만 담장 너머에는 불빛이 환했다.

무슨 일이라도 벌어진 듯 호풍대 무인들뿐만 아니라 귀검대 무사들까지 나와 장주가 있는 전각 쪽을 바라보며 촉각을 곤두세우고 있었다.

모두의 이목을 한눈에 받고 있는 전각.

그 안에서 호통 소리가 터져 나왔다.

"뭣이라? 이제는 광산까지 습격을 당해?"

어찌나 노했는지 사지를 부르르 떠는 육도강을 보며 오치극은 전전

궁궁하며 고개를 조아렸다.

"죄송합니다. 놈들이 벌써 본 장 근처까지 이르렀을 줄이야……."

육도강은 오치극의 대답에 한숨을 푹 내쉬었다.

사실 오치극의 전갈을 받고 장의 이목을 푼 게 언제인가? 어제저녁이 아니던가? 그런데 놈이 벌써 움직이고 있었을 줄이야…….

육도강은 다시 한 번 서찰을 펼쳐 보았다. 그러나 보면 볼수록 분노가 치밀어 올랐다.

"으아아! 이 겁대가리를 상실한 놈! 감히 나에게 뭐라고? 여섯 시진 이내에 무릎 꿇고 사죄하지 않으면 광산을 폭발시켜 버리겠다고? 어홍! 이 갈아먹어도 시원찮을 새끼!"

절로 상소리가 나왔다. 그러나 알면서도 당할 수밖에 없다. 이미 예전에도 당해본 바, 놈의 말이 진실이든 아니든 수하를 파견해야 했다. 더구나 놈들에게 습격당한 곳이 한두 곳도 아니니 반드시 놈을 잡아들여야 했다.

육도강은 한동안 살기를 흘리다가 서찰을 내팽개치며 말했다.

"철혈신창(鐵血神槍) 모기륭(毛基隆)을 불러라!"

"헉! 모 장로님 말입니까? 알겠습니다."

오치극은 깜짝 놀란 표정을 지어 보였다가 후다닥 밖으로 나갔다.

철혈신창 모기륭.

그는 웅풍산장의 오대장로 중 한 사람으로, 예전 곽무한에게 죽은 태상호법 악무달과는 용호상박을 다투던 고수였다.

잠시 후, 오치극과 함께 대추빛 얼굴에 사자수염을 기른 장년인 모기륭이 들어서자 육도강은 지체없이 명을 내렸다.

"모 장로! 지금 당장 십대고수들을 데리고 광산으로 가시오! 가서 수룡채인지 개나발인지 하는 놈들을 몽땅 잡아오시오! 시체라도 상관없고, 걸레 쪼가리라도 상관없소! 하나도 남김없이 몽땅 잡아오시오!"

장주가 이렇게 노발대발하는 모습은 생전 처음이었다. 모기룡은 얼른 고개를 숙임으로 복명을 표했다.

그러나 오치극은 해쓱한 표정으로 육도강을 쳐다봤다.

예전에 수룡채를 치다가 횡액을 당하는 바람에, 지금 장의 전력은 예전의 칠 할도 채 되지 않는다. 그런 상황에서 십대고수가 빠져 버리면?

오치극은 주저주저하다가 육도강에게 그런 사실을 고했다.

"저어… 장주님, 십대고수들께서 빠지게 되면 장의 전력에 공백이 생기게 됩니다만……"

그러나 오치극은 천둥 같은 고함 소리에 곧 자라목이 되고 말았다.

"네 이놈! 감히 네놈이 본 장을 어찌 보고 그따위 소리를 해대는 것이냐? 그깟 수적들이 패거리가 아니라 떼거리로 몰려와도 눈 하나 깜짝할 것 같으냐? 명색이 귀검대의 수장이었다는 놈이 그따위로 생각하니 한낱 수적들조차 우릴 우습게 보지!"

이글거리는 눈빛으로 호통을 치던 육도강. 그러나 곧 목소리를 낮추며 중얼거렸다.

"이미 예전에도 겪어본 놈들이다. 놈들이 감히 우리에게 정면 승부를 걸어올 담력이 있다고 보느냐?"

오치극은 할 말이 없었다.

내심으로는 놈들의 계략일지도 모른다고 말하고 싶었지만, 저렇게까지 나오는 데에야 방법이 없었다.

결국 철혈신창 모기룡을 필두로 십대고수들이 산장을 나섰다.

그리고 두어 시진 후.

아직 동이 트지 않아 어두컴컴한 새벽.

어둠에 잠긴 웅풍산장 입구, 정원처럼 펼쳐진 계단식 차밭에 일단의 무리가 모습을 드러냈다. 그들은 모두 전쟁을 치르는 것처럼 흉갑을 입은 사내들이었는데, 그들의 선두에는 곽패가 있었다.

곽패는 긴장한 표정으로 앞쪽을 쳐다봤다.

눈앞에 괴물처럼 웅크리고 있는 웅풍산장.

두려웠다.

곽패는 전신으로 번져 가는 두려움을 억누르기 위해 잠시 전, 지하 동굴에서 나눈 곽무한과의 이야기를 떠올렸다.

"나와 추단이 절벽 뒤로 돌아간다. 이탁은 후위에서 기마대와 매복을 하고, 곽패 넌 선봉에 있다가 신호가 떨어지면 순간적으로 치고 빠진다! 반드시 명심해! 순간적으로 치고 빠져야 한다는 것을!"

곽패는 아직도 귓전에 우렁우렁한 곽무한의 목소리를 떠올리며 주변을 돌아봤다.

온통 차밭으로 이루어진 계단식 언덕.

도저히 놈들의 이목을 속이고 돌격할 방법이 없다.

'역시 총채주! 이탁이 단번에 치고 들어가지 못할 것이라는 걸 아셨군.'

곽패는 수하들이 들고 있는 기름통을 한 번 쳐다보고는 맞은편에 보이는 절벽으로 시선을 향했다.

어둠 속에 잠겨 있는 까마득한 절벽.

'총채주는 아마 저기 어디쯤 있으리라……'

곽패는 심호흡으로 가슴을 진정시키고는 수하들에게 눈짓을 해 보였다.

스스슷!

차밭을 향해 낮은 포복으로 기어가는 수하들.

곽패는 조마조마한 심정으로 그 모습을 지켜봤다.

'만약 수하들이 들키기라도 하는 날이면 모든 게 도로 아미타불이리라.'

곽패는 절로 식은땀이 흐르는 것을 느꼈다.

일각… 이각……

시간은 속절없이 흘렀다.

도끼를 움켜쥔 곽패의 손에 잔뜩 힘이 들어가던 어느 순간, 바람을 타고 희미한 기름 냄새가 풍겨왔다. 곽패는 자신도 모르게 주먹을 불끈 쥐었다.

'됐어! 일차 준비는 성공이야!'

눈앞에 보이는 언덕은 잠시 후면 초열지옥으로 변하게 되리라.

이제 남은 것은 곽무한의 신호뿐.

곽패는 수하들이 돌아오는 것을 보며 잠시 전의 회의를 떠올렸다.

회의가 벌어진 곳은 계곡 물이 흘러드는 지하 동굴이었다.

횃불에 반사된 물이 동굴 벽에 갖가지 형상을 빚어내는 것을 보며 모두 곽무한의 말에 귀를 기울였다.

곽무한은 동굴 벽에 등을 기댄, 편안한 자세로 말했다.

"작전이 맞아떨어지고 있다. 방금 놈들의 일부 병력이 장을 나섰다는 소식이 들어왔다. 이는 놈들의 주력이 빠져나갔다는 말! 이제 승산은 우리에게 있다!"

들뜬 어조에 평온한 표정.

극히 상반되었지만, 오히려 그 때문에 곽패는 뭔가가 울컥 치밀어 오르는 기분이었다.

'자신감일까? 믿음일까?'

아무래도 좋았다. 곽무한의 음성이 귀에 쏙쏙 들려오는 한.

곽무한은 평온한 신색을 유지하며 말을 이어나갔다.

"비정하지만 보다 확실한 승리를 위해, 형제들의 희생을 줄이기 위해 화공과 독공을 병행한다! 모두 추호의 인정도 베풀지 말도록!"

곽무한의 말을 듣다 보면 자신들이 웅풍산장을 상대하는 게 아니라, 아득한 과거의 어느 날처럼 이름없는 수적들을 상대하는 기분이었다. 그래서 좋았다.

곽패의 생각이야 어떻든, 곽무한은 계속 말을 이었다.

"우린 놈들을 단숨에 짓밟을 것이다! 이후, 이곳으로 퇴각한다!"

자신감 넘치는 선언 이후 곽무한이 동굴 벽 어디를 짚자, 곽패 이하 수룡채들은 환한 표정으로 고개를 끄덕였다. 곽무한이 가리킨 곳은 자신들도 익히 아는 곳이었다.

황과수대폭포(黃果樹大瀑布)!

중원에서는 절대 볼 수 없는, 이곳 귀주에서만 볼 수 있는 엄청난 규모의 폭포였다.

곽패는 물론이고, 이곳에 있는 수룡채들은 모두 물이라면 이골난 사람들. 그곳이라면 어떤 적이 추격해 오더라도 자신있었다.

그런 속내를 읽었을까? 곽무한은 빙긋 웃음으로 말을 이었다.

"이곳이 바로 놈들의 최후 무덤이야. 이미 배도 마련해 뒀지. 모두들 알다시피 이 폭포의 가장 좋은 점은 폭포 물줄기 뒤에 자연 동굴이 있다는 점이지. 그곳에 숨어 있으면 폭포를 한눈에 볼 수 있기도 하거니와, 어설프게 따라오는 추적자들쯤이야… 어때? 모두들 자신있지?"

정말이었다. 이때는 모두 곽무한처럼 들뜬 목소리가 되었다.

"자신있습니다!"

곽패는 그때를 떠올리며 다시 한 번 주먹을 움켜쥐었다.

자신들의 총채주는 눈앞의 승부를 보고 있지 않았다. 그는 이미 싸움이 끝난 이후까지를 생각하고 있었다. 그런 자신감은 자기뿐만 아니라 수하들에게까지 전염되어 있었다. 보라! 방금 전만 해도 저승 문턱에 갔다 왔으면서도 자신감에 차 있는 저 녀석들을.

곽패는 시선을 맞은편 절벽으로 향했다.

'천험의 절지이다 보니 경비가 없을 것이라 하셨다. 더구나 누대의 명문이라 이제껏 공격다운 공격을 받아본 일도 없고, 그래서 누가 감히 공격해 들어오겠나 하는 생각에 빠져 있을 것이라고 하셨다. 제발이지 총채주, 그 생각이 맞아떨어지기를……'

천신이 지상을 향해 내리꽂은 절벽.

그곳을 바라보는 곽패의 눈에 간절한 기원이 담겼다.

괴괴한 어둠의 절벽.

자칫 한 발이라도 잘못 내딛으면 그대로 산산조각, 시체조차 온전히 건지지 못할 정도로 가파른 절벽 정상에 일단의 사내들이 나타났다.

그들은 얼굴 가득 흙칠을 한 사내들이었는데, 그들의 선두에는 곽무한이 서 있었다.

휘이잉!

한여름임에도 절벽 정상으로 치고 오르는 바람은 칼날 같았다.

치렁치렁한 머리카락을 휘날리며 한참 동안 서 있던 곽무한.

문득 뒤를 보며 미소를 지어 보였다.

"자! 지금부터 놈들의 혼을 빼줘야지?"

곽무한은 자신의 미소에 동화되어 마주 미소를 지어 보이는 수하들의 표정도 보지 않고 곧장 절벽 아래로 몸을 날렸다. 그 순간, 수하들의 얼굴에 잠깐 긴장이 어렸다. 그러나 이어진 추단의 말에 그들은 곧 미소를 회복했다.

"이번에도 총채주 혼자 재미를 보게 만들 거냐? 우리도 그 재미를 나눠 갖자구! 자! 출발!"

어느새 긴장을 풀어버린 수룡채들.

추단을 필두로 하나둘 절벽을 기어 내려가기 시작했다.

"훅, 훅!"

"후으읍!"

참으려 해도 입술을 비집고 흘러나오는 격한 숨소리.

끝을 알 수 없는 천야만야한 절벽이다.

먼저 내려간 곽무한이 쇠못을 박아놓았다지만, 오로지 팔 힘만으로 내려가야 하는 수룡채들로서는 온몸에 구슬땀을 흘릴 수밖에 없었다. 더구나,

"모두 조심해! 돌멩이 하나라도 굴리는 날이면 끝장이야!"

굳이 추단의 엄포가 아니더라도, 모두들 발가락 끝 하나라도 잘못

짚을까 봐 노심초사하는 바람에 신경이 곤두설 대로 곤두섰다. 그러니 삼십 장 정도를 내려가자 모두들 기진맥진, 녹초가 되는 기분이었다. 그 때문이었을까?

"앗차!"

도르륵, 툭!

누군가가 발을 헛딛고 말았다.

절벽 이곳저곳에 부딪치며 공명음을 흘리는 돌 조각.

그 소리는 모두에게 천둥 벼락 소리처럼 들렸다.

삽시간에 굳어버린 수룡채들.

조마조마한 심정으로 아래의 동정에 촉각을 기울였다.

그때 모두의 귀에 들려온 전음성.

"저 아래가 강물이라면 얼마나 좋아? 곧장 뛰어들면 그만일 텐데. 그랬으면 이런 고생도 할 필요가 없고 말이야. 모두들, 안 그래?"

밝은 목소리. 곽무한이었다.

그 순간 수룡채들은 모두 안도의 표정을 지었다.

곽무한의 말은 '모두 긴장 풀어!' 라는 경고성보다 더 강력하면서도 푸근했다. 덕분에 수룡채들은 움츠러들었던 몸과 마음을 풀고 다시 절벽을 기어 내려가기 시작했다.

얼마나 기어 내려갔을까?

모두들 다시 한 번 기진맥진할 무렵, 뭔가가 발에 닿았다.

천행처럼, 절벽 중간에 돋아난 암벽이었다.

"어서들 와!"

곽무한은 미소로 수하들을 반겼다.

아직도 지면까지는 삼십 장의 거리가 남았다.

그러나 지금 내려갈 필요는 없었다.

이 높이가 가장 적당했다.

적의 시야에 걸리지 않는 높이.

여기서 소기의 목적을 달성한 후, 좀 전에 늘어뜨려 놓은 밧줄을 타고 내려가면 되었다.

"모두 준비됐지?"

"준비됐습니다!"

곽무한이 먼저 쇠 구슬을 꺼내 보이자 수룡채들은 일제히 품속으로 손을 집어넣었다. 그리고 곧 그들의 손에도 곽무한과 같은 쇠 구슬이 들려져 있었다. 파양채에서 가져온 굉천뢰였다.

"자! 불꽃놀이 한판이다! 투척!"

낮은 호통과 함께 곽무한이 먼저 손을 떨쳤다. 뒤이어 쭉 펼쳐지는 스무 개의 손. 화탄은 어둠을 가르며 힘차게 뻗어나갔다. 잠시 후,

쿠콰콰쾅!

콰콰콰쾅!

엄청난 굉음과 함께 새하얀 섬광이 밤하늘에 번쩍였다.

"으아아악!"

"크아아악!"

삽시간에 번지는 비명 소리.

와지끈! 우르르르!

이곳저곳에서 동시에 무너져 내리는 전각.

"뭐야? 무슨 일이야?"

"습격이다! 적의 습격이다!"

땡땡땡땡땡!

웅풍산장은 순식간에 아비규환에 빠져들었다.

그 순간, 언덕 아래에 은신하고 있던 곽패가 벌떡 일어났다.

"지금이다! 모두 불을 붙여!"

곽패의 명이 떨어지자마자였다.

화르르륵!

정원처럼 펼쳐진 차밭에서 거대한 불길이 일어나기 시작했다. 뒤이어 곽패는 수하들을 돌아보며 고함을 질렀다.

"돌격!"

"와아아아!"

천지를 뒤흔드는 함성과 함께 수룡채들은 언덕을 뛰어갔다.

한밤중에 갑자기 터진 폭발.

잠시의 정적 후 차밭에서 일어난 거대한 불길.

웅풍산장은 금방 혼란에 빠졌다.

"불이야! 앞쪽에 엄청난 불길이 번지고 있어!"

때맞춰 불어온 바람은 밤하늘을 시뻘건 화광(火光)으로 물들였다. 그 와중에 곽패 등이 함성을 지르며 돌격해 오자 웅풍산장의 이목은 온통 앞쪽으로 쏠렸다.

"저놈들이야! 저놈들을 잡아!"

분분한 고함 소리와 함께 굳게 닫혀 있던 대문이 활짝 열리고, 도검을 치켜든 무인들이 한꺼번에 쏟아져 나왔다. 곽패는 그 모습을 보며 쾌재의 미소를 지었다.

"지금이야! 모두 투척!"

수룡채들은 누가 먼저랄 것도 없이 거의 동시에 팔을 떨쳤다.

휘이익!

불꽃을 반짝이며 날아가는 수십 개의 포물선.

곽무한이 광산에서 가져온 폭약, 그 위력은 엄청났다.

콰르릉! 꽈꽈꽝!

"으아악!"

"끄아악!"

지축을 흔드는 폭음에 이어 새하얀 섬광이 번쩍이자, 앞서 달려오던 무인들이 산산조각난 시체가 되어 밤하늘로 날아올랐다. 그 모습을 본 무인들은 흠칫한 표정으로 걸음을 멈췄다.

"으으… 놈들이 폭약까지 쓰고 있어!"

곽패는 때를 놓치지 않았다.

"이때다! 철질려(鐵蒺藜)를 뿌려!"

촤라라락!

수룡채들이 다시 한 번 손을 떨치자 사방에 가시 모양의 철질려가 뿌려졌다.

"됐어! 후퇴!"

예정된 수순이 끝나자 곽패 등은 전광석화처럼 뒤로 빠졌다.

그 모습을 본 웅풍산장들은 꼭지가 확 돌았다.

"으아아아! 저 새끼들을 잡아!"

파파파팟!

이미 눈앞에서 동료들이 폭사되는 장면을 본 그들이다. 그들은 분노에 휩싸여 앞뒤 가리지 않고 곽패 등의 뒤를 쫓았다. 그러나 그들을 기다리고 있는 것은 곽패 일당이 아니라 바닥에 뿌려진 철질려.

"으아아! 발! 내 발!"

"끄아아! 놈들이 바닥에 암기를 뿌려놨어!"

앞서 달려오던 놈을 필두로 대여섯 놈이 비명을 지르며 쓰러졌다.

"으아아아! 이 개새끼들아!"

이제 웅풍산장들은 눈이 완전 뒤집혀 버렸다.

그들은 옷자락에 불이 번지든 말든, 바닥에 철질려가 있든 없든 괴성을 지르며 언덕 아래로 달려갔다.

그러나 화광충천한 차밭을 지나자 적은 흔적조차 없고 어두컴컴한 초지만이 자신들을 반긴다.

"어디 갔어? 이 자식들 모두 어디 갔어?"

누구나 마찬가지지만, 밝은 곳에 있다가 갑자기 어두운 곳에 오면 순간적으로 착시 현상이 생긴다. 동공의 수축 작용으로 인해 시야가 흐려지는 것이다. 수룡채들은 그 기회를 놓치지 않았다.

"쏴라!"

숲 어디에선가 들려온 고함 소리. 그와 동시에 귀를 찢는 음향으로 수도 없이 날아오는 쇠뇌들.

쐐애액!

퓨퓨퓨풋!

"크헉!"

"으아악!"

웅풍산장들이 당황하고 자시고 할 틈도 없었다. 순식간에 십여 명이 목숨을 잃고 말았다. 그리고 거짓말처럼 찾아온 정적.

"으아아! 이놈들! 나와! 나와서 붙어보자고!"

악에 받친 무인들이 고함을 질렀지만 숲은 괴괴한 정적만 유지할 뿐 아무런 대답이 없었다.

"이익, 이놈들! 숲 속에 숨었다고 네놈들을 못 찾을 것 같으냐? 모두 전진! 숲을 샅샅이 뒤져!"

누군가가 소리치자 삼십여 명의 무인들이 진세를 형성해 숲으로 다가가기 시작했다.

이글거리는 눈빛. 불끈 쥔 병장기.

웅풍산장들은 서로의 간격을 유지하며 오감을 열어 숲 이곳저곳을 수색하기 시작했다. 그런데 바로 그때,

두두두두!

뒤쪽에서 난데없는 말발굽 소리가 들려왔다.

웅풍산장들이 흠칫한 표정으로 고개를 돌리는 순간,

쉬쉬쉬쉿!

숲 쪽에서 다시 쇠뇌가 날아들었다.

"으아아! 이 치사한 자식들!"

채채챙!

지금까지 살아남은 자들은 대부분 정예급에 속하는 자들이다. 그러니 갑작스런 공격임에도 침착한 태도로 쇠뇌를 튕겨냈다. 그러나,

퍼퍽!

분명 쇠뇌를 튕겨냈건만 그중 몇 개에서 가죽 부대 터지는 소리가 들려왔다. 그와 동시에 사방으로 번져 가는 하얀 가루들.

"크아아! 이 비겁한 새끼들!"

웅풍산장들은 괴성을 지르며 눈을 비벼대기 시작했다.

곽패 등이 쇠뇌에 석회 가루가 든 가죽 부대를 매단 것이다.

그때부터였다.

"와아아!"

"공격!"

두두두두!

웅풍산장들의 진세가 흐트러진 틈을 타, 수룡채들이 전후좌우에서 공격하기 시작했다.

"으으으. 놈들을 막아!"

그러나 중과부적이었다.

그나마 침착한 몇 사람이 애써 병장기를 휘두르면,

카카칵!

난데없는 느낌이 검로를 막아선다.

"윽! 이놈들… 갑옷까지 입고 있어!"

순간적으로 당황해 몸을 움찔하노라면,

촤르륵!

뭔가 모래 같은 것이 날아들고, 뒤이어 지독한 고통이 전신으로 번진다.

"으아악! 독염이다!"

그때부터 웅풍산장 무인들은 죽음을 예감해야 했다.

"와아아!"

앞쪽으로는 천지를 뒤흔드는 함성 소리.

두두두두!

뒤쪽으로는 지축을 울리는 말발굽 소리.

정면으로 싸우려고 하면 독염을 뿌리며 달아나고, 분루를 머금고 돌아서면 쇠뇌가 날아든다.

"이, 이건 도대체가……."

도저히 감당할 수도, 피할 수도 없다.

웅풍산장에서도 난다 긴다 하던 무인들, 그들은 이렇게 저항 한 번 제대로 못해 보고 하나둘 쓰러져 갔다.

그 모습을 뒤에서 지켜보던 파양채들은 절로 흥이 났다.

하긴 전방에서 싸우고 있는 수룡채들도 신이 나는 마당에, 멀찍이 떨어져 그들의 활약상을 구경하고 있던 파양채들이야 말해 무엇 하랴?

그래서였다.

"부채주, 저희도 싸우겠습니다! 허락해 주십시오!"

누가 먼저랄 것도 없었다.

파양채들은 허락도 떨어지기 전에 전장으로 달려나갔다.

"후욱, 훅! 좋아! 이제 제대로 돌아가는군!"

곽패는 그런 파양채들을 보며 환한 미소를 지었다. 그리고는 시선을 언덕으로 향했다. 그곳에는 일단의 기마대가 언덕을 오르고 있었다. 상황이 일단락되는 듯하자 말 머리를 웅풍산장으로 돌린 이탁이었다.

"이제 이탁 형님 차례로군."

곽패는 잠깐 이탁을 쳐다보다가 전장으로 시선을 돌렸다.

어느새 상황은 끝나 있었다.

곽패는 환한 표정의 수하들에게 싱긋 웃음을 지어 보였다.

"지금부터 총공격에 대비한다! 모두 전열을 정비해!"

비록 얼굴 반쪽이 뜯겨져 나간 곽패지만, 지금 이 순간 수하들의 눈에 비친 그의 얼굴은 듬직하고 푸근하게만 느껴졌다.

그 때문일까?

"존명!"

힘차게 복명하는 수룡채들, 그들의 얼굴에 무한한 신뢰와 자신감이 흘렀다.

　　　　*　　　　*　　　　*

"뭣이라고? 추적대가 몰살당해?"

육도강은 어찌나 기가 막혔던지 말문을 이을 수가 없었다.

오치극도 마찬가지였다.

뭐라고 보고를 이어나가야 할지 도무지 생각이 나지 않았다.

"더구나, 아직 불길도 못 잡은 데다가 어디서 폭약이 날아왔는지도 모르겠다고? 모두들 머저리에 눈뜬장님이야? 바보천치에 귀머거리들이야? 그게 말이나 되는 소리냔 말이야!"

머리 위로 쏟아져 내리는 장주의 폭언.

그러나 대답할 말이 없으니 그저 꿀 먹은 벙어리처럼 서 있을 수밖에 없었다.

육도강은 오치극의 그런 모습에 오히려 열불이 치밀고 말았다.

"에라이, 등신 자식! 죽어! 나가 죽어버려, 이 등신 자식아!"

급기야 화분이 날아가고, 오치극은 터진 이마를 붙잡고 바닥을 굴렀다. 그러나 육도강은 한 치의 동정도 베풀지 않았다. 오히려 피를 흘리는 오치극의 머리 위로 싸늘한 목소리를 토해냈다.

"두 시진을 주겠다! 그 안에 놈들을 모조리 잡아들여! 아니면 네 목숨은 없다!"

"조, 존명!"

"그리고 철혈신창에게 전서구를 보내, 지금 당장 돌아오라고 해! 아니, 아니지… 겨우 하루살이들을 상대하는 데 그들까지 부를 필요야 없지. 관둬!"

오치극은 그게 아니라고 말하려다 입을 다물고 말았다. 저 광기에 물든 눈빛을 보자니 설명한다고 될 일이 아니었다.

'폭약에 불까지 지르는 놈들… 거기다가 정예들로 이루어진 추적대를 단숨에 궤멸시켜 버린 놈들인데, 과연 두 시진으로 될까?'

그러나 다행이었다.

오치극은 축 늘어진 어깨로 전각을 나서려는 순간,

쿠콰콰쾅!

또다시 폭발음이 들려왔다.

이번에는 장주 집무실 바로 뒤편에 있는 전각이었다.

우지끈! 와르르르……

전각 무너지는 소리가 채 끝나기도 전에, 장주가 백지장 같은 안색으로 달려 나왔다.

"으아아! 이 미친놈들이?!"

육도강의 얼굴에는 희미한 공포가 어려 있었다. 물론 적들에 대한 공포라기보다는 화탄에 대한 공포였다.

"어디야? 도대체 어디서 날아오는 거야?"

도저히 안 되겠는지 전각 위로 직접 몸을 날리는 육도강.

그가 막 사방을 살피려고 눈을 부릅뜰 무렵,

두두두두!

저 멀리서 지축을 울리는 말발굽 소리가 들려왔다. 그와 동시에 산장 입구 쪽에 있던 수하들에게서 비명 같은 고함 소리가 터져 나왔다.

"놈들이다아아!"

지금 산장 입구에 있는 자들은 귀검대들이다.

극도의 수련을 거친 그들이 비명에 가까운 고함을 지른다?

웬만한 일이 아니고는 절대 있을 수 없는 일이었다.

"으으! 도대체 몇 놈이나 쳐들어온 거야?"

결국 조바심에 못 이긴 육도강은 산장 입구로 달려나갔다.

두두두두!

점점 다가오는 말발굽 소리.

"아니? 관병들이잖아?"

육도강은 깜짝 놀랐다.

그제야 왜 수하들이 비명 같은 고함을 질렀는지 알 수 있었다.

"으으으… 설마… 설마 관에서 우릴?"

육도강이 이런 착각을 할 만도 했다.

아무리 관의 동의 하에 운영하고 있던 광산이라지만, 불법은 엄연한 불법이다. 더구나 곽무한이 터뜨린 것은 관에서 엄금하고 있는 화탄 종류. 거기다가 눈앞에는 관병 차림으로 돌진해 오는 기마병들.

이 모든 것이 한데 어우러지자 육도강의 머리 속에 순간적으로 자신을 잡아들이기 위해 관부에서 출동한 것이 아닌가 하는 착각이 들었다. 그 바람에 육도강은 수하들에게 적절한 대처 명령을 내리지 못했고, 그 결과는 치명적인 피해로 돌아왔다.

"장주님! 어서 명령을……."

오치극이 물었을 때는 이미 이탁 등이 코앞까지 들이닥친 상황.

그리고……

"와하하하! 이놈들! 이거나 먹어라!"

치치치치!

요란한 웃음소리와 불꽃 반짝이는 막대 모양의 폭약들이 날아들었다.

"으아아아! 모두 피해!"

누가 비명을 지르기도 전이었다.

쿠콰콰콰쾅!

엄청난 폭음과 함께 피와 살점이 사방으로 튀어 올랐다.

"으아악!"

"끄아악!"

폭발의 여파는 굳이 사방에서 들려오는 비명 소리가 아니더라도 먼지처럼 사라진 입구 문과 산산이 무너져 내린 담벼락이 증명하고 있었다. 그리고 그 여파가 채 가라앉기도 전에 기마대가 들이닥쳤다.

두두두두!

"와하하하! 날려 버려!"

쐐애액! 콰콰콰쾅!

사라져 버린 입구 문으로, 무너져 내린 담벼락 위로 거침없이 난입하는 기마대.

그 기세에 웅풍산장 무인들이 당황하기 시작했다.

"으아아! 피해!"

"정면으로 마주치지 말고 안쪽으로 몰아!"

평소 같으면 고수들이 나서서 선두를 베어버렸을 것이나, 폭발의 충격이 채 가시지 않은 탓인지 모두 뒤로 물러나기만 했다. 그 바람에 상황은 더욱 악화되고 말았다.

"끼야호!"

흡사 광풍처럼 몰려온 기마대.

그들은 고삐 풀린 야생마처럼 산장 안을 마구 휘저었다.

"와하하! 이놈들, 받아랏!"

쐐애액!

퓨퓨퓻!

콰콰콰쾅!

기마대들이 휘두르는 칼에, 암기에, 폭약에 웅풍산장들은 단말마의
비명을 지르며 쓰러져 갔다.

"이익! 모두 정신 차려! 냉정을 되찾아!"

그나마 몇 명이 정신을 추스르고 반격을 시도하려 했지만,

"와아아! 돌격!"

천지를 뒤흔드는 함성과 함께 저 아래쪽에서 시커먼 그림자가 몰려
왔다. 곽패가 이끄는 수룡채들이었다.

가뜩이나 눈앞의 기마대 때문에 정신이 하나도 없는 판에 저 새까맣
게 몰려오는 적들이라니?

"으아아! 개자식들! 완전히 작정을 했구나!"

굳이 누군가의 비명이 아니더라도 곽패가 이끄는 수룡채들까지 합
세하고 나자 산장 안은 그야말로 누가 적이고, 누가 아군인지 구분조차
하기 힘든 난장판으로 변하고 말았다.

촤라락!

쐐애액! 퓨퓨퓻!

휘이익… 콰콰콰쾅!

아직 어둠의 기운이 남아 있는 새벽.

컴컴한 밤하늘에 폭우처럼 쏟아지는 쇠뇌, 섬광을 동반하는 폭음.
그리고 소리없이 날아드는 독염과 석회 가루.

"으으악! 눈에 뭐가 들어갔어!"

"크으윽! 독염! 독염을 조심해!"

"크헉! 암기?"

정통무인 집단인 웅풍산장이 언제 이런 혼전을 경험해 봤으랴?

기껏 해야 천 명 정도에 불과한 수룡채였지만, 당하는 입장에선 마치 백만 대군을 상대하는 기분이었다.

결국 공황 상태에 빠진 웅풍산장들은 자기도 모르게 한 발, 두 발 뒤로 물러서기 시작했다.

그러나 육도강은 일문의 주인다웠다.

그는 조금의 시간이 흐르자 금방 냉정을 되찾았다.

"이런 바보 같은 것들! 도대체 뭣들 하는 거야? 상대는 한낱 수적 패거리에 불과해! 물러서지 말고 맞받아쳐! 적극적으로 공격하란 말이야!"

육도강은 고작 삼류수적들의 공세에 당황하는 수하들을 보고 쩌렁쩌렁한 노갈을 터뜨렸다. 그리고는 이글거리는 눈빛으로 오치극과 협풍단주를 돌아봤다.

"이봐, 협풍단주! 저깟 놈들 때문에 날 호위할 필요는 없어! 날 호위하는 대신, 저놈의 기마대를 작살내 버려! 그리고 오치극! 저쪽에 뒤로 물러나기만 하는 머저리 같은 놈 보이지? 가서 그놈의 목을 쳐버린 후 자네가 귀검대를 맡아! 귀검대를 이끌고 놈들의 진형을 몇 조각으로 나눠 버려!"

육도강은 명을 내리는 것에 그치지 않았다.

자신의 불호령에도 불구하고 아직도 우왕좌왕 헤매고 있는 수하들.

그 모습에 열불이 치밀어 사자후를 터뜨리며 전장으로 뛰어들었다.

"우우우! 이놈들!"

쐐애애액!

이히히힝!

"으아악!"

그의 검이 번뜩일 때마다 서릿발 같은 검기가 뻗어나왔고, 뒤이어 자욱한 피분수와 함께 숱한 말 머리가 허공으로 치솟았다. 그 위세에 기마대들이 주춤하는 순간, 귀검대와 협풍단이 움직이기 시작했다.

쐐애액!

서걱! 서거걱!

하나같이 무표정한 얼굴로 기마대를 베어 넘기는 협풍단.

"이놈들! 목을 내놔라!"

츠츠츠츠츠!

분위기를 전환시키려는 듯, 목소리에 내공을 실어 수룡채를 파고드는 귀검대.

그들 양대 집단이 움직이자 일방적으로 흐르던 전황에 변화가 일어났다. 기마대들이 하나둘 피를 뿜으며 쓰러지고, 수룡채의 진형에 균열이 가자 혼란에 빠져 있던 웅풍산장들이 전열을 가다듬기 시작한 것이다.

그 모습을 본 이탁은 가슴이 철렁 내려앉는 기분이었다.

아무리 기습으로 효과를 보고 있다지만, 저들은 자신들과는 비교조차 되지 않는 고수들이다. 아직 곽무한도 합류하지 않은 상황에서 놈들이 진세를 추스른다면 끝장이다.

이탁은 비장한 표정으로 삼두구를 움켜쥐었다.

이탁의 눈빛이 향한 곳.

그곳에는 수룡채들을 수수깡처럼 베어 넘기는 육도강이 있었다.

'저놈!'

이탁은 왈칵 눈물을 쏟을 뻔했다.

지금 저자의 손에 쓰러지는 사람들이 누군가?

세상 무엇과도 바꿀 수 없는 자신의 형제들이 아닌가?

"이놈! 손을 멈춰라!"

이탁은 격한 분노성을 터뜨리며 말 등을 박차 올랐다. 그와 동시에,

촤라라락!

날카로운 쇳소리와 함께 이탁의 손에서 시뻘건 갈고리가 튀어나왔다.

"후후. 어서 오너라, 하룻강아지!"

육도강은 묘한 미소를 지었다.

이탁이 날아오르는 순간, 이미 육도강은 그의 의도를 눈치챘다.

자신을 상대함으로 수하들의 사기를 올리려는 생각.

육도강은 그 생각을 역으로 이용하기로 했다. 그래서 그는 갈고리가 코앞에 다다르기까지 몸을 움직이지 않았다.

그가 움직인 것은 이탁의 얼굴에서 안도의 표정이 스칠 때였다.

육도강이 움직이자마자 그가 있던 자리에서 눈부신 검기가 폭사되었다.

번쩍!

카카캉!

날카로운 쇳소리와 함께 힘없이 잘려져 나가는 두 개의 갈고리.

연이어 육도강의 신형이 다시 움직였다.

번개 같은 신법으로 공간을 단축해 이탁을 덮친 것이다.

"아차!"

이탁은 눈앞에 나타난 육도강을 보고 헛바람을 집어삼켰다.

그가 움직이지 않는 것을 보고 순간적으로 안심한 것이 실책이었다.

처음부터 전력을 다해 암암회선타를 썼어야 했다.

그러나 이미 때는 늦었다.

쐐애애액!

벌써 섬뜩한 칼바람이 자신의 허리를 베어오고 있었다.

'이익! 그렇다면!'

순간적으로 이탁의 표정이 굳어졌다.

무슨 생각일까?

이탁은 허리를 베어오는 육도강을 무시하고 애써 손목을 꺾었다.

동귀어진을 노리고 암암회선타의 수법을 펼친 것이다.

촤라락!

이탁이 손을 움직이자 남아 있던 갈고리 하나가 육도강의 뒤통수를 향해 날아갔다.

그러나 육도강은 침착했다.

"후후. 치졸한 수법!"

육도강은 비릿한 조소를 지으며 검의 방향을 바꿨다. 그러자 마지막 남은 갈고리마저 허무하게 잘려져 나갔다.

"으으……."

이탁은 창백한 표정으로 뒷걸음질을 쳤다.

육도강은 그런 이탁을 보며 조소를 머금었다.

"후후후. 잘 가거라, 애송아!"

이미 반격할 힘을 상실한 적.

육도강은 가볍게 검을 움직였다.

그런데 이게 웬일인가?

카카칵!

뭔가 둔탁한 것이 검날을 막아서는 게 아닌가?

육도강의 검로를 막아선 것은 이탁이 몸 안에 받쳐 입고 있는 흉갑이었다.

"이런!"

육도강이 뒤늦게 내공을 실으려는 순간, 사력을 다해 바닥을 구른 이탁. 벌써 저만치 굴러가 있었다. 그리고 그를 보호하려는 듯 몇 명의 수적들이 앞을 막아섰다.

"저런 치사한 놈이 있나!"

육도강은 잠깐 허탈한 표정을 지었다. 그러나 그도 잠시,

"그래 봤자……."

육도강은 비릿한 조소를 머금으며 다시 검을 치켜들었다.

비록 몇 놈이 앞을 막아서고 있지만 저들쯤이야 단칼에…….

육도강이 그렇게 생각하며 검을 내리그을 때였다.

갑자기 놈들이 환한 미소를 짓기 시작했다.

'이놈들이 죽음을 눈앞에 두더니 단체로 돌아버렸나?'

육도강이 그런 생각으로 피식 코웃음을 흘리던 순간이었다.

쿠콰콰콰콰쾅!

갑자기 등 뒤에서 엄청난 폭발이 터졌다. 그와 동시에,

"와아아아!"

저 뒤쪽에서 천지를 뒤흔드는 함성 소리가 들려왔다.

제75장
웅풍신장의 종말

웅풍산장의 종말

저 뒤쪽, 절벽 쪽에서부터 시작된 함성 소리는 어느새 이곳까지 다다라 눈앞에 있던 놈들에게까지 번졌다.

"와아아! 총채주님이시다!"

"와하하! 네놈들은 이제 끝장이다!"

육도강이 고함 소리에 놀라 뒤를 돌아보니, 저쪽 전각 모퉁이에 화염처럼 일렁이는 엄청난 도기를 뿌리는 사내가 보였다. 그가 한 번씩 도를 휘두를 때마다 저 뒤쪽에 있던 수하들이 썩은 짚단마냥 와르르 허물어져 내렸다. 그와 동시에 우레 같은 함성 소리가 사방에서 터져 나왔다.

육도강은 본능적으로 그가 누군지 알아차렸다.

"곽… 무… 한……"

육도강의 입에서 흘러나온 이 갈린 목소리.

그랬다.

장내에 들어섬과 동시에 좌중의 눈길을 단숨에 사로잡아 버린 사내. 그는 절벽에서 막 내려온 곽무한이었다.

마치 옛이야기 속의 한 장면처럼 등장한 곽무한.

그는 장내에 들어서자마자 폭풍 같은 기도를 뿜어냈다.

"와하하하! 이놈들! 모두 목을 내놔라!"

그가 광소를 터뜨리며 도를 번뜩일 때마다 불벼락 같은 도기가 번쩍였고, 그때마다,

"끄아아악!"

"으허헉!"

처절한 비명 소리와 함께 수하들의 목이 줄줄이 날아올랐다.

그리고,

"지금 이 순간부터 웅풍산장은 없다!"

놈의 입에서 벽력같은 고함 소리가 터져 나온 순간, 장내 분위기가 한순간에 돌변했다.

"와아아! 돌격!"

"와하하! 공격! 공격이다!"

흡사 돌림병처럼, 놈들의 눈에 광기가 맺히기 시작했고 그때부터 놈들이 기세를 올리기 시작했다.

그런 모습은 칼에 맞아 죽어가던 놈들도 마찬가지였다.

"와아아! 공격!"

"우린 불사신이다!"

놈들은 배에 칼을 꽂고도, 팔다리에 피를 콸콸 흘리면서도 악착같이 도를 뿌려오고 암기를 던져 왔다. 정 안 되면 이로 깨물면서까지 자신

들을 공격해 왔다. 미쳐도 이런 미친놈들이 없었다.

그 기세에 수하들이 녹아내렸다.

"으아아! 악귀들이다!"

"후퇴! 후퇴!"

비명을 지르며 달아나기에 급급한 수하들.

겨우 추슬러 났던 전세가 단번에 역전되고 말았다.

"으드드득! 저 갈아 마셔도 시원찮을 놈!"

그 모습을 본 육도강은 눈에 불이 솟았다.

"협풍단! 협풍단은 어디 있나?"

육도강은 들끓는 목소리로 수신호위들을 찾았다.

그들로 하여금 곽무한을 상대케 하려는 의도였다.

그러나 굳이 수신호위를 찾을 필요가 없었다.

"흥! 대왕쥐새끼가 거기 숨어 있었구나!"

놈의 시선이 자신을 향했다 싶은 순간,

"육가야! 목을 내놔라!"

쩌렁쩌렁한 고함 소리와 함께 놈의 신형이 눈앞에 나타났다.

이십 장 거리를 단숨에 뛰어넘는 무시무시한 신법이었다.

그러나 육도강은 당황하지 않았다.

"오냐, 이놈! 와랏!"

육도강은 전신공력으로 곽무한을 마주쳐 갔다.

그러나,

콰아아아!

곽무한의 도에서 뿜어져 나오는 시뻘건 불줄기를 본 순간,

"헉!"

육도강은 가슴이 철렁 내려앉았다.

'설마 저 정도일 줄이야……!'

아직 부딪치지도 않았건만 가공할 기세가 전신을 압박해 온다.

그 순간 육도강은 정면으로 승부하려던 생각을 포기하고 말았다. 자신은 지금 조금 흥분한 상태인데다가 은연중에 곽무한을 얕보는 마음이 있어 최적의 상태가 아니었기 때문이다. 그래서 육도강은 날아가던 자세 그대로 황급히 몸을 틀었다. 바로 그 순간,

콰아아아!

도기가 아슬아슬하게 옆구리를 스치고 지나갔다.

그 직후 반격을 가하려고 검을 뻗던 육도강이 멈칫 굳어버렸다.

콰지지직!

등 뒤에서 들려온 굉음 때문이었다.

"저, 저럴 수가?!"

자신이 몸을 피하는 바람에 놈의 도를 대신 상대한 전각.

그 거대한 전각이 도기에 당해 두 조각으로 나눠지고 만 것이다.

와르르르르!

잠시 후, 기왓장이 와르르 쏟아져 내리더니 전각이 우지끈 무너져버렸다. 그리고 장내에 미친 듯한 돌풍이 불었다.

"으아아아! 협풍단! 협풍단은 어디 있느냐!"

육도강은 자기도 모르게 등을 돌리며 소리쳤다. 그 순간 귀를 파고드는 기음.

쾌애애애액!

육도강은 아차 싶어 눈을 질끈 감으며 벼락처럼 몸을 틀었다.

콰자자자작!

또다시 전각 한 채가 무너져 내렸다.

"으으으으……."

육도강은 전신이 오싹했다.

그때였다.

"장주!"

차차착!

때맞춰 협풍단이 합류했다.

육도강은 자신의 앞을 막아서는 협풍단을 보고서야 안도의 한숨을 내쉬었다. 그러나 혹시 몰라 육도강은 쐐기를 박기로 했다.

"모두 종횡육합진(縱橫六合陣)을 펼쳐!"

명이 떨어지자 협풍단들이 흠칫하는 표정을 지었다.

"하라는 대로 해!"

육도강은 재차 고함을 지르며 몸을 날렸다. 자신도 진세에 합류하기 위해서였다.

종횡육합진.

웅풍산장 비전의 진법.

그 위력이 너무 강해 장의 멸문 직전에서나 펼친다는 진법이었다. 그 비장의 진법이 곽무한 한 사람을 상대하기 위해 펼쳐졌다.

고오오오오!

곽무한을 에워싼 종횡육합진 안에서 엄청난 강풍이 불기 시작했다.

그러나 진세에 갇힌 곽무한은 의외로 차분했다.

그는 일말의 동요도 없이 진세를 살폈다.

눈앞에 펼쳐진 진세는 여섯 개의 거대한 꽃잎 같았다.

각 잎마다 여덟 명의 무인이 팔괘(八卦)를 이루며 서 있었고, 그 뒤쪽으로 한 사람씩의 무인이 배치되어 있었다.

'육합(六合)의 원리……'

곽무한은 옛 기억을 떠올렸다.

'육합은 음양합(陰陽合)에서 출발해 삼재와 오행이 혼재되어 있다. 자축합토(子丑合土)에 인해합목(寅亥合木), 묘술합화(卯戌合火)에 진유합금(辰酉合金), 사신합수(巳申合水)에 오미합(午未合)이라……. 그렇다면 치명적인 사문(死門)은 상하 공격일 것이고, 생문(生門)은 충(沖)! 중간이다.'

곽무한은 생각을 이어나가다가 살짝 눈살을 찌푸렸다.

파훼 방법은 두 가지뿐이다.

하나는 생로(生路), 즉 진의 중앙으로 뛰어들어 흐름을 끊는 것이고, 다른 하나는 월등한 힘으로 진을 단번에 깨버리는 것이다. 그러나 무려 쉰네 명이 포진한 진세다. 그들 각자에게서 흘러나오는 기운으로 미뤄, 두 번째 방법은 불가능할 것 같았다.

그런 사실을 알아차렸는지 이탁과 추단 등이 다가왔다.

자신과 합류하려는 의도.

"물러서라!"

곽무한은 나직한 목소리로 수하들을 제지했다.

수하들은 이미 자기들 몫을 다했다.

'이제부터는 내 싸움이다!'

곽무한은 천천히 도를 세워 들었다.

"와라!"

짧고 단호한 외침.

'놈……!'

육도강은 안색을 굳혔다.

가당찮게도 놈이 자신들을 도발하고 있었다.

놈의 얼굴에 긴장의 기색이라고는 눈을 씻고 봐도 없다.

천하를 뒤져 쉰네 명의 고수 앞에서 저렇게 오연할 사람은 눈앞의 저놈뿐일 듯했다.

"감히 종횡육합진 앞에서……."

그러나 알 수 없는 느낌이 등골을 간질여 왔다.

수많은 대결과 격전을 치러본 사람만이 느낄 수 있는 본능적인 감각.

분명 위험 신호였다. 그러나 육도강은 발작적으로 명을 내렸다.

"쳐라!"

콰아아아!

육도강이 명을 내리자마자 진세가 발동됐다.

곽무한은 차가운 눈빛으로 진세를 주시했다.

환각처럼 여섯 방위를 교차하는 그림자들.

쉰네 명의 고수가 움직이자 진 안에서 불고 있던 강풍이 서서히 자기 쪽으로 몰려왔다. 그리고 강풍 속에서 시퍼런 검기가 불쑥 튀어나왔다.

쐐애애애액!

검기는 진세 때문인지, 천상의 신장이 휘두르는 거대한 채찍 같았다.

그 검기가 곽무한의 머리 위로 떨어져 내리는 순간,

"타아앗!"

곽무한의 입에서 기합성이 터져 나왔다. 그와 동시에 곽무한의 신형이 묘하게 회전하며 허공으로 날아올랐다. 그 순간 목표 잃은 검기는 애꿎은 지면을 두드려 거센 흙먼지를 피워 올렸고, 그 찰나의 틈을 노리고 곽무한이 도를 뿌렸다.

쿠콰콰콰쾅!

진세와 도기가 충돌하자 엄청난 폭음이 터져 나왔다.

"크윽!"

곽무한은 짧은 신음을 토해내며 몸을 휘청거렸다. 진세의 반탄력 때문에 내부가 진탕된 것이다. 그 순간,

쐐애애액!

전후좌우에서 여섯 개의 검기가 들이닥쳤다.

아차 하는 순간이면 몸이 넝마 조각으로 변할 상황.

곽무한은 비룡번신(飛龍翻身)의 수법으로 급히 몸을 뒤집었다. 그리고 그 반동을 이용해 허리 어림에서 도를 풍차처럼 돌렸다.

카카카캉!

곽무한은 격돌의 충격을 이용해 다시 날아올랐다. 생문을 차지하기 위해서였다.

그러나 생문은 쉽게 열리지 않았다.

풍차처럼 돌아가는 진세인데다, 방향을 틀 때마다 무시무시한 검기가 날아왔다. 그 속에서 찰나의 틈을 노려야 하는데, 차륜으로 이어지는 공세 속에서 그 틈을 찾기란 쉽지 않았다. 설령 틈을 발견했다 하더라도 아차 하는 순간 메워져 버리기 일쑤였다. 그러다 보니 곽무한의 신형은 태풍에 휘날리는 가랑잎처럼 이리저리 튕겨나기만 했다.

"아아……."

그 모습을 지켜보던 수룡채들의 눈에 안타까운 기색이 흘렀다.

그토록 치열하던 전투도 어느새 멎어 있었다. 좌중의 시선이 모두 곽무한을 향한 때문이었다. 그 싸움의 결과로 오늘의 승부가 결정되리라.

그러나 멀리서 지켜보는 이들과 달리 곽무한은 담담했다.

천하에 제아무리 완벽한 진이라 하더라도 그건 진 자체에 국한된 이야기일 뿐이다.

'진은 완벽할지 몰라도 사람은 완벽하지 않아! 찰나의 방심만 유도해 내면 돼.'

그랬다.

사람은 누구나 생각지 못한 기회가 오면 평정심을 잃기 마련이다. 물론 시간이 지나면 다시 평정심을 되찾을지는 모르겠지만 순간적으로 흔들리는 건 수양 깊은 고승이라도 어쩔 수 없는 일이었다.

오치극도 마찬가지였다.

진세의 한 축을 지휘하며 곽무한을 상대하던 와중에, 갑자기 등을 보이며 떨어져 내리는 곽무한을 보자 오치극은 이것저것 따질 겨를이 없었다.

"놈! 드디어 걸렸구나!"

그러나 찰나의 순간, 오치극은 아차 싶었다. 자신의 발검이 진세의 흐름에 비해 너무 **빨랐던** 것이다.

종횡육합진은 여섯 개의 검이 서로를 보완하는 진세다.

하나가 돌출하면 그만큼 위력이 감소하게 되는 것이다.

'그러나 별일이야 있겠어?

오치극의 눈에 비친 곽무한은 이미 탈진 상태로 보였다. 저 상처투성이 몸을 봐도 그랬고, 맥없이 떨어져 내리는 모습을 봐도 그랬다.

'나 혼자서도 충분해!'

오치극은 내뻗은 검에 가일층 공력을 더했다.

그러나 그의 검이 막 곽무한을 도륙하려는 찰나,

휘리릭!

환각처럼 곽무한의 신형이 급회전을 했다.

그 순간 보게 된 곽무한의 눈빛.

'웃고 있어!'

오치극은 가슴이 철렁 내려앉는 기분이었다. 그와 동시에 눈앞에서 눈부신 광채가 번쩍였다.

'그나마 다행이군.'

오치극은 애써 스스로를 자위했다. 비록 자신이 당한다손 치더라도 저놈 역시 무사하지 못하리라. 자기 뒤로도 다섯 개의 검이 따라오고 있었으니.

'그리고 아래위로도 치명적인 살수가 기다리고 있지.'

그런 생각은 저 뒤쪽에 있던 육도강도 마찬가지였다.

육도강은 오치극과 부딪쳐 가는 곽무한을 보고 주먹을 불끈 쥐었다.

"놈! 이제 끝장이다!"

지금 곽무한이 부딪치는 방위는 이중의 함정이 준비된 곳이었다. 얼핏 보면 차륜진인 것 같지만, 실상은 치명적인 암수가 준비되어 있었다.

그러나 상황은 생각처럼 흘러가지 않았다.

금방이라도 오치극과 격돌할 것만 같던 곽무한. 갑자기 도를 거두더니 다시 한 번 몸을 틀어버린다.

"헉?"

그 순간 오치극은 심장이 튀어나올 정도로 놀랐다.

눈앞에서 목표물을 놓치다니!

오치극은 자기도 모르게 당황했다.

그리고 그 때문에 일이 벌어졌다.

수십 년 이상 고련한 무인들의 본능.

목표물을 놓쳤으니 응당 적의 급습이 예상된다. 그러면 그에 대한 대응책은?

급히 공력을 분산시켜 적이 어디서 어떻게 공격해 오든 자연스레 흘릴 준비를 하는 것. 머리로 움직이는 게 아니라 본능이 먼저 움직이는 것이었다.

그런데 지금 상황에서는 그 본능 때문에 치명적인 문제가 발생했다.

전력으로 몸을 날리는 와중에 공력을 흩뜨리면?

생각이 거기에 미친 오치극은 그만 사색이 되어버렸다.

쐐애애액!

오치극과 마찬가지 속도로 날아오는 검기.

허공에서 멈칫해 버린 오치극.

콰드득!

"끄아아아악!"

결과는 참혹했다. 섬뜩한 파육음과 함께 처절한 비명성이 흘러나오고, 잠시 후 넝마 조각으로 변한 오치극의 시신이 후두둑 아래로 떨어져 내렸다.

"앗!"

어이없는 참사에 뒤따라오던 협풍단들이 일제히 비명을 내질렀다. 바로 그 순간, 허공에서 몸을 비틀고 있던 곽무한에게서 눈부신 광채가 폭사되었다.

쐐애애액!

카카캉!

"앗!"

도와 검이 부딪친 순간, 협풍단들은 헛바람 소리를 토해냈다.

곽무한의 도와 부딪치자마자 자신들의 검이 맥없이 잘려져 나가는 게 아닌가! 그리고 그 순간 곽무한의 신형이 재차 허공으로 날아올랐다.

"이럴 수가!"

협풍단들이 자신들의 검을 쳐다보며 멍한 표정을 짓는 동안, 남몰래 쾌재를 부르는 사람이 있었다. 그는 종횡육합진의 사문(死門)인 오미합 방위에서, 위에서 아래로 공격하는 치명적인 방위를 맡은 자였다.

"이놈! 끝장이다!"

갑자기 머리 위에서 들려오는 목소리.

"흡?"

곽무한은 위를 쳐다보다가 섬뜩한 검기가 내려오는 것을 보고 안색이 굳어버렸다.

곽무한은 급히 아래쪽을 쳐다봤다. 그러나 아래쪽에서도 무시무시한 검기를 흘리며 한 사람이 날아오고 있었다.

'생문을 차지하려다 지옥문에 들어섰군.'

고육지계로 오치극을 유인하는 데까지는 성공했지만, 종횡육합진의 치명적인 암수(暗手), 상하 공격에 갇혀 버렸다.

그러나 곽무한은 침착했다.

순간적으로 머리 위의 적을 상대해 볼까 생각했지만 시간이 부족했다. 자신이 그를 베는 순간, 하체가 날아갈 판이었다.

위기의 순간, 곽무한의 눈에 이채가 어렸다.

피유웅.

눈앞에서 반짝이는 물체.

조금 전 자신이 베어버린 검의 파편들이다. 그 파편들이 허공으로 튕겨 올라갔다가 포물선을 그리며 떨어져 내리는 중이었다.

곽무한은 회심의 미소를 지었다. 그와 동시에 곽무한의 신형이 하강하기 시작했다. 천근추의 신법이었다.

파아아아!

무서운 속도로 따라붙는 머리 위의 검기.

섬뜩한 기음으로 날아오는 발밑의 검기.

그리고 천근추의 신법으로 하강하는 곽무한.

누가 먼저일까?

우연히 아래를 내려다보던 곽무한과 아래쪽에서 날아오던 놈의 시선이 마주쳤다. 놈의 얼굴에 득의의 미소가 흐르고 있었다. 그 순간 곽무한은 차갑게 입꼬리를 말아 올렸다. 그와 동시에 손목을 아래쪽으로 꺾었다.

땅! 땅! 땅!

"*끄아아아!*"

느닷없이 흘러나온 짧고 격한 공명음. 그 직후 아래쪽에서 웃고 있던 녀석이 피 범벅된 얼굴로 비명을 지르며 떨어져 내렸다.

"앗! 저놈이?"

아래쪽에서 진세를 형성하고 있던 협풍단은 의외의 상황에 놀라, 쇄도해 오는 곽무한을 향해 다급히 검을 휘둘렀다. 그러나 그때는 이미 늦어버렸다.

카카캉!

검의 파편을 이용해 아래쪽의 암수를 무력화시킨 곽무한은 하강하던 기세 그대로 도를 뿌려, 급급히 휘둘러오는 검들과 부딪친 후 그 반탄력을 빌어 다시 허공으로 날아올랐다. 그리고 그 직후,

번… 쩍!

"끄아아악!"

시뻘건 혈광이 치솟자 처절한 비명성과 함께 엄청난 피분수가 쏟아져 내렸다.

투둑! 투둑!

잠시 후 진세 중앙으로 두 조각 난 시신이 떨어져 내렸고, 곽무한은 그 위에 내려섰다. 드디어 진의 중앙을 차지한 것이다.

지면에 내려선 곽무한은 잠시 호흡을 골랐다. 그동안 협풍단들은 아무도 움직일 생각을 못했다. 진의 흐름이 끊어진 때문이었다.

잠시 후 진기를 가다듬은 곽무한이 눈을 뜨자 엄청난 안광이 흘러나왔다.

곽무한과 눈이 마주친 육도강은 자기도 모르게 몸을 움찔했다.

곽무한의 기도에 위축된 것이다.

'아냐! 아직 끝난 게 아냐!'

육도강은 위축되어 가는 스스로를 부인하며 공력을 끌어올렸다.

비록 진세는 파탄났지만 아직 수하들이 남아 있었다. 웅풍산장의 모든 것, 저마다 절정 초입에 달한 고수들이 아직 남아 있었다.

"우와악! 놈을 죽여!"

육도강은 공력을 실어 수하들에게 명을 내렸다. 그리고 수하들이 날

아오르는 모습을 보며 그 자신도 몸을 날렸다.

파아아아…….

대기가 요란한 소리를 내며 얼굴을 스쳐 갔다.

눈앞에 놈이 보였다, 시뻘건 도기를 일렁이며 수하들을 상대하고 있는 놈의 얼굴이.

육도강은 검에 모든 공력을 모았다. 그리고 놈을 향해 전력으로 검을 휘둘렀다.

"우우우우! 웅—풍—만—리—참!"

뇌성벽력 같은 고함 소리와 함께 거대한 불덩어리가 날아갔다.

"아아! 검강!"

누군가의 탄성이 아련히 들려왔다. 그리고 자신을 향해 고개를 돌리는 놈의 얼굴이 들어왔다. 순간, 놈의 눈에 광채가 번뜩인다 싶더니, 느린 그림처럼 놈의 도가 움직였다. 그리고 눈앞으로 시뻘건 불덩어리가 날아왔다.

'내가 빨랐어!'

육도강은 회심의 미소를 지었다. 그리고 곧 엄청난 충격이 느껴졌다.

쿠콰콰콰콰쾅!

강기와 강기가 부딪치자 엄청난 폭음과 함께 대기가 파동을 쳤다.

고오오오오!

"으앗!"

"크헉!"

기의 충돌로 발생한 후폭풍은 엄청난 기세로 주변을 휩쓸었다. 그 기세에 휘말린 사람들은 저마다 비명을 지르며 쓰러져 갔다.

잠시 후 바람이 잦아들자 장내의 모습이 들어왔다.

두 사람의 격돌로 인해 주변은 거의 초토화되었다. 기의 폭풍이 스친 곳마다 전각이 쓰러지고 나무가 뿌리째 뽑혀 나갔다.

그러나 두 사람은 멀쩡했다.

장포만 너덜거릴 뿐 굳건히 서 있었다. 그리고 그들을 제외하고도 서른 명 정도의 무인이 서 있었는데, 그들은 저마다 충격을 받은 듯 행색이 말이 아니었다. 가까이 있던 자들은 피기침을 토하며 몸을 휘청거리고 있었고, 그나마 떨어져 있던 자들은 다시 검을 치켜세우고 있었다.

잠시 정적이 흘렀다.

곽무한을 노려보는 육도강의 뺨이 푸들푸들 떨렸다.

'분명히 내가 빨랐는데… 내가 빨랐는데…….'

한동안 불신의 표정으로 곽무한을 노려보던 육도강.

잠시 머리를 흔들어 미련을 털어버리고는 다시 검을 들었다. 손에 피가 날 정도로 꽉 움켜쥐었다. 그리고 이번에는 전신공력 뿐만 아니라 진원지기까지 끌어올렸다. 최후의 한 방울까지 남김없이 끌어올렸다.

"끼야아아아압!"

폐부에서 끌어올린 기합성.

그 기합성이 공명을 일으키기도 전에 육도강의 신형이 날았다.

마치 빛살처럼 날아오르는 육도강의 검극에는 무려 다섯 치에 달하는 검광이 뻗어 나왔다. 그리고 그게 신호라도 된 듯, 남아 있던 협풍단들이 모두 지면을 박차고 날아올랐다.

쾌애애애액!

새벽 공기를 가르며 날아가는 수십 줄기의 광채.

"아……."

멀리서 바라보던 수룡채들이 탄성을 내질렀다. 그만큼 아름답고 두려운 광채였다.

쾌애애애액!

대기를 가르며 날아온 빛줄기.

그 광채들이 곽무한에게 닿기 직전,

번—쩍!

곽무한에게서 끔찍한 광채가 폭사되었다.

뇌정도법의 마지막 초식인 수라혈뢰(修羅血雷)였다.

마치 거대한 폭죽이 터지고, 그 폭발의 알갱이들이 저마다 엄청난 섬광으로 커져, 천지를 삼켜 버릴 듯하는 광채였다.

그 끔찍한 광채에 육도강은 사색이 되고 말았다.

육도강은 본능적으로 바닥을 뒹굴며 목이 터져라 외쳤다.

"모두 피해!"

그러나 그 순간,

쿠콰콰콰콰쾅!

빛살 같은 광채가 대지를 휩쓸고 번천지복의 굉음이 터져 나왔다.

잠시 후 후폭풍이 가라앉고 사방을 휩쓸던 돌개바람조차 흔적없이 사라지고 난 뒤, 어디선가 쥐어짜는 듯한 신음성이 흘러나왔다.

"끄으으……."

신음성의 주인공은 전신이 피투성이로 변해 피를 울컥울컥 토하는 육도강이었다.

육도강은 떨리는 눈으로 곽무한을 쳐다봤다. 그리고 곧 비명처럼 소리를 질렀다.

"아니야! 이건 말이 안 돼! 도저히 말이 안 돼!"

육도강은 자신의 눈을 도저히 믿을 수 없었다.

그는 조금의 상처도 없었다.

비록 자신이 몸을 피했다지만, 무려 서른 명에 이르는 수하들이 전력으로 뿌린 검기였다. 거기에 부딪치고도 멀쩡하다니?!

육도강은 신들린 사람처럼 중얼거렸다.

곽무한은 천천히 고개를 들었다.

맞은편에 육도강이 보였다.

'비겁한 자.'

정말 위험한 승부였다.

진세를 상대하느라 지친 상태에서 오기조원에 이른 공력을 믿고 무리하게 펼친 수라혈뢰였다. 다행히 자신의 기세에 질린 저자가 합류하지 않아 승리할 수 있었지만, 만약 저자까지 합세했더라면 어떤 상황이 벌어졌을지 모를 위험한 순간이었다.

그러나 원인과 결과를 떠나 곽무한은 수하를 저버린 그를 용서할 수 없었다. 곽무한은 그런 심정을 담아 육도강을 쳐다봤다.

아무런 감정이 담기지 않은 무심한 눈빛.

육도강은 가슴이 철렁 내려앉는 기분이었다.

만약 생사를 주관하는 절대자가 있다면, 그 눈빛이 바로 저러할 것이다.

육도강이 오싹한 공포에 질려 넋을 잃고 있을 때,

저벅!

석상처럼 서 있던 곽무한이 걸음을 움직였다.

"으으……."

육도강은 자기도 모르게 뒷걸음질을 쳤다.

곽무한은 단지 한 걸음을 내딛은 것뿐이었지만, 육도강은 거대한 해일이 자신을 덮쳐 오는 것 같았다.

저벅!

곽무한이 다시 한 걸음을 내딛자 육도강은 다급히 두 걸음을 물러났다.

다시 한 걸음.

육도강은 더 버티지 못하고 털썩 무릎을 꿇었다.

곽무한의 눈이 이채를 발했다.

육도강은 서서히 고개를 떨어뜨렸다.

"졌… 다……."

차마 입이 떨어지지 않는 듯 기어들어 가는 목소리였다.

그 순간,

"와아아아아!"

주변에 있던 수룡채들이 요란한 환호성을 질렀다.

곽무한은 잠시 걸음을 멈추고 수하들을 돌아봤다.

만감이 교차하는 것일까?

그 순간, 육도강의 어깨가 움찔거렸다.

그리고 어느 순간, 육도강의 손이 번쩍 빛났다.

등을 보이고 있는 곽무한에게 급습을 가한 것이다.

그러나 그가 검을 채 반도 뽑기 전에, 곽무한의 고개가 휙 돌아왔다. 그의 눈은 차갑게 웃고 있었다.

"으아아아아!"

육도강은 공격하던 자세 그대로 검을 던져 버리고 사력을 다해 달아났다. 그때,

"우우우우우우!"

등 뒤에서 기이한 귀곡성이 울려왔다.

육도강은 눈알이 튀어나올 정도로 놀랐다.

"허헉! 저, 저, 저……."

치미는 공포로 인해 입까지 얼어붙어 버렸다.

콰아아아아아!

온몸에 시퍼런 광채를 뿜으며 곽무한이 날아오고 있었다. 그것도 단숨에 삼십 장의 공간을 뛰어넘어.

"타아아압!"

승천하는 용의 울부짖음일까?

쾌애애애애애액!

곽무한에게서 끔찍한 기운이 뿜어져 나왔다.

퍼퍼퍼퍼퍽!

"크아아아악!"

고막을 뒤흔드는 폭음과 함께 처절한 비명성이 흘러나왔다.

곽무한이 뿌린 도기가 육도강의 등을 강타한 것이다. 그 순간 굵은 핏줄기가 허공을 수놓았고, 육도강의 신형은 자욱한 피분수를 뿌리며 십여 장이나 날아가 지면에 튕겼다가 다시 떨어져 내렸다.

"크으으으……."

육도강은 꾸역꾸역 핏물을 게워내며 자리에서 일어나려 안간힘을 썼다. 그의 등판은 이미 흉측하게 뚫려 있었다. 그러나 그는 사지를 꿈

틀거리며 애를 썼다. 잠시 후, 그는 용케 일어섰다. 바닥에서 주운 검한 자루를 의지해서였다.

"크으으… 이놈… 곽무한……. 너 때문에… 너 때문에 본 장이……."

육도강은 핏물을 꾸역꾸역 흘리며 통한의 눈빛으로 곽무한을 노려봤다. 그리고 중심조차 제대로 잡지 못하는 몸으로 검을 치켜세웠다. 그 순간,

번—쩍!

혈뢰도가 다시 불을 뿜었다.

혈뢰도에서 뿜어져 나온 화염은 육도강의 검을 산산이 부숴 버리고, 그의 가슴을 갈라 버렸다. 그러고도 힘이 남았는지 대기를 가르며 계속 뒤쪽으로 뻗어갔다.

"끄아아아아아악!"

처절한 비명 소리. 그리고 그 뒤를 이어,

쿠콰콰콰콰쾅!

저 뒤쪽에 전각들이 요란한 소리를 내며 무너져 내렸다.

벽록색 피풍의와 만도 한 자루로 강호를 주름잡던 웅풍산장.

피와 공포의 대명사라 불리던 그 웅풍산장의 주인, 섭심귀혼(攝心歸魂) 육도강의 최후였다.

어느새 희뿌연 먼동이 터오고 있었다.

허물어져 내린 전각, 널브러진 시신들…….

그 위로 새벽바람이 휘돌다 사라지고, 곽무한은 좌우를 쳐다봤다.

그토록 힘겹게 느껴졌던 일을 이루고 나니 만감이 교차했다.

곽무한은 잠시 육도강의 시신을 쳐다보고는 하늘을 올려다봤다.

동녘 햇살에 비친 전각 위로 그리운 얼굴들이 떠올랐다.

과자안, 매옥, 무견, 진묵, 담우치…….

하나같이 자신에게 정을 주던 사람들이다.

모두 비명에 간 사람들이었지만, 과거의 그 어느 날처럼 모두 저 하늘 위에서 웃고 있었다.

곽무한은 눈시울이 뜨거워졌다.

'드디어 복수의 첫발을 내디뎠습니다. 모두 지켜봐 주시길.'

곽무한은 원혼들을 위로하며 한참을 서 있었다.

그동안 장내가 정리됐다.

이탁의 지휘 하에 시체가 옮겨지고 부상자들이 후송되었다.

주변 정리가 끝나자 수룡채들은 곽무한을 쳐다봤다.

모두의 눈에 감격과 존경이 담겨 있었다.

"총채주……."

곽무한은 자신을 부르는 소리에 고개를 돌렸다.

이탁과 추단, 그리고 곽패였다.

모두 피로에 지친 모습이었다.

그러나 모두의 눈에 격정이 어려 있었다.

곽무한은 그들을 향해 희미한 미소를 지어 보였다.

"모두… 수고했다."

곽무한이 입을 열자 이탁과 추단 등이 목례로 화답했고, 그 순간 등 뒤에서 요란한 함성 소리가 울려 나왔다.

"와아아아!"

하늘이라도 무너뜨릴 생각인지 병장기를 흔들며 환호하는 수하들.

모두의 눈에 눈물이 흐르고 있었다. 가슴 벅찬 환희의 눈물이었다.

곽무한은 천천히 손을 들었다.

함성이 그쳤다.

"아직 끝나지 않았어!"

곽무한은 그 말을 끝으로 돌아섰다.

그랬다.

아직 갈 길이 남았다.

잠깐의 시간이 흘렀다.

수룡채들은 모두 들뜬 마음을 가라앉혔다.

승리의 환호는 좀 전의 것으로 족했다.

수룡채들은 곧 전열을 정비했다.

찬란한 아침 해가 빛을 발하는 순간,

두두두두두!

수룡채들은 웅풍산장을 떠나갔다.

*   *   *

불타 버린 차밭. 무너져 내린 담장.

그 앞에 망연자실한 표정으로 서 있는 사람들이 있었다.

지난밤, 광산으로 향했던 철혈신창 모기륭 이하 십대무인들이었다.

그들 주변에는 관병들의 모습도 보였다. 그러나 안으로 들어서지 못하고 담장 주변에 몰려 있는 것이, 방금 출동한 모양이었다.

관병들 사이에서 누군가가 걸어 나왔다.

갑주를 걸친 모양새로 봐 백호급 무장 같았다.

"급작스런 참변에 뭐라 말씀을 드려야 할지……."

"됐소!"

모기룡은 뭐라 위로의 말을 건네려는 무장을 밀쳐 버리고 산장 안으로 들어섰다.

산장 안은 밖에서 볼 때보다 훨씬 처참했다.

전각이란 전각은 형체조차 알 수 없을 정도로 무너져 있었고, 바닥에는 포탄을 맞은 듯 거대한 웅덩이가 움푹움푹 패어 있었다. 그리고 시야가 닿는 곳마다 홍건한 핏자국이 흐르고 있었다.

모기룡은 떨리는 눈빛으로 좌우를 살폈다. 그러던 어느 순간, 모기룡은 털썩! 바닥에 주저앉고 말았다.

저 한쪽 구석에 쓰러져 있는 시신.

가슴 부위가 처참하게 갈라져 있는 시신을 보고 나서였다.

모기룡은 도저히 자기 눈을 믿을 수 없었다.

분명 삼류수적패라 들었다. 그런데 지금 이 장면은 뭐란 말인가?

고작 수적패에 의해 산장이 무너지고, 장주가 불귀의 객이 되고 말았단 말인가? 너무 기가 막힌 현실이라 말조차 제대로 나오지 않았다.

"끄으으… 장주……."

모기룡은 한참 뒤에야 눈물을 주르륵 쏟았다.

십대무인들은 모기룡의 울음소리를 듣고서야 육도강의 시신을 발견했다.

"장주!"

"크흐흑! 이럴 수가!"

그들은 육도강의 시신을 보자마자 자리에 주저앉아 눈물을 터뜨렸다.

모기륭은 수하들의 통곡성을 들으며 천천히 자리에서 일어났다.

그의 눈빛은 시뻘겋게 충혈되어 있었다.

"모두 눈물을 거둬라. 눈물보다 복수가 먼저다."

모기륭의 말이 떨어지자 십대무인들은 눈물을 거뒀다.

모기륭은 진득한 살기를 담아 말했다.

"지금부터 흉수를 찾는다! 놈들이 남긴 흔적이라면 머리카락 하나라도 놓치지 말라!"

명이 떨어지자마자 십대무인들이 움직였다.

그들은 광기 어린 눈동자로 산장 곳곳을 살폈다.

무너져 버린 전각뿐만 아니라 바닥을 뒹굴고 있는 깨진 기와 조각 하나까지 놓치지 않았다. 그러던 중 후원 뒤쪽에서 미약한 인기척이 흘러나왔다. 평소에는 거의 사용하지 않는 지하 창고였다.

"누구냐?"

콰쾅!

문을 박차고 들어서자 낯익은 얼굴들이 보였다.

잔뜩 겁에 질린 사람들. 장의 식솔들이었다.

"이, 이게 어떻게 된 일이지?"

모기륭은 예상외의 광경에 눈만 끔뻑거렸다.

건물들이 워낙 처참하게 무너져 있어 모두 죽은 줄로만 알고 있었는데 예상보다 많은 사람이 살아 있었다.

그러나 생존자의 대부분은 무공을 익히지 않은 아녀자나 아이들, 노인이나 하인들이었다. 무공을 익힌 자들 중에서 살아 있는 사람은 대부분 중상을 입은 환자들뿐이었다.

모기륭은 어찌 된 상황인지 한눈에 알아챘다.

'수적치고는 인정이 있는 놈이군.'

놈은 잔인무도하다는 수적답지 않게 노약자들을 살려준 것이다.

그러나 모기룡은 코웃음을 쳤다. 손속에 인정을 남겨둔 것은 고마운 일이었지만, 그렇다고 해서 용서할 일이 아니었다.

"어리석은 놈. 후환이 두렵지 않단 말이지."

모기룡은 생존자들을 통해 곽무한 일행이 떠나간 방향을 알아냈다.

"놈! 기다려라! 지옥까지 따라가는 한이 있어도 이 원수를 갚아주마!"

잠시 후,

두두두두!

한 떼의 기마가 웅풍산장을 나섰다.

그들은 추적에 나선 십대무인들이었다.

평소 같으면 신법을 펼쳐 추적에 나섰을 것이나, 밤새도록 광산과 산장을 오가며 뛰어다니는 바람에 기진맥진한 상태여서 관병들에게 말을 빌린 것이다.

두두두두!

그들은 말을 달리는 내내 날카롭게 사방을 살폈다.

그러나 그럴 필요가 없었다. 놈들은 마치 자신있으면 따라오라는 듯, 지나간 곳마다 흔적을 남겼다. 그 모습을 보자 모기룡은 가슴이 무거워졌다. 왠지 그들의 의도에 말려드는 듯한 기분이 들어서였다.

그러나 물불 가릴 계제가 아니었다. 놈들이 귀주를 빠져나가기 전에 따라잡아야 했다.

"워, 워!"

모기룡은 어느 지점에 이르러 말을 멈췄다.

놈들의 흔적이 눈앞에 뻗어 있는 산길로 이어지고 있었다.

"대폭포."

모기룡은 그제야 곽무한의 최종 목적지를 알 수 있었다.

"그래… 수적들답게 폭포와 이어진 강을 통해서 달아날 생각이란 말이지?"

모기룡은 수하들과 눈빛을 교환했다.

놈들의 목적지를 알아낸 이상 말은 더 이상 필요가 없었다. 놈들에게 자신들의 종적만 알려줄 뿐이니.

파파팟!

곧 십여 개의 신형이 말 등을 박차며 허공으로 날아올랐다.

*　　　　　*　　　　　*

쿠콰콰콰콰콰!

등 뒤로 천지를 무너뜨릴 듯한 굉음이 울리고 있었다.

폭포의 굉음은 가슴을 진탕시킬 정도로 엄청났다.

곽무한은 아찔하게 떨어져 내리는 폭포를 등진 채 강물 위에 서 있었다. 굉음을 토하며 떨어져 내리는 폭포의 가장자리 근처였다.

폭포수가 다시 치솟아오르며 자욱한 물보라를 뿌리는 그곳에서 곽무한은 곧 나타날 추적자들을 기다리고 있었다.

강물은 깊고 빠르고 거셌다.

그러나 곽무한은 일말의 흔들림도 없었다. 수면에 닿을락 말락 한, 강물 깊숙이 박혀 있는 바위 위에 서 있었기 때문이다.

사실 곽무한으로선 바위 위에 서 있을 필요가 없었다.

이미 수성(水性)에 익숙한 곽무한이니, 그냥 강물 속에 몸을 숨겨도 충분했다.

그러나 곽무한이 이렇게 서 있는 이유는 추적자들을 속이기 위해서였다.

곧 나타날 추적자들은 모두 검막 이상을 펼칠 수 있는 초고수들.

그들을 상대로 모험할 필요는 없었다.

지금 이 자세로 몇 명을 속일 필요가 있었다.

그리고 이렇게 해서라도 그들 모두를 제거해야 했다. 그들은 살려두기에는 너무 위험한 존재들이었다.

쿠콰콰콰콰!

심혼을 뒤흔드는 폭포 소리를 들으며 곽무한은 조용히 눈을 감았다.

격돌 순간, 폭포 소리에 정신이 흔들리지 않도록 하기 위해서였다.

장엄한 폭포가 한눈에 보이는 동굴.

그 안에 웃통을 벗은 사내들이 모여 있었다.

그들은 모두 긴장된 표정으로 폭포 쪽을 바라보고 있었다. 신호가 떨어지면 곧바로 폭포에 뛰어들기 위해서였다.

문득 사내들 중 한 사람이 고개를 돌렸다. 그는 파양채 출신인지, 팔뚝에 시커먼 물뱀을 그려 넣고 있었다.

"새벽에 있었던 전투, 정말 대단했지요?"

사내는 긴장감을 털기 위해선지 씨익 이를 드러내며 좌중을 돌아봤다. 그러자 뒤쪽에 있던 누군가가 그의 말을 받았다.

"그랬지. 정말 대단했어."

대답한 사람은 정보통이라 불리는 이필이었다.

이필은 자부심 어린 표정으로 말을 이었다.

"그러나 언제나 그렇듯 승리는 항상 우리 것이지. 왜냐하면 우리 뒤에는 총채주가 계시거든. 모두들 총채주의 무위를 봤지? 그분과 함께하면 세상 그 무엇도 두렵지 않아!"

이필이 곽무한을 거론하자 모두의 얼굴에 긴장 대신 미소가 감돌았다.

"맞아요. 전 총채주께서 저희 수채에 처음 나타나실 때부터 알아봤어요. 아아! 그 눈빛! 그 목소리! 정말 엄청난 신위였지요. 오늘 새벽보다 더 했었어요."

저 뒤쪽에서 이필의 말을 받으며 몸을 부르르 떠는 사내, 조금 앳되어 보이는 그자 역시 파양채 출신이었다.

"흐흐흐. 맞아! 엄청난 신위! 그 무공을 우리가 전수받고 있지. 시간이 조금 더 흐르면 우리가 구대문파 출신들을 부러워할 일도 없을 거야."

저 뒤쪽에서 장가덕이 몸을 일으키며 말하자 파양채들의 눈에 부러움이 어렸다.

"저희도 배울 수 있을까요?"

누군가 물었다.

장가덕은 고슴도치수염을 쓰다듬으며 고개를 끄덕였다.

"물론이지! 열심히 수련해서 승진만 한다면!"

"승진이요?"

장가덕은 피식 웃으며 대답했다.

"이봐! 총채주의 몸은 하나야. 설마 하니 채의 업무도 마다하고 우리를 일일이 봐주실 거라고 기대하진 않겠지? 비무를 통해 승진을 해야 해! 그래야 고급 무공을 배울 수 있어."

"비무라구요?"

"그래, 비무. 우린 항상 비무를 하지. 승진하고 싶으면 언제라도 윗사람에게 비무를 신청할 수 있어."

"그렇군요."

"그리고 또 있지. 비무를 통하면 마음에 안 드는 상관이라도 언제든지 팰 수 있어."

"에이… 설마요?"

파양채들이 불신의 표정을 지었다.

장가덕은 웃으며 설명했다.

"후후후. 안 믿는군. 그러나 사실이야. 자네도 봤을걸? 왜, 그날 술자리에서의 집단 비무 말이야."

"그게 그거였어요?"

"그래, 그게 그거야. 나중에 자네도 겪게 될 테지만, 집단 비무에선 처음 상대를 조심해야 해!"

그 말에 앳된 사내가 고개를 갸웃거렸다.

"처음 상대를 조심해야 된다구요? 왜요?"

장가덕은 의미심장한 미소로 대답했다.

"처음 상대가 바로 서열 상대거든. 아, 물론 공식적인 건 아니고 묵시적이야."

"묵시적이라구요?"

"그래. 한번 생각해 봐. 지금 우리 수룡채 인원만 해도 이백이 넘어. 그런데 자네들까지 끼어든다고 생각해 봐. 조장들을 제외하고도 그 숫자가 얼마야? 그러니 일일이 어떻게 비무대회를 해? 만약 그랬다가는 한 달이란 시간도 부족할걸? 그래서 집단 비무를 통해 서로의 서열을 정하지. 물론 나중에 보고를 하고."

"그렇군요……."

이해가 되는 설명이었다.

자신들 파양수채만도 무려 만 명이 넘지 않는가. 장가덕의 말대로 모두가 비무대회에 참가한다고 가정하면 정말 한 달이라는 시간도 부족하리라.

"그래서 우린 동료들끼리는 웬만해선 안 다퉈. 괜히 입씨름 한 번 잘못했다가 나중에 생고생을 하게 될지도 모르거든. 아, 그리고 시간이 지나면 수하들에게도 함부로 못하지."

의외의 말이었다.

수적들 세계에서는 상관의 말이 곧 법이었다. 그런데 수하들에게 함부로 할 수 없다니?

"왜요?"

파양채들이 의아한 표정으로 묻자 장가덕은 혀를 차며 대답했다.

"저번에 봤잖아. 한 번으로 그치는 비무가 아니란 말이야. 총채주께서 그치라고 할 때까지, 그게 아니면 녹초가 되거나 팔다리가 부러져 쓰러질 때까지 계속되는 비무라구. 생각해 봐. 만약 네가 지쳐 있을 때, 평소에 앙심을 품고 있던 녀석이 달려든다고 가정해 보라구. 그야말로 곤죽이 될 정도로 얻어맞고 말걸."

생사의 위기를 같이 겪어서일까? 수룡채와 파양채들의 대화에는 따스한 정감이 흐르고 있었다.

"그래서 세워진 게 바로 좀 전에 말한 묵계지. 처음 상대는 될 수 있으면 서열 싸움을 하고, 그 다음부터는 마음대로."

"그럼 잘하면 부채주들도 반 죽여놓을 수가?"

누가 호기심 어린 눈빛으로 물었다.

장가덕은 코웃음을 쳤다.

"꿈깨. 부채주들은 예외야. 그분들은 우리랑 차원이 달라. 나중에 붙어보면 알겠지만, 그분들은 최후의 최후가 되어도 힘이 남아도시지."

"어째서 그렇죠?"

그 질문을 기다렸다.

장가덕은 어깨를 으쓱거리며 자랑처럼 말했다.

"그분들은 총채주께 직접 무공을 배우거든."

"아!"

모두의 입에서 흘러나온 탄성.

장가덕은 다시 한 번 미소를 지었다.

"후후후. 시간이 지나면 우리도 그렇게 될 거야. 조장 이상이 되면 총채주께 직접 지도를 받지. 물론 자네들이 합류하고 나면 힘들어지겠지만. 그러나 예전처럼 다시 체계가 잡히고 안정이 되면 차근차근 집중 지도를 해주실 거야. 그러면 아까 말한 대로 정파 무인들이 결코 부럽지 않지."

"와아!"

파양채들은 자기도 모르게 환호성을 질렀다.

그때였다.

"쉿! 온다!"

입구 쪽에서 누군가가 소리쳤다.

동굴 안은 금세 정적과 긴장에 빠져들었다.

　　　　　*　　　　　*　　　　　*

　귀주에는 맑은 날이 사흘도 안 된다는 말처럼, 오후 무렵부터 비가
내렸다.
　모기룡은 비를 맞으며 발 아래의 폭포를 내려다봤다.
　저 끝 간 데 없이 펼쳐진 장엄한 폭포.
　쿠콰콰콰콰콰!
　굉음 소리가 언덕 위에 선 자신에게까지 들렸다.
　모기룡은 폭포 소리를 감상하며 천천히 좌우를 둘러봤다.
　그때 아래쪽에서 급박한 목소리가 들려왔다.
　"놈을 찾았습니다!"
　그 말에 장가덕은 급히 눈을 돌렸다.
　수하가 가리키는 곳을 향해 안력을 모으자 과연 그가 보였다.
　그는 대담하게도 폭포 가장자리에서 자신들을 기다리고 있었다.
　명백한 도발이었다.
　"놈… 감히……!"
　모기룡의 눈에서 살광이 치솟았다.
　"가자! 가서 놈의 목을 거두자!"
　모기룡의 말이 떨어지자마자 열 개의 파공성이 울렸다.
　빗줄기를 뚫고 날아가는 열한 개의 신형.
　쿠콰콰콰콰콰!
　그러나 엄청난 굉음 소리에 그들의 파공성이 묻혀 버렸다.
　"후후후. 어서들 와라."

곽무한은 차가운 미소로 적을 반겼다.

가장 먼저 날아오는 자가 가장 먼저 죽게 되리라.

쏴아아아!

시야를 가로막는 빗발.

콰아아아!

귀를 먹먹하게 만드는 폭포.

그리고 빗발을 가르며 폭포 소리에 도전하는 한 신형.

"놈!"

비록 폭포의 굉음이 그의 목소리를 묻어버렸지만, 곽무한은 알아들을 수 있었다.

곽무한은 보란 듯 혈뢰도를 치켜들었다. 그리고 곧 곽무한의 입에서 우렁찬 기합성이 터져 나왔다.

"타하아아압!"

그러나 이상했다. 기합성을 내뱉던 기세와 달리, 곽무한의 자세에 많은 빈틈이 보였다. 그 모습을 본 진천쌍극(振天雙戟) 육적풍은 회심의 미소를 지었다.

"놈! 끝이다!"

만약 곽무한이 정파의 고수였거나 사파의 고수였다면 한 번쯤 함정이 아닐까 생각해 볼 수 있었지만, 육적풍의 뇌리에 기억된 곽무한은 삼류수적패에 불과했다. 그런 선입견은 그에게 돌이킬 수 없는 재앙으로 돌아왔다.

패애액!

그저 직선으로 내리긋는 곽무한의 도세.

육적풍은 가볍게 몸을 틀어 도세를 흘려 버리고는 곽무한의 빈 곳, 허리와 다리를 노리고 쌍극을 찔러 넣었다. 그런데,

카카칵!

갑자기 눈앞이 번쩍 한다 싶더니 곽무한의 모습이 온데간데없이 사라져 버리고, 대신 자신의 병장기가 썽둥 잘려져 나가는 게 아닌가?

"헛?"

육적풍은 순간적인 위기감에 몸을 틀었다. 그 순간, 망막으로 곽무한의 모습이 들어왔다.

"뭐, 뭐야?"

육적풍의 눈은 화등잔처럼 커졌다.

곽무한의 자세가 워낙 기이해서였다.

곽무한은 머리를 아래로 해서 떨어지고 있었는데, 그 자세에서 도를 뿌리고 있었다. 위에서 아래로, 비스듬히 내리긋는 도세였다.

그러나 거꾸로 떨어져 내리며 뿌리는 도세였기에, 육적풍이 볼 때는 아래에서 위로, 그것도 사선으로 치고 올라오는 도세였다.

그 순간 육적풍의 뇌리에 스친 생각.

'놈의 도는 신병이기다! 부딪치면 나만 손해야!'

육적풍의 머리는 찰나간에도 빠르게 돌아갔다.

'놈의 뒤쪽이 비어 있어! 놈은 거꾸로 떨어져 내리는 중이라 반격도 할 수 없어!'

망설일 필요가 없는 일이었다. 놈을 뛰어넘기만 하면 등을 노릴 수 있는 절묘한 위치였다. 물론 곽무한이 그렇게 유도한 위치이기도 했다.

육적풍은 자신의 발등을 차고 오르며 단번에 도의 궤적을 뛰어넘었

다. 그러나 그 순간, 잊고 있던 사실이 기억났다.

곽무한을 베기에 골몰하다 보니 이곳이 어딘지를 잊어버린 것이다.

육적풍의 안색은 금방 샛노래졌다.

"으아아아아아!"

착지할 곳을 찾지 못한 육적풍. 아스라한 비명 소리를 남기며 폭포 아래로 떨어져 버렸다. 물론 비명 소리는 쏟아지는 굉음에 묻혀 버렸다.

순식간에 육적풍을 처리한 곽무한은 손으로 바위를 한 번 튕기고는 재주를 부리듯 자세를 바로 했다.

다시 바위를 딛고 선 곽무한.

날아오는 적을 향해 도를 까닥거려 보였다.

"이노오옴!"

섬전검(閃電劒) 양정후는 곽무한의 행동에 모멸감을 느꼈다.

"감히 나를 어찌 보고……!"

그러나 그는 허무하게 추락해 버린 육적풍을 떠올리며 신중한 태도를 취했다. 하지만 그게 오히려 문제가 되어버렸다.

너무 신중을 기하다 보니, 그는 곽무한과 대등한 상태에서 싸우려고 강물로 착지했다.

"어이쿠!"

아무 생각 없이 발을 담그던 양정후는 혼비백산하고 말았다.

눈앞의 상대를 보건대 분명 발목까지 와야 정상인 강물이 어찌 허리어림까지 차 오르도록 발이 닿지 않는단 말인가? 더구나 이 엄청난 물살이라니!

"으아아! 이 치사한 자식!"

양정후는 그제야 자신이 속았다는 것을 알아차렸다. 그는 거센 물살에 휩쓸려 중심을 잃으며, 또 그런 상태에서 자신의 머리 위로 날아오는 곽무한의 도를 보며 뒤늦게 욕설을 퍼부었다.

그러나 그는 욕설을 끝까지 내뱉을 수 없었다. 목에 피를 콸콸 흘리며 폭포 아래로 떨어져 버렸기 때문이다.

눈 깜빡할 사이에 두 명의 고수를 처리해 버린 곽무한.

이젠 더 이상 상대를 속일 수 없겠다 싶자, 돌연 강물 속으로 뛰어들었다. 그리고는 날아오는 적들을 보며 조롱하는 듯한 미소를 지어 보이고 냉큼 잠수해 버렸다.

그 모습을 보고 뚜껑 열리지 않을 사람이 어디 있으랴.

속임수로 두 명을 처치한 후 약 올리듯 사라져 버리다니.

"크아아! 저, 저 찢어 죽일 놈!"

그 모습을 본 모기룡은 괴성을 터뜨리며 강물로 뛰어들었다. 그와 동시에 뒤를 보며 호통을 질렀다.

"모두 뭣들 해! 저 빌어먹을 자식을 그냥 둘 거야?"

모기룡의 호통 소리에 머뭇거리던 무인들도 결국 합류하고 말았다. 어차피 곽무한을 상대하기 위해서는 강물로 들어가야 했으니.

콰아아아아!

그러나 낯설었다.

강은 엄청난 깊이에, 엄청난 속도로 흐르고 있었다. 그 때문에 운신하기가 쉽지 않았다. 더구나 시야를 방해하는 빗줄기와 정신을 혼란케 만드는 폭포의 굉음. 모두의 가슴에 서서히 먹구름이 드리워졌다.

그러나 그들과는 반대로 물을 만난 고기처럼 날뛰는 사람이 있었다.

슈우욱, 첨벙!

순식간에 나타나서 번쩍이는 칼 빛만 남겨두고 사라져 버리는 곽무한.

악몽이 시작되었다.

슈와악!

"이놈!"

그가 나타났다 싶어 급히 검을 휘두르면,

"후후후!"

묘한 미소를 남기며 사라져 버리는 곽무한.

사라져 버린 그를 찾으려 좌우를 돌아보면 갑자기 몸이 쑥! 강물 속으로 끌려 들어간다.

"우우웁! 우우웁!"

물속에서는 아무리 검을 휘둘러도 소용이 없었다. 그의 머리카락 하나조차 건드릴 수 없었다.

그리고 어느 순간, 허리 어림에 뜨끔한 통증이 느껴지면,

"으아아아아아!"

십대고수란 위명은 어디론가 사라져 버리고, 맥없이 폭포 아래로 떨어져 버리고 만다.

"으으! 이 치사한 자식! 나와! 나와서 붙어보자!"

하나둘 사라지는 동료를 보고 강물 위로 몸을 솟구치기라도 하면,

쐐애애애액!

난데없는 곳에서 시뻘건 도기가 날아든다.

다급히 몸을 틀어 그의 도세를 상대하려고 하면,

서격!

검날이 힘없이 잘려져 나가거나,

카카카캉!

손목으로 엄청난 반탄력이 전해져 와 자기도 모르게 몸을 틀게 된다.

그러나 통탄할 사실은, 놈의 반탄력에 못 이겨 몸을 날리게 되는 곳은 꼭 폭포 쪽이 되고 만다는 사실이었다.

"으아아아악!"

그나마 놈의 도세에 밀려 폭포 아래로 떨어지는 동료를 보면 내심 다행이라 싶었다.

앞서 간 육적풍이나 양정후와는 달리, 폭포에 휘감겨 떨어진 게 아니라서 금방 물살을 헤치고 빠져나올 수 있을 것이라 믿어서였다.

그러나 그건 그들만의 착각이었다.

벌써 몇 사람이나 그렇게 빠졌지만 돌아오는 사람은 없었다.

폭포에 익숙지 않은 그들이다. 아니, 물살 자체에 익숙지 않은 그들이다. 그러다 보니 아래로 떨어져 겨우 정신을 차렸다손 치더라도, 폭포수가 떨어져 내리며 만든 급류에 휘말려 정신없이 허우적댔고, 또 그러다 보면 어느새 하얀 눈빛의 사내들이 나타났다. 그것도 한두 명이 아니라 수백 명이, 그리고 강물 위가 아니라 강물 속에서.

천하의 십대무인이라도 그쯤 되면 도리가 없다. 물속에서는 본신실력의 채 오 할도 발휘할 수 없었으니. 그리고 상대는 물속이라면 날고 기는 자들이었으니.

"끄아아악!"

결국 강물에 피를 헌납하며 죽어가는 무인들.

그러나 그들에게 있어 삼류수적들에게 당해 죽어간다는 사실보다 더 서글펐던 것은 비명 한 번 제대로 못 질러보고 죽는다는 사실이었다. 그들 각자가 당한 곳이 물속이었기 때문이기도 했거니와, 설령 물 밖으로 고개를 내밀고 비명을 질러봤댔자 고막 얼얼한 폭포 소리에 묻혀 메아리조차 들려오지 않았으니 더 그랬다.

그렇게 웅풍산장의 최후 보루라는 십대무인들은 허망하게 쓰러지고 말았다.

그리고 마지막 남은 한 사람.

"으으. 도대체 어떻게 된 거야? 왜 아무도 돌아오지 않지?"

철혈신창 모기륭은 한참이 지나도록 되돌아오는 수하가 없자 당황하기 시작했다.

그런 심정을 알아차렸는지, 강물 위로 몸을 드러낸 곽무한이 설명을 해줬다.

"후후후. 저 아래 강물에는 물귀신들이 있지."

곽무한 딴엔 친절한 설명이었지만, 듣는 입장에서도 그럴까?

"크아아! 이 개자식아! 네 어미에게나 가서 그딴 소리를 지껄여라!"

모기륭은 귓가로 연기를 뿜으며 창을 휘둘러왔다.

물론 곽무한은 모기륭의 말을 듣자마자 흥분했다.

진심(?)이 왜곡되는 건 상관없지만, 함부로 엄마를 들먹이다니!

"그 한마디로 넌 죽었다!"

곽무한은 이글거리는 눈빛으로 도를 겨눴다.

모기륭은 기가 막혔다.

감히 자신의 이마를 향해 도를 겨누다니!

"이 빌어먹을 자식아! 목에 바람구멍을 뚫어주마!"

모기륭은 과연 신창이라 불릴 만했다.

예전에 혈창 도광덕을 상대해 봤지만, 모기륭은 그보다 한 수 위였다.

쾌애애액!

퓨퓨퓨풋!

허리 어림에서 돌다가 어느새 어깨 어림으로 돌아오는 창날.

허공에서 팔랑개비를 그리다가 순식간에 눈을 찌르고 휙 돌아서며 허리를 때려오고, 머리를 쪼갤 듯 강물을 때리다가 어느새 장대처럼 타고 올라 여덟 번에 걸친 연환각까지 날려댄다. 실로 화려한 기교였다.

그러나 곽무한은 피식 미소를 지었다.

"손놀림은 빠르다만 아직 멀었다."

검지를 세워 눈앞에서 흔들던 곽무한은 갑자기 벼락처럼 움직였다.

"잔기술은 힘으로!"

짧은 호통성과 함께 무식할 정도로 격하게 도를 휘두르는 곽무한.

모기룡은 처음엔 별일이야 있겠나 싶었다.

놈이 제아무리 신병이기를 갖고 있다 하더라도 공력의 차이에는 어쩔 수 없다.

모기룡은 비웃음 띤 눈으로 곽무한의 도세를 흘려 나갔다.

그런데 이게 웬일인가?

분명 도세를 흘렸건만 부딪칠 때마다 짧아지는 창이라니!

그 단순무식한 힘에 밀리다 보니 어, 어, 하는 순간 어느새 폭포 가장자리까지 밀려나게 되었다.

부왕! 부왕! 부와앙!

놈은 여전히 팔방풍우의 초식으로 도를 휘두르고 있다.

"이이이……."

급기야 모기룡의 뺨이 떨렸다.

도저히 감당이 불감당인 엄청난 도세였다.

결국 그가 선택할 수 있는 건 한 가지밖에 없었다.

"오냐, 이놈! 기다려라! 금방 되돌아오마!"

모기룡은 그 말을 남긴 후 자진해서 폭포 아래로 뛰어내렸다.

아마 모기룡은 폭포 아래로 내려갔다가 금방 되돌아와 유리한 위치에서 다시 싸우려고 했을지도 모른다. 물론 도저히 상대가 안 되니 내뱉은 말과는 달리 그대로 줄행랑을 칠 수도 있었겠고.

그러나 폭포수가 떨어져 내리는 급류, 그 속에 빠져든 순간 모기룡은 자신의 선택을 후회할 수밖에 없었다.

쿠콰콰콰콰콰!

저 엄청난 폭포수가 만들어낸 믿지 못할 급류.

도저히 내공을 운기할 수 없었다. 몸을 잠시도 가만두지 않고 출렁이는 물살과 고막이 터져 나갈 것 같은 굉음 때문에 도저히 정신을 집중할 수 없었던 것이다. 그리고 그 와중에 다가오는 저 하얀 눈빛들.

"끄아아아아아아!"

과연 모기룡은 비명을 지를 수 있었을까?

제76장
찾아오는 사람들

찾아오는 사람들

강호에 믿지 못할 소문이 떠돌았다.

'귀주의 명문, 웅풍산장이 무너졌다!'

소문을 들은 사람들은 하나같이 불신의 표정을 지었다.

다른 곳도 아닌 피와 공포의 대명사라 불리는 웅풍산장이 한갓 수적
패에게 무너지다니!

도저히 믿지 못할 이야기였다. 그러나 시간이 흐르면서 소문이 진짜
라는 사실이 밝혀지자, 사람들은 그 수적패가 어디인지 알아내기 위해
사방으로 수소문하고 다녔다. 그 덕에 곽무한과 수룡채에 대한 소식은
알음알음으로 은밀하게 퍼져 나갔다.

그리고 강호를 달군 또 하나의 소문.

'흑룡방이 장강을 접수하기 시작했다!'

그 소문에 대륙이 요동을 쳤다.

파천신장을 비롯한 암흑마교의 정예가 합세하자 흑룡방이 본격적으로 움직이기 시작한 것이다.

강호에 전해진 소문으로는, 그들의 대대적인 공세에 파양수채가 싸워보지도 않고 항복했으며, 일전불사를 외치던 구강채는 채 하루도 지나지 않아 전원 몰살당했다고 전해졌다. 그리고 그들은 여세를 몰아 양자호(梁子湖)를 향해 진군 중인데, 그에 맞서기 위해 사천무림맹과 정파 연합이 양자호에서 일차 저지선을 형성하기로 했다는 소문이 떠돌면서 강호를 일대 혼란에 빠뜨렸다.

그런 소문들 때문인지 강호의 거대 세력마다 전서구가 끊이지 않았다.

곽무한은 광풍처럼 번져 가는 소문을 들으며 적취협으로 귀환했다.

웅풍산장을 무너뜨린 지도 어언 한 달.

계절은 벌써 여름의 끝자락을 좇고 있었다.

곽무한은 적취협에 틀어박혀 앞으로의 행보를 고민했다.

사천당가.

말이 필요없는 독과 암기의 본산.

곽무한은 다음 목표인 사천당가를 떠올리자 암담한 기분이 들었다.

독문제일을 상대로 어떻게 싸울지가 고민된 것이다.

그들을 상대로 떼거리로 몰려가 봐야 무슨 소용이 있을까? 그들이 뿌리는 독 한 줌에 수하들이 비명조차 못 지르고 쓰러져 갈 것인데.

'그냥 나 혼자 쳐들어가?'

복수할 곳이 사천당가 하나뿐이라면 앞뒤 가리지 않고 뛰어들겠지만, 적은 그들 말고도 많았다. 그리고 그 어느 한 곳도 웅풍산장보다

약한 곳이 없었다.

그런 적을 두고 단신으로 움직인다?

쉽지 않은 일이었고 무책임한 일이었다.

웅풍산장을 무너뜨린 지 며칠 지나지도 않아 전 강호에 소문이 파다할 정도로 소식과 소문에 민감한 강호다. 모르긴 몰라도 벌써 무림맹에는 웅풍산장의 괴멸에 대해 조사하고 있을 것이다. 그리고 머지않은 시간에 보복의 손길이 뻗어오리라.

그런 상황에서 자신이 뒤를 생각지 않고 움직인다면 수하들은 어찌될 것인가?

그런 저런 생각으로 고민이 깊어갈 즈음,

"총채주! 갑자기 전서구가······."

어느 날 이탁이 전서구를 들고 뛰어왔다.

"음? 사부님께서?"

의외였다.

사부와 헤어질 당시, 자신은 삼화상단에 머무르고 있지 않았던가?

'내가 여기 있다는 걸 어찌 아셨을까?

그러나 자신과 과자안과의 관계를 알고 있는 사부다. 흑룡방 문제로 인해 정파의 명숙들을 만나는 과정에서 개방을 통해 자신의 행방을 알게 되었으리라.

곽무한의 예상은 정확히 맞아떨어졌다.

〈사랑하는 제자 보아라. 너와 작별한 지가 엊그제 같은데 벌써 많은 시간이 흘렀구나. 그동안 무탈하게 잘 지내고 있는지 궁금하구나. 너를 찾게된 것은 다름이 아니라··· 그래서 내가 불쾌할 것을 알면서도 개방을 이용

하게……. 〉

　정감 넘치는 글귀로 서두를 장식한 사해어옹은, 친절하게도 자신을 찾게 된 이유와 과정을 서찰 안에 상세히 적어놓았다.

　곽무한은 처음에는 그리움에 젖은 눈빛으로 서찰을 읽어 내려가다가 어느 대목에서부터는 안색이 서서히 굳어갔다.

　사해어옹이 보내온 서찰은 엄청난 내용을 담고 있었다. 당금 강호를 파란으로 몰아넣고 있는 흑룡방에 대한 이야기였다.

　〈그들의 힘은 벌써 안휘, 절강, 강서를 넘어 북으로는 산동, 남으로는 복건에 이르렀다. 그 과정에서 남궁세가와 황보세가가 무너졌고 하북팽가 역시 오늘내일 하는 상황이다. 이제 그들은 대륙의 젖줄이라는 장강을 도모하고 있다. 예전에도 말했지만 장강은 민초들의 터전이다. 작금의 난으로 인해 백성들의 고초는 이루 말로 다할 수 없을 지경이다. 그래서 이 늙은이가 뛰고 있다. 다행히도 이 늙은이의 진심이 통했는지 소림과 무당, 개방과 백마산장 등이 함께 움직이기로 했다.〉

　강호와 백성들에 대한 염려로 가득한 사해어옹의 글.
　그러나 어느 대목에 이르자 곽무한의 눈이 딱 굳어 버렸다.

　〈또한 근일 중으로 사천무림맹이 합류하기로 했다.〉

　지금 이 순간, 곽무한의 눈에 흑룡방의 정체가 암흑마교로 보인다든지, 정파연합과 사천무림맹이 일차 저지선으로 양자호를 택했다든지

하는 것은 전혀 들어오지 않았다. 그저 보이는 글귀라고는 사천무림맹이 움직인다는 것.

'기회다!'

곽무한의 머리는 빠르게 돌아가기 시작했다.

'사천무림맹이 움직인다면 놈들의 이목과 전력이 분산된다는 말! 사천당가를 칠 절호의 기회다!'

곽무한은 자기도 모르게 주먹을 불끈 쥐었다.

한동안 격동하던 곽무한은 천천히 호흡을 골랐다.

아직 남은 글귀가 있어서였다.

그러나 그 글은 읽지 않는 게 나을 뻔했다.

〈개방을 통해 너의 활약상을 들었다. 파양수채를 접수했다는 것과 수룡채를 복원했다는 것을. 그리고 또 들었다. 흑룡방의 공세를 피하기 위해 파양수채로 하여금 거짓 항복하게 했다는 것을. 그리고 그 과정에서 웅풍산장을 무너뜨렸다는 것도 알고 있다.〉

곽무한은 순간적으로 굳어버렸다.

애초부터 평생 숨길 수 있을 것이라곤 생각지 않았다. 그러나 이렇게 쉽게 들통날 줄은 몰랐다. 개방의 정보력을 새삼 절감하는 순간이었다.

곽무한은 등골이 오싹하는 것을 느끼며 서찰을 마저 읽어 내려갔다.

그러나 곽무한은 또 한 번 인상을 굳혀야 했다.

서찰의 마지막 부분, 거기에는 사해어옹의 절절한 부탁이 담겨 있었다.

〈네가 나서줘야겠다. 암흑마교로 추정되는 그들, 육로라면 모르되 물에서는 도저히 막을 방법이 없다. 알다시피 우리들은 모두 무의 궁극을 추구하는 사람들이라 수전에 대해서는 아는 바가 전무하다. 그래서 하는 부탁이니, 부디 이 늙은이의 심정을 헤아려 양자호로 와다오! 장강을 지키자꾸나. 민초들에게 돌려주자꾸나. 이 늙은이 생각으로는 그렇게 하는 게 정파와의 관계를 개선할 수 있는 기회라고 생각되는구나.〉

서찰을 다 읽은 곽무한은 한동안 굳어 있었다.

사부의 간절한 부탁.

곽무한은 잠시 혼란을 느꼈다.

복수와 대의명분 사이에서 혼란을 느낀 것이다.

분명 이성은 사부의 말에 공감하고 있었다. 그러나 가슴은 그렇지 않았다.

'후우… 정파와의 관계 개선이라…….'

솔직히 대의명분보다 그 말에 더 끌렸다. 정파와 등진 수적의 말로는 결과가 뻔했기에 그 말에 더 끌렸는지도 모른다.

'그러나 그럴 순 없다!'

먼저 간 형제들이 울고 있다. 그들이 간절히 복수를 원하고 있다.

우우웅!

곽무한의 손에 강렬한 불꽃이 일어났다. 잠시 후, 사해어옹이 보낸 서찰은 재가 되어 바람에 흩날렸다.

"총채주, 무슨 편지기에……?"

그 모습을 보고 있던 이탁이 의아한 표정으로 물었다.

"알 필요 없어."

곽무한은 쓸쓸한 미소로 고개를 저었다. 그리고 한동안 침묵을 지켰다. 그렇게 얼마나 흘렀을까?

"부채주들을 불러라."

갑자기 곽무한의 입에서 낮고 단호한 음성이 흘러나왔다. 그 순간 이탁이 눈을 번쩍 떴다.

"드디어… 움직이는 겁니까?"

이탁은 떨리는 목소리로 물었다.

곽무한은 대답하지 않았다. 그러나 꽉 다문 곽무한의 입매에서 이탁은 원하는 대답을 발견할 수 있었다.

"존명!"

이탁은 힘찬 걸음으로 뛰어나갔다.

사해어옹이 보낸 서찰, 그것이 되려 곽무한의 결심을 앞당기고 말았다.

잠시 침묵이 흘렀다.

탁자를 중심으로 네 사람이 앉아 있었지만, 아무도 입을 여는 사람이 없었다.

곽무한은 통나무처럼 굳은 표정으로 눈을 감고 있었다.

이탁은 망연자실한 표정으로 곽무한을 쳐다보고 있었고, 추단은 뺨을 씰룩이며 애써 흥분을 참고 있었다. 그러나 솥뚜껑 같은 손으로 탁자 모서리를 잡아 뜯고 있던 곽패는 도저히 참지 못하겠는지 탁자를 쾅! 후려치며 자리에서 일어났다.

"죽었으면 죽었지, 저는 그 명령을 따르지 못하겠습니다!"

그 순간, 곽무한의 눈이 착 가라앉았다.

"곽패! 죽고 싶으냐?"

"네! 죽고 싶습니다! 이대로 복장이 터져서 죽느니 차라리 총채주 손에 죽고 싶습니다!"

곽패가 충혈된 눈빛으로 소리치자, 이탁은 곽패를 말렸다.

"이봐, 곽패. 총채주께서 그렇게 말씀하신 데에는 무슨 이유가……."

그때였다.

"놔둬!"

추단이 일월쌍환을 꺼내 들며 자리에서 일어났다. 그리고는 누가 말릴 새도 없이 자신의 목을 베어가기 시작했다.

"앗! 안 돼!"

이탁이 깜짝 놀라 비명을 지르는 순간,

"뭐 하는 짓이야!"

호통성과 함께 일월쌍환이 허공으로 날아갔다. 곽무한이 날린 지풍 때문이었다.

"이익!"

잠시 손목을 어루만지던 추단은 격한 쇳소리를 내뱉더니 이번에는 벽을 향해 머리를 부딪쳐 갔다.

"정말 해보자는 거냐?"

곽무한이 노한 표정으로 추단을 막아섰다. 그러자 추단이 충혈된 눈빛으로 말했다.

"비켜주십시오! 저는 오늘 무슨 일이 있더라도 이 자리에서 죽고 말 겁니다!"

추단은 목에 칼이 들어와도 한다면 하는 놈이다. 곽무한은 고개를 절레절레 흔들며 한숨을 내쉬었다.

그때였다.

"쌩! 저도 오늘 죽을랍니다! 말리지 마십쇼!"

이번에는 곽패가 도끼로 자기 머리통을 찍어가기 시작했다.

곽무한은 어이가 없었다.

곽패는 물러터진 놈이다. 절대 제 손으로 목숨을 끊을 리가 없다.

곽무한이 멀거니 지켜보기만 하자 자기 머리 위 한 치쯤에서 도끼를 멈춘 곽패가 멀뚱한 눈빛으로 물어왔다.

"왜 저는 안 말리시는 겁니까?"

곽무한은 기가 막혀 실소를 흘리고 말았다. 그 순간,

"에이, 쌩!"

이번에는 진짜다!

"도대체 왜들 이래?"

결국 곽무한은 도끼를 날려 버릴 수밖에 없었다.

"휴우… 좋다. 원점에서 다시 한 번 생각해 보자."

한동안 두 사람을 노려보던 곽무한이 긴 한숨을 쉬며 자리에 앉았다.

두 사람은 의심스런 눈초리로 곽무한을 쳐다보기만 했다.

"앉아! 앉아서 차근차근 다시 이야기를 해보자고!"

곽무한이 재차 호통을 지르자 두 사람은 그제야 자리에 앉았다.

지금 곽무한과 이들 사이에 벌어진 소란은 사천당가를 치는 일 때문이었다. 이탁으로부터 사천당가를 치러갈 것 같다는 귀띔을 받은 그들.

들뜬 마음으로 회의에 참석했다가 곽무한이 혼자서 다녀오겠다고 하자 섭섭한 마음에 광분하고 만 것이다.

한바탕 소란이 가라앉자, 곽무한이 모두를 보며 말했다.

"사천당가는 이제껏 우리가 싸워왔던 적들과 달라. 그들은 독과 암기를 쓰는 자들이야. 그러니 손 한 번 섞어보지도 못하고 목숨을 잃어버릴지 몰라."

"상관없습니다."

대답은 금방 나왔다.

곽무한은 어이가 없었다.

"그래, 너희들은 그렇다 치자. 그러나 수하들은 무슨 죄냐? 너희들은 공력이 강해 얼마쯤 버틸 수 있을는지 모르겠지만, 그들은 정말 숨한 번 제대로 쉬지 못하고 죽어갈 거다. 그래도 좋단 말이냐? 내가 혼자 가겠다고 하는 이유는 바로 그 때문이야."

그러나 그 말 역시 통하지 않았다. 곽무한의 말이 끝나자마자 추단이 벌떡! 자리에서 일어나더니 문밖으로 걸어갔다.

"이야기하다 말고 어디 가?"

"애들에게 직접 물어보려구요."

곽패는 오히려 한술 더 떴다.

"형님, 혹시 안 간다는 놈 있으면 말해요, 그놈 머리통을 조각조각 부숴 버리고 말 테니."

"이런 미친놈들……."

이렇게까지 나오는 데에야 더 이상 할 말이 없다. 더구나 말릴 틈도 없이 뛰쳐나간 추단은 등 뒤에 수하들을 주렁주렁 달고 나타났다.

수하들은 서로 먼저라는 듯 머리를 들이밀며 소리쳤다.

"총채주! 저희도 갑니다! 무슨 수를 써서라도 갑니다! 말리셔도 소용

없습니다!"

"아이고, 머리야……."

결국 곽무한은 두 손 두 발 다 들고 말았다.

두 번 세 번 호통을 쳐 뭉그적거리는 수하들을 쫓아 보낸 곽무한은 다시 회의를 주재했다.

"무슨 일을 하든지 뒤가 든든해야 해. 그래야 실수가 없어."

수하들이 아무리 강짜를 부려도 명색이 총채주다.

피할 수 없는 상황이라면 모르되 알면서도 수하를 사지에 빠뜨릴 순 없다.

곽무한은 짧은 시간, 수하들을 만족시킬 수 있는 방안을 생각해 냈다.

양동 작전이었다.

곽무한은 먼저 분위기를 잡았다.

"먼저 타강을 공격해 놈들을 유인한다."

반박이 있을 리 없다. 타강 자체가 사천당가 근처로 흐르는 물길이기도 하거니와, 그곳에는 사천당가의 하수인이나 마찬가지인 타강채가 있다. 그러니 일석이조의 효과를 거둘 수 있다. 더구나 강에서는 독을 쓰기 어려우니 유인책으로는 그 이상 없다.

다음으로 곽무한은 이탁을 떨궈냈다.

"놈들을 혼란에 빠뜨리기 위해 인근 야산에 불을 지르는데, 만에 하나 있을지 모를 관의 출동을 막기 위해 이탁이 포정사(布政使:성의 최고 책임자)를 인질로 잡는다."

"헉! 왜 하필 접니까?"

이탁이 울상으로 묻자 곽무한은 추단과 곽패를 가리켰다.

"저놈들은 협박하다가도 수틀리면 진짜로 죽여 버릴 놈들이야. 그 뒷감당을 누가 해?"

곽무한의 눈빛을 받은 두 사람은 희희낙락한 표정을 지었다. 그러나 이탁은 뭐라 반박할 말이 없어 고개만 푹 떨어뜨렸다.

'자, 이탁은 자연스럽게 떨궈났고, 다음은 추단인가?'

곽무한은 속으로 웃음을 터뜨리면서도 겉으로는 아무런 내색 없이 빠른 어조로 말을 이었다.

"추단! 너는 가릉강으로 가!"

"예? 가릉강은 갑자기 왜⋯⋯?"

추단이 화들짝 놀란 얼굴로 묻는다. 물론 답은 벌써 생각해 뒀다.

"다른 곳도 아닌 사천당가야. 우리가 아무리 타강을 흔들어도 그들이 많은 인원을 보낼 것 같아? 그리고 우린 타강채와 싸우러 가는 것이 아니잖아? 그러니 작두를 찾아 가릉강을 흔들어놔야 타강채의 전력이 분산되지."

"그, 그렇군요⋯⋯."

마지막은 곽패.

"곽패, 넌 파양채로 가!"

"예? 파, 파양채는 사천당가와는 정반대쪽⋯⋯."

"이런 바보! 퇴로를 생각해야 할 것 아냐? 만에 하나, 우리가 사천당가를 괴멸시켰다고 치자. 그러면 무림맹이 가만있을 것 같으냐? 그리고 이탁이 언제까지고 포정사를 잡아둘 수 있다고 생각해? 어느 순간이 되면 관부에서도 우리를 잡으려고 출동할 게 아니냔 말이다. 그때를 대비해 퇴로를 뚫어야 해. 설마 사천당가를 상대로 기진맥진한 우리가 퇴로까지 뚫어야 한다고 생각진 않겠지? 파양수채는 놔뒀다가 찜

쳐먹을 거야?"

"그, 그렇군요."

결국 다 처리했다.

도저히 반박 거리를 찾을 수 없는 작전으로 수하들의 혼을 쏙 뺀 곽무한, 여기쯤에서 회의를 마치려 했다. 그런데 그때 곽패가 끼어들었다.

"그럼 퇴각하는 과정에서 병력을 나눠 관을 터는 게 어떨까요? 그러면 놈들이 더 당황할 것 같은데요? 마침 채에 자금이 부족하기도 하고."

제딴엔 총채의 자금 상황을 걱정하는 눈빛으로, 실상은 관부를 털고 싶은 욕망으로 곽패가 물어왔다.

곽무한은 악동같이 반짝이는 곽패의 눈을 보고 실소를 흘렸다.

이런 질문에 뭐라고 대답할 것인가?

안 그래도 눈덩이처럼 불어나는 운영 자금 때문에 고민하고 있던 중이다. 그러나 무림맹의 주목을 받고 있는 처지다 보니 물길을 장악하거나 상단을 꾸려 상납받을 입장이 아니었다. 더구나 채의 자금 운용에 상당 부분을 기여하고 있던 파양채마저 흑룡방에 거짓 항복한 상태다 보니 곽무한으로서는 자금 문제에 있어 상당한 심리적 압박을 받을 수밖에 없었다.

"그러던지."

곽무한은 길게 생각하지 않고 선선히 대답했다.

정말 운이 좋아 자신이 사천당가에서 살아 돌아오고, 수하들이 양동 작전을 성공적으로 수행하기만 한다면 딱히 말릴 일도 아니었다.

파양채들을 비롯한 수하들은 모두 약탈이 몸에 밴 수적들.

지금쯤이면 좀들이 쑤실 만했다.

그런데 그게 사단이었다.

"와하하! 오랜만에 몸 좀 풀겠구나!"

곽무한의 허락이 떨어지자 신바람난 얼굴로 가가대소를 터뜨리는 곽패. 그 모습이 추단을 자극하고 말았다. 추단은 질투 어린 눈길로 곽패를 노려보다가 불쑥 요청을 해왔다.

"그럼 사천당가를 칠 때 선봉은 제가 서겠습니다!"

추단의 말이 떨어지자마자 이탁이 끼어들었다.

"안 돼! 선봉은 내가 맡을 거야! 나더러 냄새나는 관부 놈만 껴안고 있으라는 거야?"

마지막으로 곽패까지 엉덩이를 들썩이며 달려든다.

"형님들은 가만 계쇼! 원래 선봉은 젊고 싱싱한 놈이 맡는 법이오!"

곽무한으로선 기가 막힐 노릇이었다. 다른 곳도 아닌 사천당가와 싸운다는 데도 서로 먼저 싸우겠다고 난리다. 이러다가는 수하들을 따돌리고 혼자 움직이려던 계획에 차질이 생긴다.

"끄응, 그 문제는 내일 다시 생각해 보자!"

결국 곽무한은 지연책을 내놓으며 도망치듯 숙소로 돌아오고 말았다.

"휴우… 도대체 어떻게 된 놈들이야? 죽음이 기다리고 있다는데도 도무지 겁들이 없으니……."

그 모든 게 자기 때문이라는 걸 전혀 모르는 곽무한이다.

싸움이 벌어질 때마다 늘 앞장서다시피 하는 곽무한. 그 모습을 동경하다 보니 자연스레 선봉에 서기를 원하는 것이다.

"좌우간 이래저래 대규모 작전이 되고 말았군."

곽무한은 쓰게 웃으며 침상에 드러누웠다.

무고한 희생이 싫어 혼자 다녀오려던 계획에 차질이 생겨 버렸다. 그러나 이상하게도 오히려 가슴이 후련한 기분이었다.

"이왕 이렇게 된 바에야 시간이 필요하겠군. 아무리 타강채를 친다지만 사천당가까지 끼어들면 피해가 많이 날 거야. 며칠 강하게 굴려야겠어."

곽무한은 눈을 감고 잠깐 훈련 계획을 생각했다. 그러다가 문득 자신을 협박하던 추단과 곽패가 떠올라 피식 실소를 흘렸다.

"에휴… 지긋지긋한 놈들."

곽무한은 문득 창밖을 봤다.

석양 무렵에 시작한 회의가 달이 두둥실 뜬 한밤중에 겨우 끝났다.

곽무한은 자리를 털고 일어났다.

창가에 턱을 기대고 서자 달빛 속으로 많은 얼굴들이 떠올랐다.

"후우……"

곽무한은 문득 팔찌를 꺼내봤다.

팔찌를 보자 설아의 얼굴이 떠올랐다.

설아를 떠올리자 매옥의 묘비에 새겨진 그녀의 흔적이 떠올랐다.

그녀의 흔적을 떠올리자 혹시 그녀와 함께 있을지 모르는 작고 귀여운 얼굴이 떠올랐다. 다음 순간, 곽무한에게서 신음 같은 목소리가 흘러나왔다.

'아들아……'

세상에서 가장 강한 것이 아들에 대한 정이라고 했다.

표현하지 않고 내색하진 않지만 가슴 깊이 흐르는 사랑…….

곽무한이라고 왜 아들이 보고 싶지 않겠는가?

밤마다 아들의 재롱을 떠올리며 눈물로 침상을 적시는 곽무한이다.

그러나 지금은 아들을 찾아 움직일 수가 없었다.

복수도 복수지만, 자신을 노리고 있는 적들 때문에 아들을 찾을 수가 없었다. 자신이 아들을 찾게 되면 오히려 아들의 목숨이 위험했다.

"아들아… 아비가 갈 때까지 조금만 더… 조금만 더 기다려 다오……."

급기야 곽무한의 입에서 목메인 음성이 흘러나왔다.

곽무한은 아들이 반드시 살아 있을 거라고 믿었다. 그렇지 않으면 자신의 삶이 너무 원통스러우니까.

어느새 축축해진 눈빛.

그 속으로 또 하나의 얼굴이 떠올랐다.

곽무한 평생의 그리움… 사무친 그리움…….

'엄마…….'

곽무한은 달빛을 보며 조용히 엄마를 불러봤다.

엄마 이름은 당군혜. 가난한 뱃사공에게 시집온 사천의 딸.

"아들아, 알겠니? 넌 용신의 후손이란다. 그러니 네가 어찌 크게 되지 않겠니? 그런 네가 어찌 멋지고 아름다운 헌헌장부가 되지 않겠니? 호호호!"

달빛 속에서 엄마가 웃고 있다.

두 밤 지나면 온다고 새끼손가락 걸며 약속했던 엄마가 십오 년이 넘도록 소식조차 없다.

곽무한은 눈물을 주르르 흘리며 말했다.

'이번에 가면… 못 기다릴지도 몰라요.'

자신의 목소리를 들었을까?

달빛이 살짝 인상을 찌푸렸다.

날이 밝았다.

곽무한은 언덕에 올라 수하들의 훈련 모습을 지켜봤다.

이제는 파양채들까지 합류한 훈련.

모두들 너나없이 땀을 흘리고 있었다.

그 모습을 보니 마음이 아팠다. 자신의 복수에 괜히 수하들까지 끌어들이는 건 아닌가 하는 생각 때문이었다.

그러나 그건 아니리라. 자신들은 이미 하나이니.

한참 수하들을 지켜보던 곽무한은 천천히 등을 돌렸다. 어제 못다한 결론을 내려주기 위해 회의실로 가는 것이었다.

그때였다. 곽무한의 눈에 기이한 장면이 들어왔다.

곽무한이 등을 돌릴 즈음, 그때가 마침 휴식 시간인지 저마다 자갈밭에 널브러지거나 세도류로 뛰어드는 수하들. 그 와중에 어느 한쪽으로 모이는 수하들이 보였다. 안력을 모으고 보니 대부분 파양채들이었다.

"무슨 일이지?"

자갈밭 한쪽에 줄지어 선 파양채들. 뒤이어 한 명씩 자랑스러운 표정으로 돌아서는데, 그 모습이 어찌나 밝고 환하던지 호기심이 일었다.

그런 생각은 수룡채들도 마찬가지였던 모양이다.

저 뒤쪽에서 휴식을 취하고 있던 수룡채들은 의아한 표정으로 그들에게 다가갔다. 그리고 곧 파안대소를 터뜨리며, 한편으로는 엄지를 치켜 보이며 돌아선다. 몇 놈은 파양채들과 머리 위로 서로 손을 부딪치기도 하고.

그 모습이 참을 수 없는 궁금증을 불러일으켰다.

"뭘까?"

결국 곽무한은 강변으로 걸음을 옮겼다. 그러나 몇 걸음 못 가 곽무한은 쓰게 웃고 말았다.

무리 중에 전문가가 있었는지, 몸에 문신을 새기는 중이었다.

그 문신에 새겨진 그림은 다름 아닌 수룡채의 문장, 황어였다. 모두 그걸 새기느라 저 난리였다.

"쓸 데 없는 짓을……."

그러나 말과는 달리, 자신의 눈자위가 벌게졌다는 것도 모르는 곽무한이었다.

훈련의 강도가 다시 심해졌다.

곽무한에게 무슨 언질을 받았는지, 추단은 신이 난 얼굴로, 곽패는 불쑥 튀어나온 입술로 연신 수하들을 다그쳐 댔다. 반면 이탁은 잔뜩 흐린 얼굴로 곽무한의 처소를 바라보고 있었다.

'총채주께서는 분명 혼자 움직이실 것이다.'

이탁은 부채주들 중에서 상황 판단이 가장 빠른 사람이었다.

그는 처음에는 곽무한의 계획에 대해 정확한 판단을 내릴 수 없었다.

그러나 하룻밤이 지나자 그는 중대한 허점을 발견할 수 있었다.

곽무한의 말대로 양동 작전을 시도하는 것은 좋았다.

그러나 수전(水戰)에 대한 대비책나 유인책은 있었지만, 사천당가를 칠 때의 대책이나 작전이 전혀 없었다.

이제껏 금사상채나 웅풍산장을 칠 때마다 그에 대한 계획을 미리 준비한 곽무한이었다. 그러니 사천당가에 대해서만 준비가 없다는 게 말이 되지 않았다.

이탁은 추단을 선봉에 세우겠다고 한 곽무한의 말을 믿지 않았다.

아무런 대책 없이 선봉에 세우겠다는 말은 곧 선봉에 세우지 않겠다는 말. 결국 혼자 움직이겠다는 말이다.

그러나 그런 사실을 짐작하면서도 이탁은 아무런 이의를 제기하지 않았다. 그만큼 곽무한을 믿고 있었기 때문이다.

'총채주는 지옥에 가도 살아 돌아올 사람이야.'

그런 믿음이 이탁의 입에 자물쇠를 채우게 했다.

어쨌거나 지금 최선의 방책은 수하들을 강하게 단련시키는 것.

그래야 곽무한이 돌아왔을 때 다시 한 번 날아오를 수 있을 것이다. 수룡채의 이름으로.

'이번에는 아예 사천을 넘어 중원까지 진출해 봅시다, 총채주.'

곽무한이 사천당가에서 살아 돌아오기만 하면 결코 헛된 꿈이 아니리라. 강호의 명문이라는 웅풍산장을 무너뜨렸고, 이제 강호가 덜덜 떤다는 독과 암기의 대명사, 사천당가와 일전을 벌이고 나면 감히 강호 어느 문파가 수룡채의 이름에 맞서려 하겠는가?

훈련은 연일 강도를 높여갔다.

수하들은 사천당가를 친다는 사실 때문인지 그 어느 때보다 진지한 자세로 훈련에 임했다.

해가 지면 언제나 찾아오는 어둠.

절벽을 쩌렁쩌렁 울려대던 함성 소리도 밤이 이슥하자 적막에 잠졌다.

풀벌레 소리조차 그친 고요한 밤은 무척 괴괴했다.

그때였다.

어둠이 드리워진 강물에 몇 개의 머리가 솟아올랐다.

어둠에 젖고 강물에 젖은 복면인들.

그들은 사천당가의 정보망, 풍각의 고수들이었다.

'이번이 마지막이다!'

그들이 적취협을 찾은 것은 이번이 벌써 세 번째.

천하에 어디서 이런 곳이 있었나 싶게 천혜의 은신처인 적취협.

예전에도 힘들게 잠입했었지만, 이번에는 몇 번이나 들킬 뻔했다. 그만큼 경계가 삼엄했다. 그러나 그런 위험을 무릅쓰며 적취협을 찾은 이유는 곽무한 때문이었다.

곽무한이 살아 있다는 소식을 들은 직후부터 수하들을 닦달하기 시작한 당장직. 그 때문에 복면인들은 벌써 두 번이나 이곳을 염탐했었다.

그러나 처음엔 웬 놈들이 성벽을 쌓아 올리고 있어 새로운 수채가 들어서는가 보다 싶어서 뒤돌아섰고, 두 번째에는 얼굴 반이 뜯겨져 나간 외팔이가 수하를 훈련시키고 있어 역시 새로운 수채가 들어섰군, 하며 뒤돌아섰다. 그러다가 웅풍산장의 괴멸 소식과 함께 정파 연합으로부터 곽무한의 소식을 듣게 된 당장직이 다시 한 번 확인해 보라는 명을 내려 이번이 마지막이다 하며 온 것이었다.

'제기랄! 아무리 생각해도 이곳은 아닌 것 같은데……'

그러나 저 뒤에서 기다리고 있는 동료들을 생각하자니 찾는 시늉이라도 해봐야 했다.

복면인은 한동안 좌우를 살피다가 수하들을 불러 모았다. 각자에게 탐색할 장소를 정해주기 위해서였다. 그런데 뒤쪽에서 합류하던 녀석이 갑자기 눈을 부릅뜨며 어느 한쪽을 향해 손가락을 치켜들었다.

'뭐야?'

복면인들은 의아한 표정으로 그가 가리키는 곳을 쳐다봤다. 그러다가 그들 역시 눈을 부릅뜨고 말았다. 이제껏 온갖 고생을 하며 찾아왔던 곽무한을 허무할 정도로 쉽게 발견한 것이다.

'맙소사! 정말 이곳에 있었다니!'

복면인은 홀로 밤길을 거니는 곽무한을 보고 잠시 놀란 표정을 짓다가 뒤를 돌아보며 조용히 주먹을 쥐어 보였다. 그러자 복면인들이 조용히 수면 아래로 몸을 숨겼고 잠시 후, 물살이 소리없이 물러나기 시작했다.

"음? 무슨 소리지?"

수중에 박혀 있던 철책에서 미약한 소리가 흘러나오자 경계를 서고 있던 녀석이 고개를 갸웃거렸다. 그러나 더 이상 흘러나오는 소리가 없자 그는 고개를 설레설레 흔들며 원위치로 돌아갔다.

그때였다.

파라락!

옷자락을 떨며 곽무한이 나타났다. 이곳에서 들려온 소리를 놓치지 않은 것이다.

"쉿!"

곽무한은 손가락을 들어올려 수하들의 입을 막은 뒤에 조용히 물길을 응시했다.

스르르⋯⋯.

아무리 캄캄한 밤이고 아무리 미약한 파동이라도 곽무한의 눈은 속일 수 없었다.

"허락없이 온 것만 해도 용서받지 못할 행위이거늘, 인사조차 없이 가려 한단 말인가?"

곽무한은 차가운 목소리로 말을 하고는 물속으로 뛰어들었다. 수하들은 불화살을 쏘아 올려 수채 전체에 신호를 보내고는 저마다 무기를 뽑아 들고 사방을 경계했다. 잠시 후, 수룡채가 소리없이 깨어나기 시작했다.

촤르르.

곽무한은 빠르게 물살을 헤쳐 갔다.

놈들의 후미가 저 앞에 보였다.

곽무한은 눈을 빛내며 속도를 올렸다.

촤아아!

급격히 물러나는 물살.

그 파동을 느꼈던지 놈들이 고개를 돌려왔다. 순간, 곽무한의 손에서 혈뢰도가 번쩍였다.

콰아아아!

물살의 저항에도 불구하고 빛살 같은 속도로 날아간 도세.

'헉!'

'큭!'

복면인 두 사람이 목을 움켜쥐며 사지를 떨었다. 순간, 자욱한 핏물이 강물에 번졌고, 그때부터 복면인들의 움직임이 바빠졌다.

그들은 서로 눈빛을 교환하더니 두 명은 등을 돌리고 달아나고, 나머지 두 명은 곽무한을 향해 뭔가를 던져 왔다.

'음? 독!'

곽무한의 눈이 차갑게 굳었다. 물살을 타고 번져 오는 시커먼 액체로 인해 물고기들이 떼죽음당하는 것을 본 때문이다. 곽무한은 급히 호흡을 멈추고 신형을 회전했다. 그러자 물살이 거대한 소용돌이를 일으키며 독기를 산산이 흩어버렸다. 그 직후 곽무한의 신형이 물살을 갈랐다.

촤아아!

마치 번개 같은 속도로 날아온 곽무한은 복면인들을 재차 독을 뿌리기 전에 그들의 목을 단숨에 베어버렸다.

'컥!'

'커헉!'

맥없이 피를 토하며 허물어지는 복면인들.

곽무한은 여세를 몰아 나머지 두 놈의 목도 마저 베어버렸다.

"죽일 놈들! 감히 강물에 독을 풀다니!"

이들의 정체는 안 봐도 뻔했다.

물고기들의 시체로 보나, 순식간에 부패되어 가는 그들의 시신을 보나 강물에서도 일정 시간 동안 위력을 발휘하는 독이다. 강호에서 이런 독을 사용하는 곳은 사천당가뿐이다.

"모두 주변을 수색해! 독을 가진 놈들이니 모두 주의하도록!"

곽무한의 명이 떨어지자 경계망이 가동되었다.

수채 외곽으로 나가는 통로가 가로막히고 소선들이 사방을 수색하기 시작했다.

잠시 후,

"크아악!"

"으아악!"

아스라한 비명 소리와 함께 침입자들이 척살되었다. 그러나 고작 네명의 침입자를 처치하는 데 무려 오십여 명의 희생자가 발생했다. 그리고 그런 희생을 치르고도 전서구가 날아오르는 것은 막지 못해, 몇마리의 전서구가 아득한 밤하늘로 사라졌다.

"벌써 이곳을 찾아내다니……."

곽무한은 잠시 밤하늘을 쳐다보다가 등 뒤에서 들려온 소음을 듣고고개를 돌렸다.

추격에 나선 수하들이 돌아오고 있었다.

그들은 모두 들것을 들고 있었는데, 들것 위에는 흉측한 몰골로 녹아내린 수하들의 시신이 있었다.

곽무한은 그 모습을 보며 눈빛을 굳혔다.

수하들이 자신의 곁을 지나갔지만 곽무한은 고개를 돌리지 않았다. 대신 주먹을 꾹 말아 쥠으로 작별 인사를 대신했다.

시간이 흐르자 수채 이곳저곳에 불길이 치솟았다.

곽무한은 분주하게 움직이고 있는 수하들을 한동안 바라보다가 경직된 얼굴로 자리를 떴다.

석상처럼 서 있던 곽무한이 사라지자 현장에는 이탁과 몇몇 수하들만 남았다.

"그래, 그곳까지 마저 태워 버려. 독기가 그곳까지 번졌을지 모르니."

마지막까지 현장을 수습하던 이탁은 뒷정리까지 모두 끝나자 탈진한 표정으로 돌아섰다. 막 숙소를 향해 걸음을 옮기려던 그는 우연히바닥을 보게 됐다.

땅속 깊이 박혀 있는 넓은 바위.

방금 전까지 곽무한이 서 있던 곳이다.

그곳에 발목 깊이로 파고든 커다란 발자국이 새겨져 있었다.

이탁은 슬며시 그 옆에 서서 공력을 일으켜보았다.

전신공력을 일으키고도 자신이 새긴 발자국은 고작 한 치(寸).

"안 그래도 형제들의 복수 때문에 잠 못 이루고 계신 분인데 거기다가 불까지 지르다니… 누군지 몰라도 괜한 명을 재촉하는구나."

이탁은 한동안 혼잣말을 중얼거리다가 숙소로 향했다.

다음날.

수룡채에는 진득한 긴장이 흘렀다.

수하들은 훈련하는 내내 회의실을 훔쳐봤다.

부채주들뿐만 아니라 령주급들도 모두 회의에 참석한 때문이었다.

전날 사천당가의 침입 때문인지 수룡채들은 모두 마음이 흔들린 상태였다. 그래서 어떤 결정이 날까 싶어 회의실만 쳐다보고 있는 것이다.

분위기가 이래서는 안 되었다. 그래서 고참들이 나섰다.

"모두 뭣들 하는 거야? 웅풍산장을 무너뜨린 우리들이야! 예전엔 만 명도 넘는 금사상채를 부숴 버렸지. 그런데 고작 천 명도 안 되는 사천당가를 두려워하는 거야? 우리 뒤에는 총채주가 있다! 당장 훈련 재개 안 해?"

고참들이 나서자 분위기가 바뀌었다.

고참들은 모두 산전수전 다 겪은 놈들이었다. 그들이 나서자 다시 예전의 분위기를 회복하는 수룡채들이었다. 그들은 서로의 팔뚝에 새겨진 문장을 보며 다시 활력을 되찾고 있었다.

회의는 오후 느지막이 끝났다.

령주들이 먼저 나오고 부채주들은 나중에 나왔다.

수룡채들은 훈련을 멈추고 명을 기다렸다.

가장 먼저 명을 내린 사람은 곽패였다.

곽패는 자기 휘하를 한곳에 집합시키더니 배를 몰고 수채를 떠났다.

그 다음으로 움직인 사람은 추단이었다.

그 역시 휘하들을 집합시키더니 배를 몰고 수채를 떠났다.

마지막으로 움직인 사람은 이탁이었다.

그는 어둑한 표정으로 일단의 수하들을 이끌고 수채를 떠났다.

이제 수룡채에 남은 사람은 파양채들과 곽무한이었다.

'우리는 소외되는 걸까?'

사천당가와 싸운다고 생각할 때는 무척 두려웠었는데 막상 수룡채들이 떠나가는 걸 보자니 왠지 모를 소외감을 느끼는 파양채들이었다.

그때였다.

덜컥!

회의실 문이 열렸다.

파양채들은 두근거리는 심정으로 곽무한을 쳐다봤다.

회의실을 나선 곽무한은 잠시 절벽을 둘러봤다. 늑대 굴도 쳐다봤다. 마지막으로 성채를 돌아봤다. 마치 눈 속에 수채의 모습을 담아두려는 것 같았다. 마지막으로 곽무한의 시선은 파양채들을 향했다.

눈과 눈이 마주쳤다.

곽무한은 한동안 아무 말을 않았다.

그저 파양채들의 얼굴을 한 사람씩 쳐다보기만 했다.

그러나 파양채들은 곽무한의 눈에서 많은 이야기를 들었다.

그들은 알 수 없는 뭔가가 치밀어 오르는 느낌이었다.

그들의 눈에 기이한 열기가 뿜어지기 시작했다.

그때였다.

마침내 곽무한의 입이 열렸다.

"지금부터 사천당가를 친다!"

파양채들은 강렬한 전율이 등줄기를 타고 오르는 것을 느꼈다.

"와아아아아아!"

그들은 자기도 모르게 뜨거운 함성을 질렀다.

곽무한은 그런 수하들을 눈에 넣을 듯 바라봤다.

*   *   *

사천당가의 모든 정보를 총괄하는 곳, 풍각.

푸드덕!

전서구가 어둠을 가르고 창가에 내려앉았다. 그러자 깡마른 손이 다가와 전서구의 목깃을 쓰다듬으며 전통을 풀었다.

전통에서 나온 것은 피 묻은 서찰.

깡마른 손은 잠시 눈살을 찌푸렸다가 천천히 서찰을 펼쳤다.

〈목표 확인. 적취협.〉

급히 휘갈겨 쓴 첩지.

깡마른 손은 굳은 표정으로 자리에서 일어났다.

그가 향한 곳은 각주 집무실.

똑똑!

"각주님, 묵혼(默魂)입니다."

문이 열리자 깡마른 손이 그 안으로 사라졌다.

잠시 후, 문 안쪽에서 커다란 음성이 흘러나왔다.

"가주께서는 지금 어디 계시느냐?"

문밖에 있던 사내가 급히 대답했다.

"남궁세가의 귀빈들을 만나고 계십니다."

그러자 집무실 문이 벌컥 열리더니 당장직이 나타났다.

"놈! 드디어 꼬리를 잡혔구나!"

당장직은 야릇한 미소를 지으며 집무실을 나섰다.

당가의 연회장인 금란청(金蘭廳)은 후원 깊숙한 곳에 있었다. 그러니 그곳을 가려면 필히 후원을 지나야 했다.

당장직은 빠른 걸음으로 후원을 지났다.

그가 지나갈 때마다 경계 무인들이 인사를 보내왔지만 당장직은 앞만 보고 걸었다.

그때였다.

앞쪽 잣나무 그늘 아래 앉아 있는 누군가의 모습이 당장직의 시선을 끌었다.

"음?"

그윽한 미소로 시녀들과 이야기를 나누고 있는 중년 여인.

당군혜였다.

당군혜를 발견한 순간 당장직의 입꼬리가 차갑게 말려 올라갔다.

'금족령이 해제됐다고 이젠 보란 듯이 활보하고 다니는군.'

사천당가는 강호의 다른 어떤 가문보다 강자존(强者尊)의 기풍이 심한 곳이었다. 그리고 당장직은 골수까지 당가인이라 자부하는 사람인데다가 권력 지향적인 성격을 갖고 있는 사람이었다. 그러니 가문이 정한 혼사를 거부하고 가문의 수치인 수적패를 낳았으며, 상대 측 수장의 딸이기도 한 당군혜를 좋아하려야 좋아할 수가 없는 당장직이었다.

마침 그녀가 자신을 발견했는지 가볍게 목례를 보내왔다.

당장직은 차가운 표정으로 고개를 홱 돌려 버렸다.

"지금은 마음껏 웃고 있지만 곧 네 눈에 피눈물이 흐를 것이다!"

당장직은 혼잣말을 중얼거리며 걸음을 재촉했다.

이제 저 월동문만 지나면 금란청이다.

당장직이 막 월동문을 지나려 할 때 앞쪽에서 한 노인이 걸어오고 있었다.

깡마른 몸에 배꼽까지 내려오는 수염. 거기다가 나이에 어울리지 않는 칼날 같은 안광.

사천당가에서 저런 모습을 지닌 노인은 단 한 사람뿐이었다.

독마괴의(毒魔怪醫) 당무운.

전전대 사천당가의 가주이자 당금 강호의 십대고수 중 한 사람.

노대부인이 유명을 달리한 지금에는 가문의 최고 어른이기도 하다.

당장직은 사색이 된 표정으로 급히 고개를 숙였다.

"소질이 백부를 뵈옵니다."

순간, 노인의 눈이 살짝 찌푸려졌다.

그는 당장직의 인사를 받는 둥 마는 둥 하며 무심히 스쳐 가다가 문득 고개를 돌리며 물었다.

"혹시 혜아가 어디 있는지 모르나?"

퉁명스레 던지는 말이었지만 당장직은 감히 태만치 못했다.

"제 뒤쪽, 일신청(日新廳)으로 이어지는 후원에 있사옵니다."

"흠. 그러냐? 알았다."

당무운은 가볍게 고개를 끄덕이고는 휙 지나갔다.

당장직은 그가 완전히 사라질 때까지 고개를 숙이고 있다가 한참 뒤에야 몸을 폈다.

"휴우… 소문이 사실이었구나. 조모님이 돌아가신 후 유달리 혜아를 가까이 하신다더니……."

늘 탐탁찮은 눈길로 자신을 대하던 백부다. 거기다가 작금의 가주까지도 못마땅해하는 백부다. 그래선지 가문의 암동에 틀어박혀 독공 수련과 독물 연구에만 몰두하는 분이시다. 그런 분이 최근 들어 유달리 혜아와 가까이 지내고 있다.

'그러나 얼마 후면 무덤에 들어갈 늙은이야. 그가 혜아를 아끼든 말든 대세에 무슨 상관이랴.'

당장직은 당무운이 사라진 곳을 잠시 노려보다가 곧 걸음을 재촉했다.

금란청.

연못과 인공 가산을 낀 화려한 정자.

정자 안에는 귀빈을 접대하는 듯, 붉은 주단의 연회석이 차려져 있고 주위로 수많은 무인들이 늘어서서 사방을 경계하고 있었다.

연회석 한쪽에는 가주를 비롯한 가문의 원로들이 앉아 있고, 맞은편으로는 남궁가의 사람들이 앉아 있었는데, 그들 중 몇 사람의 얼굴을 본 당장직은 눈을 휘둥그레 떴다.

'세상에! 천뢰신검(天雷神劍)께서 직접 오시다니?'

천뢰신검은 당금 남궁세가의 가주이자 강호십대고수 중 한 사람이다.

그는 아들을 잃은 충격으로 실의에 빠져 있다가 갑자기 들이닥친 흑룡방에 의해 가문까지 잃고 난 뒤, 호북성의 임시 거처에 머물면서 복수를 다짐하고 있다고 들었는데, 그런 그가 가문을 방문하다니?

'무슨 일일까?'

당장직은 내심 고개를 갸웃거리면서도 겉으로는 공손한 표정을 유지한 채 돌다리를 건넜다. 그러자 좌중의 시선이 자신을 향했다.

"음? 바빠서 정신없다던 사람이 연락도 없이 어인 일이오?"

가주가 미소로 물어온다.

"급히 보고 드릴 일이 있어서 왔는데 제 안복이 터졌군요. 풍각 각주 당장직이 귀빈들께 인사를 드립니다."

당장직은 먼저 가주에게 눈인사를 보내고는 좌중을 돌아보며 일일이 포권을 취해 보였다. 그러자 남궁가에서 누군가가 반가운 얼굴로 자신을 반겼다.

"오! 삼안뢰(三眼雷) 당 대협셨군요. 반갑습니다."

당장직이 고개를 들어보니 사십대의 중후한 사내가 웃고 있었다.

그의 얼굴을 확인한 당장직은 깜짝 놀랐다.

"서, 설마 화룡천검(火龍天劍)이십니까?"

화룡천검 남궁명.

그는 예전 당군혜와 혼인하기로 되어 있던 당사자였다. 그런 그가 이십 년 만에 당가를 방문한 것이다. 그리고 보니 부친의 친우인 천풍천검(天風天劒)의 얼굴도 보인다.

그들 부자를 대하자 당장직의 머리 속에 당군혜가 떠올랐다.

'예전의 망신을 만회할 수 있는 절호의 기회다! 더불어 병석에 누워 계신 아버님의 명예도 회복할 수 있는 기회이고.'

당장직은 가문에 망신살이 뻗쳤던 과거의 혼사를 떠올렸다. 만약 그 혼사가 다시 성사된다면 과거의 망신을 뒤엎는 것은 물론이고, 폐인이 된 부친의 명예도 되살아난다. 혼담의 당사자가 바로 부친의 백년지기 인 천풍천검의 아들이니.

"오오! 이렇게 남궁 대협을 뵈니 반갑기 그지없습니다."

당장직은 웃으며 남궁명 옆 자리로 가서 자리를 잡았다.

두 사람 사이에는 곧 술잔이 오가기 시작했다.

가주가 가끔 무슨 일이냐는 눈빛을 보내오기도 했지만 당장직은 나 중에 이야기하겠다는 눈짓을 해 보였다. 이미 소재가 파악된 곽무한 문제는 가주의 재가만 받으면 끝나는 일이었다. 그러나 남궁명과 당군 혜 문제는 달랐다. 자신이 직접 나서야 하는 문제였다.

몇 순배 술잔이 오갔다.

원로들의 대화는 서서히 강호 정세에 대한 이야기로 넘어갔다.

당장직은 이때다 싶어 남궁명에게 술을 권하는 와중에 지나가는 어 투로 슬쩍 물었다.

"하하하. 남궁 대협, 아직도 혼자이시오?"

술잔을 건네며 묻는 당장직의 질문에 남궁명은 어색한 미소를 흘리 며 뒤통수를 긁적거렸다.

고풍스런 병풍과 수많은 골동품으로 치장된 방.

화려한 외양과 달리 초저녁 석양이 등잔 대신 켜져 있는 어두운 방에 두 사람이 앉아 있었다.

그들은 당장욱과 당장직이었는데, 무슨 밀담이라도 나누는지 서로 머리를 맞댄 채 잔뜩 목소리를 죽이고 있었다.

두 사람 중 당장욱이 물었다.

"으음… 그가 승낙했다니 다행이군. 그런데 문제는 형님 쪽이야. 형님이 거절하시면 어쩌지?"

그의 물음에 당장직이 대답했다.

"후후후. 상황을 그렇게 몰고 가면 되지 않겠습니까? 일단 금엽당주부터 흔들어보겠습니다."

"금엽당주를?"

"예. 예전부터 당중기, 그 아이 말이라면 장명 형님이나 혜아가 웬만하면 따랐지 않습니까?"

"음… 글쎄……."

당장욱이 예상보다 미온적이자 당장직은 안달이 났다.

"혹시… 마음에 걸리는 점이라도 있습니까?"

"음… 그렇네."

"어떤 점이 마음에 걸리시는지요?"

당장욱은 한참 수염을 쓰다듬다가 마지못한 표정으로 대답했다.

"자네를 믿고 속에 있는 이야기를 함세. 비웃지 말게나. 혼사를 통해 남궁세가와의 관계를 더욱 공고히 하자는 자네 뜻은 알겠네. 그러나 그러다가 장명 형님 쪽의 입김만 키워줄 우려가 있어."

당장직은 그럴 줄 알았다는 표정으로 희미한 미소를 지었다.

"후후. 형님, 소제를 어떻게 보시는 겁니까? 그럴 줄 알고 복안을 세

워뒀습니다."

"복안?"

"예! 차도살인(借刀殺人)에 이어 상옥추제(上屋抽梯)의 계를 쓸 생각입니다."

"차도살인에 상옥추제?"

"예! 중기에게 곽무한, 그놈을 치라고 하는 겁니다. 그리고 양자호에 파견할 우리 측 대표로는 장명 형님을 보내구요. 이게 바로 차도살인의 계책이지요."

"호! 싸움판에 보내서 그들의 세력을 감소시킨다? 좋은 생각이지만, 그들이 반대한다면 어쩌지?"

"후후후. 승낙할 겁니다. 차기 가주 직위와 연계하면 됩니다. 이게 바로 상옥추제의 계책이란 거 아닙니까?"

"뭐야? 그럼 우리 중무는 어쩌고?"

당장욱이 버럭! 노성을 지르자 당장직은 다시 미소를 지었다.

"후후후. 그땐 또 그때대로 해결책을 강구하면 되지요. 일이란 꾸미기 나름 아니겠습니까?

"으음… 그건 그렇지만……."

"어차피 장명 형님 일파를 그냥 끌고 간다 해도 목 안의 가시입니다. 어차피 원로들의 분위기를 봐도 차기 가주 직위는 당중기 쪽으로 기울어 있고… 그러니 우리 쪽에서 무리하기보다는 이 기회에 그들의 세력을 줄이는 방법으로 가고, 나중에 그들의 세력이 줄었을 때 다시 방법을 강구해 가주 직위를 우리 쪽으로 가져오면 됩니다. 그래야 나중이 편해집니다."

"음… 마뜩찮은 이야기지만 나름대로 일리가 있군. 그런데 장명 형님 쪽은 몰라도 중기 쪽에선 세력이 줄어들 일은 없지 않은가?"

"후후후. 그렇지 않습니다. 곽무한 그놈, 엄청나게 컸습니다. 말씀 드렸잖습니까, 놈이 웅풍산장까지 박살 내버렸다고."

"웅풍산장이 우리와 같은가? 우린 독으로……."

당장욱이 반론하려는 순간 당장직이 재빨리 말을 이었다.

"놈이 웅크리고 있는 곳은 그야말로 천험의 요새입니다. 더구나 놈은 중기가 자신의 외숙이란 사실도 모르고 죽기 살기로 덤빌 겁니다. 반면, 중기는 놈이 자신의 조카라는 사실을 아는 데다 목숨만은 살려주려고 할 테니 전력을 다하지 못할 거고. 결국 피해가 엄청날 겁니다."

"흠… 일리가 있군."

당장욱이 마침내 수긍하는 빛을 보였다. 그러자 당장직이 웃으며 다짐을 받아냈다.

"그럼 분명히 승낙하신 겁니다? 괜한 마음 고생 마시고 그저 소제만 믿고 계십시오. 다 잘 풀릴 겁니다."

"음… 알겠네."

"그럼, 지금 중기에게 다녀오겠습니다."

"알겠네. 수고하게."

밀담이 끝나자 당장직이 자리를 떴다. 당장욱은 한결 밝아진 표정으로 그를 배웅했다.

그러나 그들은 대화 중에서 중요한 사실 하나를 놓치고 있었다.

한낱 수적패라고 방심해서인지, 그들은 곽무한이 이미 수룡채를 떠났다는 사실을 모르고 있었다. 그게 문제였다.

제77장
당군혜와 설아

당군혜와 설아

당군혜는 갑자기 시녀가 자기 뒤를 보며 쿡쿡 웃자 무슨 일인가 하여 고개를 돌렸다.

"어머?"

저쪽 나무 그늘 아래 당무운이 보였다.

뭔가를 고민하는 듯 땅만 쳐다보고 있는 당무운.

그 모습을 보고 당군혜도 입을 가리며 쿡쿡 웃었다.

자신을 보러 왔으면서 괜히 딴청을 피우는 당무운.

"그냥 부르시면 될 것을."

노인이 연세가 들면 애가 된다는 말이 절로 생각나는 당군혜였다.

"대소저, 노가주께서 어떻게 나오시나 우리도 계속 있어봐요."

시녀가 장난스레 귀엣말을 건네왔지만 당군혜는 웃으며 고개를 저었다. 그리고는 목을 길게 빼고 당무운을 불렀다.

"조부님, 이곳에는 어쩐 일이신지요?"

당군혜의 목소리에 화들짝 놀라며 고개를 돌리는 당무운.

"어? 아가야, 너는 이곳엔 어쩐 일이냐?"

당무운의 능청스런 대답에 당군혜는 소매로 웃음을 가렸다.

"안에만 있자니 답답해서 바람 쐬러 나온 길입니다."

"어, 그러냐? 나는 먼저 간 할망구 생각이 나서 이곳을 찾았지."

그 순간 시녀들이 까르르 웃음을 터뜨리며 당무운을 놀렸다.

"호호호. 대소저의 요리 솜씨가 생각나서 오신 게 아니구요?"

"아, 아니, 이 녀석들이 무슨 되도 않는 말을? 난 먼저 간 할망구가 생각나……."

"에이. 노가주님께서 그런 말씀을 하실 때면 꼭 팔보죽(八寶粥)을 찾으셨잖아요. 대소저께서 해주시는 팔보죽이 노부인의 손맛과 똑같으시다면서요."

"험, 험. 꼭 그렇다기보다 날씨는 덥고, 할망구 생각은 나고, 동굴에만 박혀 있자니 더 울적해지는 것… 근데 이 녀석들이 노부가 그렇다면 그런 줄 알지 어디서 혀를 쏙쏙 내밀고 난리들이냐?"

벌게진 얼굴로 짐짓 호통을 치는 당무운.

그 모습을 보니 칼날 같은 안광도 말짱 헛것인 것 같았다.

격의없이 시녀들을 대하는 당무운이나 전전대 가주에게 혀를 내보이는 시녀들이나, 다 어린애 같았다.

그러나 아무리 친한 사이라도 지켜야 할 법도가 있다.

당군혜는 살짝 봉목을 치켜뜨며 시녀들에게 주의를 주고는 웃으며 당무운에게 말했다.

"마침 잘됐네요. 요즘 제가 입맛도 없고 해서 몇 가지 음식을 만들었습니다. 조부님께서 품평 좀 해주세요."

"어, 그럴까? 나도 통 입맛이 없어 고민이었는데, 헐헐헐."

"아마 날씨가 더워서 그런가 봐요."

도란도란 이야기를 나누며 걸어가는 당무운과 당군혜.

시녀들은 까르르 웃으며 두 사람의 뒤를 따랐다.

"대소저, 저희도 요즘 입맛이 없어요."

금족령이 풀리고 난 이후로 한결 밝아진 당군혜와 시녀들이었다.

"어, 잘 먹었다. 네 덕에 오랜만에 포식을 하는구나."

당무운은 과장스레 배를 두드리며 너털웃음을 지었다.

당군혜는 웃으며 다기를 내왔다.

"몇 가지는 급히 만드느라 드실 만했는지 모르겠어요."

"아니, 아니, 네 덕에 입맛이 돌아왔다. 요즘 왕 숙수가 온종일 기름진 음식만 내와 속이 느끼하던 참이었다. 무인은 자고로 채식을 해야 몸에 이로운 법인데. 쯧쯧."

"어머, 그러셨어요?"

"그렇다니깐. 그래서 내가 통 적응을 못하고 있던 참이다. 그러다 보니 등가죽이 뱃가죽에 들러붙어 분탕질을 칠 정도라니까."

불퉁하니 입술을 내미는 당무운. 그 표정이 어찌나 우스웠던지 당군혜는 하마터면 차를 쏟을 뻔했다.

"호호호. 그럼 시장하시다 싶으면 언제든지 들르세요. 입에 맞으실진 모르겠지만 개수백채나 청풍나복연 등은 언제든지 만들 수 있으니까요."

"헐헐헐. 알겠다. 나중에 문턱 닳았다고 원망하지나 마라."

"호호. 설마요."

웃으며 말을 주고받는 당무운이 문득 코를 킁킁거리며 물었다.

"흠, 향이 좋구나. 무슨 차냐?"

"은침차예요. 군산 특산이라더군요."

은침차란 말을 듣자마자 당무운은 슬그머니 차를 내려놓았다.

"어머? 왜 그러세요?"

"험, 험. 어째 입맛에 맞지 않는구나."

당군혜는 당무운이 왜 그러는 지 금방 눈치챘다.

은침차는 얼마 전에 동정수채에서 보내온 차였다. 동정수채를 떠올리자 당무운은 본가를 한바탕 뒤집어놓고 간 철담마후를 떠올린 모양이었다.

"아유, 조부님. 몸에 좋고 맛도 좋은 차랍니다. 그냥 음식이라 생각하고 드세요. 사람은 사람이고 음식은 음식이잖아요."

당군혜가 재차 권하자 당무운은 마지못해 찻잔을 집어 들었다.

"너는 참 속도 좋구나. 사람은 사람이고 음식은 음식이라니. 하긴 그러니 이렇게 참고 견디는지 모른다만."

"어머, 무슨 말씀을……."

"아, 아니다, 아니야."

갑자기 무슨 생각을 떠올렸을까? 두 사람 사이에 어색한 침묵이 감돌았다.

'늙으면 주둥아리에서부터 노망이 든다더니…….'

당무운은 괜한 말을 꺼낸 자기 입을 원망하며 당군혜를 내려다봤다.

쓸쓸한 표정으로 고개를 숙이고 있는 손녀.

그 모습을 보자 문득 과거가 후회되는 당무운이다.

'이렇게 고운 아이를……. 그때 어떻게든 아우들의 성화를 뿌리쳤어야 했어. 그랬다면 일이 이렇게까지 꼬이진 않았을 텐데…….'

그런 생각이 들자 과거의 일을 빌미로 당군혜의 처지를 이렇게 옭아맨 당장욱이나 당장직 등이 더욱 괘씸해지는 당무운이다.

그러나 이미 때는 늦었다.

이제 자신에게는 가문의 흥망이 달린 일이 아니고는 더 이상 가문의 일에 참견할 권한이 없다. 그게 당가의 법이었다.

당무운은 안쓰런 눈길로 당군혜를 쳐다보다가 짐짓 분위기를 바꾸려고 밝은 목소리를 냈다.

"네 덕에 입이 호강했으니 밥값은 해야겠지?"

당무운의 말에 당군혜가 미소를 지으며 안색을 회복했다.

당무운은 그런 당군혜를 보며 흐뭇한 표정으로 입을 열었다.

"전에 이야기했다시피 어머님은 남해 보타암 출신이셨다. 쇠붙이로 남을 살상하는 게 싫어 불문 무공에 심취한 분이시지. 그래서 어머님의 무공은 음유하고 독랄한 가문의 무공과는 잘 맞지가 않지. 다행히 너는 가문의 무공을 깊이 익히지 않아 어머님의 본신진력을 받아들일 수 있었으니 이는 실로 하늘의 도움이라 할 수 있다."

당군혜는 당무운의 말을 하나라도 놓칠세라 귀를 열고 경청했다.

"어머님이 전한 것은 소림의 반야대능력과 같은 잠력의 일종이라고 생각된다. 보통 잠력을 촉발시키는 방법은 두 가지가 있는데, 하나는 정종 내공을 익혀 그 기운을 일깨우는 것이요, 다른 하나는 마음을 가다듬고 정신을 집중해 혼백을 일깨우는 것이다. 달리 말하면 깨달음으로 그 능력을 흡수하는 것인데……."

당무운은 모친의 장례식 때 우연히 당군혜를 보고 깜짝 놀랐었다.

그녀에게서 모친의 기운이 흐르고 있음을 느낀 것이다.

그때부터 당무운은 당군혜에게 관심을 갖게 됐고, 그러던 어느 날 그녀의 처소에 들러 이런 저런 이야기를 나누다가 때마침 식사 시간이 되어 그녀가 차려준 음식을 먹어보고는 그 자리에서 반해 버린 것이다. 그 이후부터 당무운은 시간이 날 때마다 당군혜를 찾았고, 자리를 뜰 때마다 내공이나 무공 원리에 대해 설명해 주기 시작했다.

안 그래도 몸에 기이한 활력이 감돌고 있다는 것을 느끼던 당군혜였다. 당무운의 방문으로 인해 전후 사정을 알게 된 당군혜는 그날부터 잠력을 일깨우는 데 전력을 다했다.

그녀가 잠력을 일깨우려고 하는 이유는 오직 하나.

부디 큰 병 없이 오래 살아서, 죽기 전에 단 한 번만이라도 곽무한의 얼굴을 보기 위해서였다.

당무운은 초저녁 무렵에 자리를 떴다.

당군혜는 당무운이 돌아가자마자 참선에 들었다.

한때 재녀 소리까지 듣던 그녀였으나 내공으로 잠력을 일깨우는 것은 쉽지 않았다. 무공 입문이 늦기도 한 데다가 가문의 내공과는 맞지 않아서였다. 결국 당군혜는 얼마 전부터 참선에 몰두하기 시작했다. 그리고 지성이면 감천이라고, 최근 들어서는 조금씩 잠력을 움직일 수 있게 된 당군혜였다.

마음을 모아 얼마나 집중했을까?

온몸에 찌르르한 열기가 퍼지고 의식이 투명해졌다.

마치 바람에 날리는 꽃씨처럼 온몸이 가벼워지고 상단전에서 뭔가 알 수 없는 느낌이 간질거린다 싶은 순간,

"대소저님! 대소저님!"

갑자기 문밖에서 다급한 음성이 들려왔다.

구입할 물품이 있어 오후 무렵 시장에 보냈던 시녀였다.

당군혜는 아쉬운 표정으로 참선을 풀었다. 그리고는 조용한 목소리로 물었다.

"무슨 일이냐?"

그런데 이상했다. 시녀가 창백한 표정으로 문을 열고 뛰어들어 왔다. 평소 그녀의 성정으로는 절대 있을 수 없는 일이었다.

"무슨 일이기에 이리도 경망스러우냐?"

"그것이, 그것이……."

당군혜가 호통을 치자 시녀가 귀엣말을 건네왔다.

당군혜는 그 자리에서 굳어버렸다.

"시, 신패. 신패를 봤다고?"

"네, 소녀의 눈으로 똑똑히 확인했습니다. 분명 가문의 신패, 황어가 그려진 신패였습니다."

"아아! 하늘이여……."

당군혜는 자리에 털썩! 주저앉고 말았다.

그녀가 기억하기로 황어가 그려진 신패는 중원 천지에 단 하나뿐이었다. 그리고 그 신패의 주인 역시 단 한 사람뿐이었다.

곽무한.

천하를 다 준대도 못 바꿀 자신의 아들.

그 아들의 흔적이 나타난 것이다.

"어디냐? 그 신패를 어디서 봤느냐?"

당군혜가 다그치듯 묻자 시녀가 다시 한 번 귀엣말을 건넸다. 그 순간 당군혜는 맥이 탁 풀려 버렸다.

"아기? 무한이가 아니고 아기라고?"

당군혜는 한동안 망연자실한 표정을 지었다. 그러다가 무슨 생각을 떠올렸는지 머리를 흔들며 정신을 추슬렀다.

아들과 헤어진 지도 벌써 십오 년이 지났다. 그 세월이면 아들이 혼인을 했을 수도 있었다.

'그렇다면 그 아기가 혹시?'

생각이 그에 미치자 당군혜는 마음이 바빠졌다.

"이 일은 절대 비밀이다. 밖으로 새어나간다면 죽음을 면치 못하리라. 알겠느냐?"

당군혜는 시녀에게 단단히 주의를 주고는 그녀를 내보냈다. 그리고는 그녀가 들려준 이야기를 생각하며 이 궁리 저 궁리를 하다가 자리에서 벌떡 일어났다. 오라버니의 처소로 가기 위해서였다. 가문의 이목을 피해 그 아이를 만나려면 오라비의 도움이 필요했다.

당중기의 처소에 다다른 당군혜는 난감한 표정을 지었다.

평소 같으면 불을 꺼놓고 명상에 잠겨 있을 시간인데, 오늘따라 오라비의 처소에 불이 훤히 켜져 있었다. 게다가 입구에는 오라비의 수하들뿐만 아니라, 풍각 소속 무인들이나 낯선 무인들의 모습도 보였다. 손님을 맞이하는 모양이었다.

"이 일을 어쩐다?"

당군혜는 고민에 휩싸여 주변을 서성거렸다.

그때였다.

"흠, 흠."

등 뒤에서 나직한 기침 소리가 들려왔다.

깜짝 놀라 고개를 돌리니 낯선 중년인이 자신을 훔쳐보고 있다.

하얀 무복 차림에 하늘색 영웅건. 당가 사람이 아니었다.

"뉘신지요?"

당군혜가 경계하는 표정으로 묻자 중년인이 기이한 미소로 포권을 보내왔다.

"아! 이 밤중에 생각지도 못한 미인을 보게 되어 잠시 정신이 나갔소이다. 남궁명이라 하오."

음성은 중후했지만 왠지 경망스럽게 느껴지는 말투.

당군혜는 살짝 아미를 찌푸리며 처소로 돌아가려 했다. 그때 사내의 목소리 때문인지 저 뒤쪽에 있던 경계 무인이 자신을 알아봤다.

"아니, 대소저 아니십니까?"

그 소리에 당군혜가 멈칫하자, 사내가 이채 어린 표정으로 물었다.

"대소저라니? 어느 댁의 대소저란 말인가?"

역시 경망스러운 질문이다. 함부로 아녀자의 신분을 묻다니?

그러나 사내의 신분이 만만찮았던지, 경계 무인이 덜컥 대답해 버렸다.

"본가 전대 가주님의 대소저십니다."

그 순간 중년인의 눈이 휘둥그레졌다.

"전대 가주님의 대소저? 그럼 그대가?"

사내는 허겁지겁 의복을 추스르는 체하더니 다시 한 번 포권을 보내왔다.

"하하하. 사람의 인연은 알 수 없다더니, 이렇게 뵙게 되는군요. 정식으로 인사드리겠소이다. 남궁명이라 하오."

남궁명? 아까는 흘려들었는데 다시 한 번 듣고 보니 어디선가 많이 듣던 이름이다.

당군혜가 알 듯 말 듯한 표정으로 고개를 갸웃거리자 경계 무인이 끼어들어 부연 설명을 했다.

"남궁세가의 화룡천검 대협이십니다. 창궁단(蒼穹團) 단주시지요."

당군혜는 그제야 그가 누군지 기억해 냈다. 그녀의 표정이 다시 한 번 찡그려졌다.

당중기는 표정을 관리하려고 애썼다.

그러나 마음처럼 쉽지는 않았다.

이제껏 그를 기다리느라 지루한 시간을 보내고 있었건만, 뒤늦게 나타나 미안한 표정 하나 없이 히죽거리고만 있다니? 그것도 누이동생을 훔쳐보면서.

반면 당장직은 마침 잘됐다는 표정이었다.

안 그래도 남궁세가와의 혼사 문제를 이야기하고 있던 참이었다.

그런데 마치 자신의 생각을 헤아리기라도 한 것처럼 두 사람이 함께 들어오다니. 뭔가 서광이 비치는 것 같았다.

"네가 기별도 없이 어쩐 일이냐?"

당중기의 물음에 당군혜는 살짝 고개를 숙여 보였다.

"오라버니께 청이 있어 왔는데 손님이 계셨군요. 별실에서 기다리겠습니다."

당군혜는 당중기의 떨떠름한 말투에서 그의 심기를 알아차렸다. 그래서 좌중에게 목례를 해 보이며 자리를 뜨려 했다. 그때 남궁명이 끼어들었다.

"하하. 굳이 자리를 피하실 필요가 뭐 있소? 어차피 한집안 식구가 아니오? 함께 대화를 나눕시다."

남궁명의 말은 듣기에 따라 묘하게 해석될 수도 있는 말이었다.

'지난바 무공에 비해 성품이 모자라는 자라더니……'

당중기는 속으로 혀를 찼다.

당장직 역시 마찬가지 심정이었다.

'등신 같은 자식! 아직 뜸도 들이지 않았는데 뭐가 저리 급해?'

아무리 자신이 언질을 줬다지만 최소한 돌아가는 분위기 정도는 파악해야 할 게 아닌가? 무턱대고 한집안 식구라니? 기껏 잡아놓은 분위기에 재를 뿌리는 격이다.

그렇다고 대놓고 나무랄 수는 없어, 당장직은 헛기침으로 분위기를 추슬렀다.

"험, 험. 그러고 보니 조카와 이야기를 나눠본 지도 무척 오래됐구나. 그래, 요즘 어떻게 지내느냐?"

당군혜는 재치가 있었다.

당장직이 분위기 전환을 위해 건성으로 던진 말을, 잠깐 머리를 굴려보다가 미소를 띠며 맞받아쳤다.

"요즘 잘 못 지내고 있답니다. 가문에서 통 외출을 못하게 하니 심화가 쌓였는지 영 속이 좋지 않아요. 생각 같아서는 성 밖의 의원을 찾아뵈었으면 소원이 없겠어요."

당장직은 하마터면 마시려던 차를 엎을 뻔했다.

설마 하니 손님이 있는 자리에서 저런 말을 할 줄이야?

당장직은 얼굴이 벌겋게 변해 떠듬떠듬 반문했다.

"그, 그러냐? 다 너를 생각해서 취한 조치인데… 조만간 정명당(正明堂)에 들러 명의를 보내라고 하마."

딴엔 호의였다. 정명당은 당가 내에서 의술을 전문으로 연구하는 곳으로, 가주의 허락 없이는 시술은커녕 상담조차 받을 수 없는 곳이었다.

그러나 당군혜는 이번에도 맞받아쳐 버렸다.

"말씀은 고마우나 문제가 있어요. 정명당 의원들 중에는 여자 분이 없으시지요."

"그, 그게……."

말은 맞는 말이다.

그러나 모두 친족 관계로 구성된 당가가 아닌가?

이제까지 아무 말도 없다가 난데없이 웬 여자 의원 타령이란 말인가?

그러나 외인이 있는 앞에서 어찌 '모두가 다 친척지간인데 남자 의원이면 어떠냐!' 라는 말을 할 수 있겠는가? 그러니 당장직이 할 수 있는 것이라곤 뺨을 벌겋게 붉히는 일뿐이었다.

그때 누이동생에게 공박당하는 당장직이 안되어 보였는지, 아니면 동생의 말투가 너무 과하다고 생각했는지 당중기가 끼어들었다.

"그래도 가문의 승낙이 있기 전에는 외출은 안 된다."

그 순간 당군혜의 눈이 반짝 빛났다.

"그럼 시녀를 시켜 의원을 모셔오면 안 될까요?"

시선은 당중기를 향하고 있지만 실상은 당장직에게 묻는 말이다.

"그, 그게……."

당장직이 곤혹스런 표정을 짓고 있을 때였다. 중간에서 눈치만 보고 있던 남궁명이 이때다 싶었는지, 호탕한 웃음을 터뜨리며 끼어들었다.

"하하하! 보아하니 집안 식구들이 움직이면 안 될 무슨 곤란한 사정

이 있는 모양이군요. 그럼 뭐, 굳이 시녀들을 시키실 필요 없이 제가, 제가 다녀오리다!'

일순간 좌중의 표정이 뜨악해졌다. 특히 당장직의 표정은 더욱 그러했다.

"아, 아니, 대협. 그, 그러실 필요까지야…….'

제딴엔 당군혜에게 점수를 따기 위해서였겠지만, 당장직은 뭐 저런 눈치없는 놈이 다 있나 싶었다. 그래서 자기도 모르게 말을 더듬는데, 그때를 놓치지 않고 당군혜가 눈을 반짝이며 끼어들었다.

"휴우… 고마운 말씀이나 받들기 민망하네요. 손님 되시는 분께 어찌 그런 부탁을……."

'맙소사!'

그 순간, 당장직은 눈을 질끈 감고 말았다.

짐짓 미안해하는 표정으로 눈썹을 살포시 내려감는 당군혜. 저런 모습이 남자들을 더 미치게 만든다는 것을 잘 알고 있었기 때문이다.

예상은 한 치의 어긋남도 없이 딱 맞아떨어졌다.

"할 수 있소! 아무렴, 할 수 있고말고요. 다른 사람도 아닌 나, 화룡천검 남궁명이 약속한 말이외다! 대소저를 위해서라면 타는 불 속, 끓는 기름 솥 마다 않고 다녀오겠소! 그러니 제게 맡기시오, 대소저.'

벌떡 일어선 것으로도 모자라 가슴까지 펑펑 쳐대는 남궁명.

당장직은 그 모습을 보고 자기 머리카락을 쥐어뜯었다.

'아이구, 머리야! 거기서 타는 불이 왜 나오고 끓는 기름은 또 왜 나와?'

그러나 당군혜는 그 틈을 놓치지 않았다.

"그럼… 부탁을 드려도?"

아예 쐐기를 박으려는 듯 일부러 당장직을 쳐다보는 당군혜다.

덩달아 남궁명도 눈을 크게 뜨고 당장직을 쳐다본다.

당장직은 더 이상 할 말이 없었다. 그러나 혹시나 하는 심정으로 한마디를 던져 봤다.

"대협께서 나서주시는 건 고마운 일이나 외부인을 함부로 들이면……."

그러나 역시나, 였다.

"제가 철저히 확인한 후에 데려오리다. 이래 뵈도 대남궁세가의 창궁단주요! 절 못 믿으시는 겁니까?"

이제는 정말 빼도 박도 못하는 상황이 되고 말았다.

화풍천검이 자기 이름뿐만 아니라 남궁세가의 명예까지 걸어버렸다.

저렇게까지 나오는데 더 이상 무슨 말을 할 수 있으랴.

"끄응… 그럼 그렇게 하시지요."

당장직은 순식간에 십 년은 늙어버린 듯했다.

그러나 당군혜는 잔인했다. 마지막까지 확인을 해왔다.

"당숙님, 그럼 제가 저분께 부탁을 드려도 되나요?"

"그, 그렇게 해라."

결국 울상이 되고 만 당장직.

당군혜는 회심의 미소를 지었다.

안 그래도 가장 고민이었던 게, 괜히 오라버니의 도움을 요청했다가 나중에 오라버니께 피해가 생기면 어쩌나 하는 것이었다. 그러나 남궁명이 대신 나서주는 바람에 마음의 짐을 던 것이다.

속으로 한숨만 푹푹 내쉬던 당장직 역시 나름대로 위안 거리를 찾았다.

'그래. 안 그래도 남궁명과 이어주려던 참이었으니 잘됐다고 생각하자. 어찌 됐든 서로 얼굴을 자주 봐야 일을 추진해도 추진할 게 아닌가?'

그렇게 마음을 고쳐 먹고 나니 크게 속상해할 일이 아니라는 생각이 들었다. 그래서 그는 해서는 안 될 약속까지 덜컥! 해버렸다.

"그럼 앞으로 의원 문제는 남궁가에 일임하겠소. 부탁드리니 앞으로 잘 돌봐주시길 바라오."

물론 당장직 딴에는, 남궁명으로 하여금 당군혜의 처소를 합법적으로 드나들 수 있도록 하기 위한 조처였다. 그러나 그 덕에 남궁명의 신세가 완전히 꼬여 버리 게 될 줄은 지금으로선 짐작도 못하고 있었다.

잠시 후, 당군혜가 사의를 표하며 물러가고 취기가 돈 남궁명마저 떠나고 난 뒤, 당장직과 당중기는 서로를 보며 마주 앉았다.

당장직은 그때부터 정색한 표정을 지으며 당중기를 쳐다봤다.

"조카, 생각해 보시게. 남궁세가가 어떤 가문인가? 비록 지금은 멸문의 위기에 몰려 있다지만, 그들의 인맥은 아직도 강호에 고스란히 남아 있지 않은가? 만약 흑룡방이 무너지기라도 하면 저들이 다시 일어서는 것은 일도 아니네. 그런 가문과 혼사가 이루어진다고 생각해 보게. 그야말로 자네 집안의 경사가 아닌가? 그러니 혼사 문제는 저렇게 두 사람 사이를 두고 보면서 점차 일을 성사시키는 방향으로 가세나."

"음……"

당중기는 침음성을 터뜨렸다.

솔직히 당중기는 남궁명이란 자나 남궁세가의 배경 따위는 마음에도 두지 않고 있었다. 그러나 당군혜가 오기 전, 당장직이 한 말이 그의 마음을 흔들고 있었다.

오라비가 되어서 언제까지 동생을 혼자 살게 놔두겠냐고, 새로운 행복을 찾아주는 게 오라비 된 도리가 아니냐고 하던 말.

그 말에 마음이 흔들린 것이다.

'휴우… 어렵구나. 과연 무엇이 진정으로 동생을 위하는 길일까?'

당중기는 강하게 압박해 오는 당장직의 말에 긍정도 못하고 부정도 못하는 어정쩡한 상태로 한숨만 푹푹 내쉬었다.

그 모습을 보며 당장직은 쾌재를 질렀다.

'됐어! 너무 몰아붙이면 오히려 역효과가 날지 모르니 오늘은 이 정도에서 물러서자. 어찌 됐든 의원 문제로 두 사람을 엮어놨으니 조만간에 효과가 날 듯도 하다.'

당장직은 나름대로 생각을 정리하고는 다음 화제로 이야기를 돌렸다.

"사실 내가 조카를 찾은 것은 혜아 문제도 문제지만, 그보다 더 큰 문제가 있어서라네. 바로 자네의 차기 가주 직위 때문이지."

순간, 당중기는 가슴이 쿵 떨어지는 기분이었다.

"차기… 가주 직위 때문이라구요?"

아무리 철석간담을 지닌 당중기라지만, 어찌 가주 직위 문제 앞에서 태연할 수가 있을까?

당장직은 짐짓 침중한 목소리로 말을 이어나갔다.

"가주령이 내렸네. 결자해지(結者解之)라, 곽무한 문제 때문에 보류된 것, 자네가 적취협으로 가서 그 아이 문제를 해결하면 차기 가주 직위를 다시 공식화하기로 했다네."

"어찌 그런 결정이? 저더러 조카를 치란 말씀이십니까?"

당중기는 분노한 표정으로 자리를 박찼다.

그러나 당장직은 태연한 표정으로 말을 이어갔다.

"그렇게 화만 낼 일이 아니네. 생각해 보게. 그 아이 손에 희생당한 기술들이 몇인가? 모르긴 몰라도 다른 사람이 가면 그 아이의 목숨은 남아나질 않을 걸세. 그 부분을 잘 생각해 보게. 출발 일자는 내일이라네."

당장직은 그 말을 끝으로 자리를 뜨다가 뭔가 잊었다는 듯이 휙 고개를 돌려왔다.

"아! 이 일은 대외적으로는 비밀이라네. 혜아의 유복자 이야기가 식솔들 입에 오르내리는 건 자네도 원치 않겠지?"

당장직이 떠난 뒤 당중기는 한동안 넋 잃은 표정으로 서 있었다.

그러나 아무리 생각해도 자신이 가는 것 외에는 별다른 대안이 없었다.

'휴우… 결국 이것이 너의 운명이냐?

당중기는 한동안 얼굴 한 번 보지 못한 조카를 떠올리며 한숨을 내쉬었다. 그리고는 누이동생의 거처를 보며 한참 서 있다가 곧 고개를 떨구고 말았다.

다음날 새벽.

당중기는 수하들과 함께 은밀히 적취협으로 향했다.

당중기가 떠난 직후, 당장명에게도 가주령이 내렸다.

당장명은 가문의 열렬한 환송을 받으며 백 명의 고수들과 함께 양자호로 떠났다. 그리고 그날, 당가는 온종일 묵직한 분위기에 휩싸였다.

*   *   *

성도 외곽에 자리한 사천당가는 그 자체로 하나의 거대한 성이었다.

언젠가부터 사천당가의 그늘 아래 하나둘 모여들기 시작한 사람들이 점차 촌락을 이루고 마을을 이루더니, 어느 순간부터는 웬만한 현급 마을 이상이 되어버렸다.

사천당가를 둘러싼 이름 모를 산들과 그 아래에 펼쳐진 드넓은 분지.

그곳을 온통 메우다시피 한 촌락을 사람들은 당가타라고 불렀다.

당가타 중심가에 위치한 한 객잔.

창 너머로는 하늘을 찌를 듯한 당가의 전각군이 보이고, 창 아래로는 사통팔달, 드넓게 깔린 관도가 내려다보이는 객잔 이층에 한 사내가 한숨을 푹푹 내쉬며 앉아 있었다.

사내의 정체는 남궁명.

남궁명 앞에는 두어 명의 무인이 좌불안석의 표정으로 앉아 있었다.

남궁명은 한참 서찰을 구겼다 폈다 하며 인상을 찌푸리다가 벌컥 소리를 질렀다.

"제기랄! 이건 무슨 숙제를 내주는 것도 아니고, 고작 의원 하나 찾는데 무슨 조건이 이리도 까다로워?"

솔직히 남궁명, 당군혜가 서찰을 적어줄 때까지만 해도 그냥 말로 하면 되지 무슨 서찰씩이나, 싶었다. 그러나 서찰을 펼쳐 본 순간, 그는 머리가 아득해 오는 심정이었다. 그 심정은 지금도 마찬가지였다.

남궁명은 술잔을 입에 털어 넣으며 푸념을 했다.

"아무리 세상 물정 모르는 명문가의 대소저라지만 해도해도 너무한 게 아니냐? 이 세상에 어디 길바닥에 널린 게 의원이라더냐? 그리고 또 아무리 길바닥에 널린 게 의원이라고 해도 그렇지, 나이 든 의원은 싫다, 그렇다고 평범한 의원도 싫다. 젊은 여자 의원 중에서 명의라고 소문날 정도의 의원, 그것도 당가 내에서 기거할 수 있는 의원을 찾아달라고? 거기다가 또 뭐? 세가의 체면도 있고 하니 기품까지 갖춘 의원을 찾아달라고? 빌어먹을! 그렇게 까다로운 조건을 만족시키는 젊고 기품 있는 여자 의원이 미쳤다고 이 외진 사천 땅에서, 그것도 강호가 덜덜 떤다는 이 으스스한 당가타에서 의원 노릇이나 하고 있겠냔 말이다. 내 말이 틀리느냐?"

"그, 그렇습니다."

남궁명이 푸념하다 말고 갑자기 질문을 던져 오자 수하들은 화들짝 놀란 표정으로 급히 대답을 했다.

남궁명은 잠시 불만 어린 표정으로 수하들을 노려보다가 재차 푸념을 해댔다.

"제기랄! 이렇게 본 가의 은영각(隱影閣)까지 동원하게 될 줄 알았더라면 당가에서 정보망을 빌려주려고 할 때 그냥 그러겠다고 할 걸, 괜한 자존심 때문에 이 고생을 자초하는군."

남궁명은 투덜거리며 다시 술잔을 비웠다.

수하들은 전전긍긍한 표정으로 남궁명의 시선을 피하기에 급급했다.

하루 종일 당가타를 뒤져 봤지만 남궁명이 말하는 그런 젊고, 기품 있으며, 은거 기인 기질까지 갖춘 여자 의원은 눈을 씻고 찾아봐도 찾아볼 수가 없어 남궁명에게 한바탕 불호령을 맞은 그들이다.

이제 그들의 희망은 가문의 정보 조직인 은영각에서 그런 의원을 찾아내는 것. 그래야 한 번 더 터져 나올 남궁명의 불호령을 피할 수 있었다.

그때였다. 객잔 입구에서 누군가가 올라왔다.

복장으로 미뤄 은영각 소속이었다.

남궁명은 기대 어린 표정으로 그를 봤다.

기대는 빗나가지 않았다.

"다행히 명을 완수했습니다."

그 순간 남궁명은 입이 귓가에 걸렸다.

"오오! 정말 그런 의원이 있었어? 과연, 과연 은영각이다!"

남궁명은 연신 감탄사를 연발하며 은영각 무인의 뒤를 따랐다.

당가타 외곽.

미로처럼 연결된 좁은 골목에 허름한 판잣집이 밀집해 있다. 심한 경우는 금방이라도 허물어질 것 같은 폐가도 있었다. 골목 끝에는 야트막한 동산이 이어져 있었는데, 동산 위에도 나무 그늘 아래 지어진 몇몇 움막이 보였다.

오후 무렵.

일단의 무인들이 골목 안으로 들어섰다.

그들은 골목 입구에 들어서자마자 인상을 찌푸렸다.

그중 중간에서 걷고 있던 남궁명이 좌우를 둘러보며 말했다.

"휴… 이곳을 보니 정말 시궁창이 따로 없다는 생각이 드는군. 이보게. 정말 이런 곳에 그 의원이 있단 말인가?"

남궁명이 묻자 앞서 걷고 있던 은영각 무인이 고개를 끄덕였다.

남궁명은 어이가 없었다.

"하긴 이런 곳에 있었으니 우리가 못 찾았지."

남궁명은 투덜거리며 다시 한 번 좌우를 둘러봤다.

하나같이 퀴퀴하고 퇴락한 집들뿐이었다.

"진짜 독특한 취향을 가진 의원이군."

신기한 눈초리로 자신들을 쳐다보는 아이들을 헤치며 얼마나 걸었을까?

"저집니다."

골목 끝자락에 위치한 판잣집 하나를 가리킨 은영각 무인은 고개를 숙여 보이고 사라졌다.

남궁명은 눈앞의 판잣집을 쳐다봤다.

역시나 다 쓰러져 가는 집.

그 앞에 꾀죄죄한 몰골의 사람들이 늘어서 있었다. 모두가 병색이 완연해 보였다.

"젠장! 의가라는 깃발도 없잖아?"

남궁명은 투덜거리며 판잣집으로 향했다.

그때 줄지어 있던 사람들 뒤로 아이들의 말다툼 소리가 들려왔다.

"신녀님이 더 위야!"

"아니야! 낭랑 누님이야!"

"이게? 우리 할머니가 신녀님이 더 위랬어!"

"아니야! 낭랑 누님이 더 위야! 우리 엄마가 그랬어!"

보니 애들 싸움이라 그냥 지나치려 하는데 판잣집에서 웬 노파가 나오더니 두 아이를 꾸짖었다.

"요 녀석들! 여기가 감히 어느 안전이라고 싸움박질이냐?"

노파가 호통을 치며 두 아이의 귀를 잡아당기자 한 아이가 울면서 소리쳤다.

"장팔이가 자꾸 낭랑 누님보다 신녀님이 위라잖아요. 분명히 우리 엄마가 낭랑 누님이 더 위라고 하셨는데……."

"뭐라고? 이 녀석! 저기 줄지어 있는 사람들을 보면 모르겠느냐? 낭랑 아가씨께서 더 영험하시다! 도대체 누가 네게 그딴 소리를 하더냐?"

아이의 말에 노파의 눈이 홱 돌아갔다. 그러자 장팔이란 아이는 좌우를 두리번거리며 울음을 터뜨렸다.

"우왕! 우리 할머니가… 할머니가……."

그때였다. 줄지어 서 있던 사람들 중에 몇 사람이 끼어들었다.

"이 대고, 아무리 우리가 낭랑님의 신세를 지고 있다지만 그분을 신녀님과 같은 반열에 두면 어쩌오?"

노파의 눈이 다시 홱 돌아갔다.

"뭐라고? 흥! 나는 신녀라는 분을 만난 적도 없고 본 적도 없어 모르겠다. 나는 그저 내 손자를 살려준 낭랑 아가씨가 최고다! 신녀님이 우리 아가씨보다 더 영험하다고 생각하는 사람은 당장 우리 집에서 떠나라! 나는 그런 사람들까지 받아들이고 싶은 생각이 없다!"

노파가 고래고래 고함을 지르자 앞에 나섰던 사람들이 슬그머니 뒤로 물러섰다.

남궁명은 그 소리를 들으며 혀를 찼다.

"도대체 뭐가 낭랑이고 뭐가 신녀야? 이놈의 동네는 별걸로 다 싸우는군."

"저들의 이야기를 들어보니 아마도 이곳에 있는 의원을 낭랑이라고 부르나 봅니다. 그리고 저들이 말하는 신녀는 아무래도 백의신녀를 지칭하는 것 같은데……."

옆에 있던 무인의 말에 남궁명의 눈빛이 칼처럼 번뜩였다.

"백의신녀? 예전에 우리 아이들을 망신줬던 아미제일인 말이냐?"

"예. 듣자 하니 민간에서는 그녀를 신녀라고 부르며 추앙한답니다. 이곳이 사천 땅이다 보니 그녀 이야기가 확실한 것 같네요."

"흠… 하긴 그녀가 신기막측한 의술과 영물을 다루는 걸로 소문났다고 했지."

"예."

"쯧쯧, 어리석은 백성들이란… 멀쩡한 사람더러 신녀는 무슨 얼어죽을 신녀란 말인가?"

그러나 남궁명의 비웃음과는 달리, 민간, 그것도 사천 동부 쪽에서 시작된 설아의 전설은 의외로 과대 포장되어 사천 전역으로 번졌다.

대파산 자락에서 환자들을 치료해 주다가 조부와 함께 아미파로 간 것이, 타고난 미모와 고운 마음씨로 인해 서왕모(西王母:도교의 여신)의 질투를 받게 된 신녀가 서왕모의 질투를 견디다 못해 지상으로 도망쳐, 가난하고 힘든 사람들의 병을 고쳐 주며 행복한 시간을 보내다가 나중에 전후 사정을 알게 된 상제의 배려로 학을 타고 다시 천상으로 돌아갔다는 전설로 변해 버린 것이다.

물론 설아가 알면 배를 잡고 웃을 이야기였으나, 그녀에게 직접 치료를 받아 죽을병을 고친 사람들이나, 그녀가 학을 타고 날아가는 것을 직접 봤다는 사람들이 나타남으로 인해 민간에서는 꽤나 설득력있게 회자되고 있었던 것이다.

어쨌든, 남궁명이 혀를 차며 다가가자 사람들이 그를 발견했다.

"무사님들이 이곳엔 어쩌신 일로……."

노파가 덜덜 떠는 목소리로 물어왔다.

아마도 자신이 무기를 소지한 때문이리라.

"이곳에 이름난 의원이 있다고 해서 모시러 왔습니다만."

남궁명은 부드러운 표정으로 노파에게 고개를 숙여 보였다.

보석은 진흙 더미 속에 묻혀 있어도 언젠가는 빛이 나는 법이다.

남궁명이 본 설아 역시 그러했다.

남궁명은 수하들을 밖에 대기시키고 노파를 따라 안으로 들어갔다.

판잣집 안은 겉보기와는 달리 넓은 공간을 갖고 있었다.

마당 중간에 꾸며진 아담한 정원하며 툇간마루를 가진 벽채들.

이게 정말 밖에서 보던 그 판잣집이 맞나 싶을 정도였다.

남궁명은 말없이 노파 뒤를 따르고 있다가 한마디를 건넸다.

"생각보다 집이 넓군요. 정원도 아담한 편이고."

그러자 노파가 거무죽죽한 이를 드러내며 수다를 떨었다.

"이게 다 낭랑의 은혜지요. 원래는 저쪽 정원까지가 우리 집이었는데, 낭랑께서 오신 뒤로 마을 사람들이 집을 넓혀주었답니다. 그리고 저 정원은 낭랑께서 직접 꾸미신 것으로……."

남궁명은 괜히 말을 걸었다 싶었다. 그러나 낭랑이라 불리는 여인이 직접 꾸몄다는 말에 새삼스런 눈으로 정원을 다시 한 번 쳐다봤다.

'흠… 그렇게 생각하고 봐서 그런지 몰라도 꽤 괜찮은 정원이군.'

보기엔 평범해 보이나 인공으로 꾸민 것 같지 않은, 자연이 그대로 살아 있는 정원이었다.

'꽃을 가꾸는 걸 보면 그 사람의 기품을 알 수 있다고 했는데…….'

남궁명은 호사가들이 하던 말을 떠올리며 고개를 들었다.

노파는 어느새 빛 바랜 방문 앞에 서 있었다.

"아가씨, 손님이 오셨습니다."

노파의 말이 끝나자 방문이 열렸다. 그와 동시에 뭔가 시커먼 것이 와락 튀어나왔다.

크왕!

"헉!"

남궁명은 낯선 포효성에 놀라 황급히 검을 뽑아 들었다. 그러나 뒤이어 들려온 것은 노파의 웃음소리.

"할할할. 이 귀염둥이야! 아가씨는 어쩌고 네가 나오느냐?"

남궁명은 조용히 검을 집어넣었다. 그리고는 느닷없이 나타난 괴물, 노파의 뺨에 혀를 갖다 대며 킁킁거리는 황소만한 덩치를 쳐다봤다.

'저게 뭐야? 호랑이야, 늑대야?'

남궁명은 혼란스런 눈빛으로 눈앞의 괴물을 살폈다.

저 살 떨리는 안광과 무쇠 기둥 같은 앞발.

'휴우… 갈기에 푸른빛만 돌았다면 영물 중의 영물이라는 흡혈청랑이라고 착각할 뻔하군. 보기엔 늑대와 호랑이의 혼혈 같은데 실로 엄청난 종자로군.'

남궁명이 본 괴물은 털이 온통 시커먼 묵빛이다. 그러니 황소조차 한입에 물어뜯는다는 흡혈청랑은 아닐 것이라 생각하며 조용히 방문 안을 살폈다.

그때였다.

사르륵, 사르륵.

귓가를 울려오는 옷자락 끌리는 소리.

'음?'

남궁명은 자기도 모르게 다시 검을 잡아갔다.

뭔가 알 수 없는 기운이 몰려오고 있어서였다. 그러나 다음 순간, 그는 검병에서 손을 놓았다.

'살기가 아냐. 아주 부드러운 기운이야.'

남궁명은 긴장을 풀고 천천히 고개를 들었다.

그리고 그는 곧 눈을 부릅뜨고 말았다.

환상처럼 한 소녀가 서 있었다.

사방이 벽으로 둘러싸여 조금은 어둑한 방.

천장 사이로 스며든 석양빛을 맞으며 그녀가 서 있었는데, 비록 낡고 거친 백의를 입고 있었지만 그녀의 미모는 가히 환상적이었다.

진주 같은 눈동자는 투명한 물기를 머금었고, 선 고운 입술은 빨간 앵두를 얹어놓았으며, 학같이 가는 목에 분가루가 묻어날 것 같은 피부는 흑단 같은 머리카락에 가려 왠지 보는 이의 가슴을 애태우게 만들고 있었다.

전체적으로 청순가련해 보이면서도 재지가 엿보이는 절세의 미모였다.

남궁명은 한동안 넋 잃은 표정으로 그녀를 쳐다보다가 어느 순간 자기도 모르게 한줄기 탄식성을 흘렸다.

"아! 안타깝구나……."

남궁명이 탄식성을 흘린 이유는 다름 아닌 그녀의 품에 안겨 있는 아기 때문이었다. 가히 천상의 미동이라 부를 만큼 귀엽고 포동포동한 아기. 그러나 둘의 모습이 한데 어울리자 왠지 애처로운 느낌이 들었다.

'왜 이런 기분이 드는 걸까?'

남궁명은 자신이 여기 왜 왔는지도 잊어버린 채 곰곰이 생각에 잠겼다. 그러다가 뇌리를 번뜩 스쳐 가는 생각.

'비었다! 자리가 비었어!'

그랬다.

뭔가 그림이 빠져 있었다.

그녀 옆에 누군가가 빠져 있다는 생각이 강하게 들었다.

그래서 둘의 모습이 그처럼 애처로워 보인 것이다.

'아아!'

남궁명은 그런 사실을 알아차린 자신이 너무 기특해 입을 헤벌리며 멍청히 서 있기만 했다. 그 때문에 그는 설아가 자기에게 묻는 말도 듣지 못했다.

설아의 미모에 넋이 나가 버린 남궁명.

지금 이 순간 그의 의식을 장악하고 있는 것이라고는 아련한 음률이 울려 퍼지는 가운데 빨간 앵두 사이를 가르고 나오는 하얀 치아뿐이었다.

'아이 참. 날 만나려고 왔다면서 왜 저리 서 있기만 하는 거지?'

설아는 그런 남궁명을 보며 고개만 갸웃거렸다.

두두두두.

화려한 사두마차 한 대가 당가타를 가로지르고 있었다.

마차의 지붕 위에는 당가의 깃발이 펄럭이고 있었는데, 마부석에 앉은 사람은 의외로 남궁세가의 사람들이었다.

드넓게 펼쳐진 관도를 가로지르며 당가를 향해 달리고 있는 마차.

마차 안에는 설아와 보옥이, 그리고 청랑이 타고 있었다. 그 바람에 남궁명은 마부석으로 쫓겨나야 했다. 청랑 혼자서 세 사람 자리를 차지 한 때문이었다.

설아는 창가로 스쳐 가는 당가타의 풍경을 보며 생각에 잠겼다.

지난 일이 주마등처럼 눈앞에 떠올랐다.

대파산 부근에 있던 은거지를 떠나 당가타로 온 설아.

설아는 한동안 세상살이에 적응하지 못해 혼란을 겪었다.

갓난아기 때부터 조부와 살던 그녀다. 그녀가 겪어본 세상이라고는 아미파에서 겪은 몇 개월간의 생활뿐이다. 그러니 그녀가 세상 물정이나 세상 인심에 대해 알 리가 만무했다.

설아가 가장 먼저 겪은 고초는 돈 때문이었다.

이제껏 조부가 사 온 물건으로 생활하다시피 한 설아는 돈의 가치에 대해 전혀 모르고 있었다. 그러다 보니 잠자리는 날마다 노숙이었고, 허기를 때우는 것은 과일과 약초가 다였다.

물론 산에서의 생활이 워낙 익숙했던 설아와 보옥인지라 별다른 불편은 느끼지 못했지만, 어느 날 문득 설아는 이래서는 안 되겠다는 생각이 들었다.

자신이 세상에 나온 이유는 물론 곽무한을 만나기 위해서였지만, 그렇다고 해서 보옥이를 이렇게 세상과 동떨어진 상태로 방치할 수는 없었다. 또한 자신이야 태청현단공으로 단련이 되어 있어 이슬만 먹어도 충분했지만, 먹성 좋은 보옥이는 그렇지 않았다. 과일과 약초로 만족하지 못해 날마다 배를 움켜쥐며 칭얼거렸다. 그게 설아의 마음을 아프게 했다.

결국 설아는 세상에 합류하기로 결심했다.

그날부터 고생이 시작되었다.

설아는 예전에 조부가 그랬던 것처럼 동냥 아닌 동냥을 시작했다.

웃는 낯으로 들어갔다가 수모를 당하기도 하고 마음씨 좋은 사람을 만나 친절을 제공받기도 하면서 설아는 조금씩 세상을 알아갔다. 그리고 그런 생활은 청랑이 합류하고 난 뒤부터 조금 나아졌다.

대파산을 떠난 지 얼마 지나지 않아 청랑이 뒤따르고 있다는 것을 눈치챈 설아는 처음엔 곧바로 청랑을 산으로 돌려보냈다. 그러나 잠깐의 시간이 지나 또다시 자신의 뒤를 따르고 있는 청랑을 발견할 수 있었다. 그 순간 설아는 화난 표정으로 청랑을 노려봤다. 그러나 그때 보게 됐다, 청랑의 눈에 눈물이 글썽이고 있는 것을. 그리고 그런 청랑을 보며 같이 울먹거리고 있는 보옥이를…….

설아는 그제야 청랑에게 있어 보옥이가 어떤 의미인지를 깨달았다.

그에게 있어 보옥이는 곽무한 대신이었다. 그래서 죽음을 무릅쓰면서도 보옥이를 지키려 했고, 지금도 보옥이의 뒤를 따르고 있는 것이다.

결국 설아는 옻칠로 청랑의 색깔을 바꾸고는 함께 동행하기로 했다.

그 바람에 크고 작은 소동이 벌어졌다.

청랑과 함께 객잔에 가면 웬만한 곳에서는 알아서 음식을 내오곤 했던 것이다. 그 덕에 큰 불편 없이 배를 채울 수 있었다. 그러나 얼마 지나지 않아 청랑을 보고 기절하는 사람들이 나오자 설아는 자신의 행동이 옳지 않다는 것을 깨달았다. 그래서 청랑에게 인근 야산에 가 숨어 있으라고 하고는 자신이 할 수 있는 일을 찾기 시작했다.

그 계기는 의외로 빨리 찾아왔다.

그날도 칭얼대는 보옥이 때문에 이 골목 저 골목을 쏘다니고 있는 중이었는데,

"아이고, 아가! 제발 정신 좀 차려라! 아이고, 하느님, 부처님, 옥황 상제님. 이 일을 어쩌면 좋아, 엉엉엉!"

어느 판잣집에서 흘러나오는 구슬픈 울음소리를 듣고 발걸음을 멈 춘 게 그 계기가 됐다.

설아가 방문을 열고 들어가 보니 어두컴컴한 방 안에 아기가 죽어 있었다. 그리고 머리가 하얗게 센 노파가 땅을 치며 통곡하고 있었 다.

설아는 노파를 젖히고 아기의 맥을 살폈다.

급체였다.

숨이 넘어간 지 촌각도 되지 않았다.

설아는 생각하고 자시고 할 시간도 없이 침을 꺼내 들었다.

'천외옥환회혼지술을!'

한 가닥 온기만 남아 있다면 죽은 사람의 혼도 되돌린다는 비인부전 의 침술이 급체로 인해 숨이 넘어간 아기에게 펼쳐졌다.

그로부터 반 각 후.

"으와앙!"

아기가 떡가래를 토하더니 다시 숨을 쉬기 시작했다.

그때부터 설아는 당가타 뒷골목 중의 하나인 금정로, 그곳의 명사가 된 것이다.

그리고 이제, 드디어 그의 어머니를 만나러 가게 됐다.

낯선 두려움이 온몸 가득 엄습해 왔다.

그러나 설아는 잠든 보옥이를 보면서 마음을 다잡았다.

'일단 그의 어머니에게 보옥이를 보여 드려야 해. 그리고 그가 살아 있다는 소식을, 언젠가는 당신을 찾아 이곳에 올 것이라는 사실을 알려 줘야 해.'

마음 한편으로 그와 자신을 잡으려고 혈안이 돼 있는 사람들이 어찌 나올지 두려웠지만 설아는 단단히 마음의 준비를 했다.

'애초에 호랑이 굴이라고 생각하고 들어왔잖아. 그럼 된 거야. 더 이상 두려워할 필요는 없어. 그의 가족을 보호하기 위해서라면 무슨 일이든지 할 수 있어.'

설아는 보옥이의 손을 꼭 움켜쥐며 새파란 안광을 빛냈다.

제78장
당가의 충격

당가의 충격

두두두두!

흙먼지를 일으키며 마차가 달렸다.

관도를 따라 줄기차게 달리던 마차는 거대한 전각군 앞에 멈췄다.

마부석에서 굵직한 목소리가 흘러나왔다.

"여기가 사천당가요."

남궁명의 목소리가 들리자 마차 안에서 휘장이 젖혀졌다.

남궁명은 잠깐 마차 안의 동정에 귀를 기울였다.

그러나 아무 소리 없이 다시 닫히고 마는 휘장.

'음! 사천당가를 보고도 감탄사 하나 없다니!'

남궁명은 설아의 배짱에 감탄하며 수하에게 눈짓을 해 보였다.

"남궁가에서 의원을 모시고 오는 길이오!"

수하가 소리치자 '끼리릭!' 소리와 함께 성문이 열렸다.

"저 길을 따라 쭉 가시면 됩니다. 내성에 이르면 안내할 사람이 나올 겁니다."

경계 무인의 설명을 들은 마차는 다시 질주를 시작했다.

그러나 마차가 외성 안을 달리는데도 누구 하나 시선 주는 사람이 없었다.

"과연 당가로군."

자신이 처음 당가를 방문할 때도 느낀 사실이었지만, 새삼 당가의 자신감을 절절히 느끼는 남궁명이었다.

내성에 도착하자 과연 안내인이 있었다. 언제 어떻게 신호를 받았는지는 모르나 시녀 하나가 마차를 보며 고개를 숙여 보였던 것이다.

"마차에서 내리셔서 저를 따르시지요."

시녀의 말에 마차 문이 열렸다.

"어머! 헉! 꺄아악!"

시녀는 마차를 쳐다보다가 세 번 놀라고 말았다.

처음에는 천상 미동처럼 귀여운 보옥이 때문에, 두 번째는 스스로의 얼굴에 자괴감이 들 정도로 아름다운 설아 때문에, 마지막으로 샛노란 안광을 빛내며 뛰어내리는 청랑 때문이었다.

"이를 어째? 이 녀석 때문에 놀라셨군요. 죄송합니다."

설아는 시녀가 석상처럼 얼어붙어 있자 혈도를 두드림으로 그녀의 기혈을 풀어주었다. 시녀는 그제야 정신을 차리고 후들거리는 걸음으로 앞장서서 걷기 시작했다. 그러나 그녀는 간간이 고개를 돌렸는데, 그녀의 눈에는 공포와 질시, 감탄 등이 뒤섞여 있었다.

설아와 남궁명 등은 아무런 말 없이 그녀 뒤를 따랐다.

시녀를 따라 내성을 지나니 월동문이 나왔다.

월동문을 지나니 석양빛을 안은 그림 같은 정원이 눈앞에 펼쳐졌다.

"아! 예쁜 정원!"

설아는 정원을 보자마자 탄성을 터뜨렸다.

그만큼 예쁘게 꾸며진 정원이었다.

"엄마, 예뻐! 예뻐!"

보옥이도 설아에게 뒤질세라 눈을 반짝이며 소리쳤다.

"잠깐 둘러봐도 될까요?"

설아가 기대 어린 표정으로 물었다.

시녀는 고개를 끄덕여 승낙을 표했다.

허락이 떨어지자 설아는 잔디밭에 보옥이를 내려놓았다.

보옥이는 '까아, 까아!' 환호성을 지르며 청랑을 안고 잔디밭을 뒹굴었다. 마치 개구쟁이들처럼 서로를 물어뜯으며 장난치는 청랑과 보옥이.

누가 보더라도 천진난만하고 귀여운 광경이었다.

시녀는 그 모습을 보며 좀 전의 공포도 잊은 채 입을 가리고 웃었다.

그때 후원 뒤쪽에 있던 전각에서 시녀들을 대동한 당군혜가 나왔다.

"저분이 바로 의원님을 초청하신 대소저십니다."

시녀의 말에 설아는 급히 보옥이를 불렀다.

그의 모친을 처음 대하는 자리이니 정중한 마음으로 예를 표하기 위해서였다. 그러나 보옥이는 연신 도리질을 치며 잔디밭만 뒹굴 뿐이었다.

"잉! 저 녀석이……."

보옥이의 고집을 익히 아는 설아. 울상으로 발을 동동 구르다가 어쩔 수 없이 혼자 당군혜 앞으로 나아갔다.

단아한 모습으로 서 있는 그의 모친.

설아는 가슴이 두근거렸다.

'눈매가 닮았어……'

그랬다.

자신을 매료시켰던 곽무한의 눈은 저 별빛 같은 귀부인의 눈과 꼭 닮았다.

당군혜는 떨리는 목소리로 인사했다.

"처음 뵙겠습니다. 채설아라고 합니다."

그러나 당군혜는 설아의 인사를 받는 둥 마는 둥 했다.

그녀는 마치 혼이 나간 사람처럼 보옥이만 쳐다보고 있었다.

'아아……'

당군혜는 한눈에 보옥이를 알아보았다.

눈, 코, 입, 귀.

어느 곳 하나 곽무한을 닮지 않은 곳이 없었다.

그 옛날 그 행복했던 시절의 어린 곽무한을 다시 보는 것 같았다.

당군혜는 한동안 몸을 떨며 보옥이만 쳐다봤다.

그 모습을 지켜보던 시녀가 안 되겠다 싶었는지 당군혜에게 귀엣말을 건넸다.

당군혜는 그제야 자신의 실수를 알아차렸다.

"죄송합니다. 아기가 하도 예뻐서 결례를 했군요. 먼 길을 와주셔서 감사합니다. 제가 의원님을 모셨습니다."

그러나 목소리도 제대로 나오지 않는 데다 이미 눈물 범벅이 되어버린 당군혜다.

눈치없는 남궁명이 그 모습을 보고 끼어들었다.

"대소저! 또 속이 안 좋으시오? 의원님, 어떻게 조치를 취해주십시오. 입구는 저희가 지키겠습니다."

물론 분위기를 깨는 목소리였지만, 그런 사실을 알지 못한 남궁명은 마치 천자의 명을 받기라도 한 사람처럼 당군혜의 거처 앞을 막아섰다.

그제야 격동을 추스른 당군혜가 설아를 안내했다.

"안으로 드시지요."

"예……."

설아는 그녀의 심정을 헤아려 공손히 고개를 숙이고는 달랑! 보옥이를 집어 들었다. 그러자 청랑이 풀 죽은 표정으로 뒤따라왔다.

당군혜는 그런 모습을 보며 이채를 발했다.

"걱정 마세요. 나쁜 사람이 아니면 절대 물지 않는답니다. 음… 음… 이 녀석을 어떻게 설명하나? 아! 우리 보옥이의 친구랍니다. 아니, 수하라고 해야 하나?"

설아의 말에 당군혜는 벼락을 맞은 사람처럼 부르르 떨었다.

"아기 이름이… 보옥인가요?"

"예."

"보옥이… 보옥이… 귀여운 이름이네요."

"네? 네… 감사합니다. 정말 감사합니다."

이번엔 설아가 울먹했다.

남궁명은 서로 땅바닥을 보며 눈물 흘리는 두 사람을 보고 고개만 갸웃거렸다.

방 안은 수수했다.

그러나 알 수·없는 온기가 가슴을 적셔왔다.

잠시 방 안을 살펴보던 설아는 천천히 당군혜를 쳐다봤다.

"몸이 불편하시다구요?"

"네? 아, 그래요. 속이 좀……."

당군혜는 방 안으로 들어와서도 여전히 보옥이만 쳐다보고 있었다.

설아는 그런 당군혜를 보며 살포시 미소를 지었다. 그리고 당군혜의 맥을 가늠한 설아는 조용한 웃음으로 말을 건넸다

"아기를… 어떻게 찾으셨어요?"

순간 당군혜의 표정이 창백하게 굳어버렸다.

설아는 모든 것을 다 안다는 표정으로 보옥이를 불렀다.

"보옥아, 이리 온. 할머니께 인사 드려야지."

설아가 보옥이를 부르자마자 당군혜의 몸이 다시 한 번 떨렸다.

"어, 어떻게? 어떻게?"

설아는 당군혜에게 슬픈 미소를 지어 보였다.

그리고 설아의 입에서 긴 이야기가 시작됐다.

오열이 계속됐다.

어디서 그 많은 눈물을 모아뒀는지, 당군혜는 보옥이를 껴안은 채 울고 또 울었다. 눈이 퉁퉁 붓도록 울었고 목이 쉬도록 울었다.

한 서린 통곡이었다.

세상을 향한 통곡이었고 가문을 향한 원통성이었다.

당군혜가 울자 설아도 눈물을 줄줄 흘렸고, 설아가 울자 보옥이도 앙앙 울음을 터뜨렸다.

시녀들도 울었다. 그녀들은 문밖에서 엉엉 울었다.

방 안이 온통 울음바다가 됐다.

"무한아… 무한아… 내 귀여운 아들아……."

결국 울다 지친 당군혜는 곽무한의 이름을 부르며 혼절했다.

설아는 눈물을 뚝뚝 흘리며 당군혜를 보살폈다.

보옥이는 울다 지쳐 잠이 들었다.

당군혜는 한참 뒤에 깨어났다.

그녀는 한동안 넋 잃은 표정으로 앉아 있다가 설아를 꼭 껴안으며 또다시 눈물을 흘렸다.

"고맙구나, 아가야. 정말 고맙구나……."

그 순간 설아는 더 이상 참지 못하고 '와앙!' 목 놓아 울음을 터뜨렸다.

얼굴 한 번 제대로 마주치지 못한 곽무한.

사랑한단 말 한 번 건네보지 못한 곽무한.

그런 원망과 서러움이 한꺼번에 북받친 것이다. 그와 동시에 가슴속 정인의 어머니에게 인정을 받았다는 기쁨과 까맣게 잊고 있었던 엄마에 대한 그리움까지 떠올라 목 놓아 울고 만 것이다.

"울지 말아라. 이렇게 기쁜 날 왜 우는 것이냐? 그 녀석만 빼놓고, 그 녀석만 빼놓고… 다 모였지 않느냐. 흑흑흑."

당군혜는 설아를 다독이다가 또다시 눈물을 흘렸다.

도대체 언제쯤 이 눈물이 그칠까?

두 사람은 그동안 쌓인 눈물을 한꺼번에 다 쏟아낼 모양이었다.

당무운은 눈살을 잔뜩 찌푸리며 가부좌를 풀었다.

오랜만에 무아지경에 들어 선경을 만끽하던 참이었는데 갑자기 방

해를 받은 것이다.

"도대체 어디서 이런 엄청난 기운이 흘러나오는 것일까?"

이미 초절정의 경지를 뛰어넘어 어렴풋이 천지와 교감을 나누는 당무운이다. 그러니 그가 갑자기 몰려온 낯선 기운을 놓칠 리가 없었다.

"음… 사특한 기운은 아냐. 아주 맑고 투명한… 말로 표현하기 힘든 그런 기운이야."

당무운은 강호십대고수에 드는 자신의 마음을 흔들어 버린 낯선 기운의 진원지를 찾기 위해 기감을 사방에 퍼뜨렸다.

"음? 이곳은 혜아 처소가 아닌가?"

잠시 고개를 갸웃하던 당무운은 당군혜의 처소를 향해 빛살처럼 사라졌다.

"흐그그… 어디서 이런 엄청난 기운이?"

당가에서 설아의 기운을 느낀 사람은 당무운 말고도 또 있었다.

그는 생기 잃은 눈빛으로 병석에 누워 있던 당무극이었다.

당무극은 혈우단을 맡기 전에 초절정의 경지에 들었던 사람이었다.

비록 내공은 잃어버렸다지만 이제껏 갈고닦은 육감마저 잃어버린 건 아니었다. 오히려 모든 의욕을 상실해 마음이 텅 빈 상태여서 설아의 기운을 보다 또렷이 느낄 수 있었다.

그러나 내공이 없어 기감을 퍼뜨릴 수 없는 상태다 보니 정확히 어디서 그런 기운이 나오는지는 알 수 없었다.

한동안 생각에 잠겨 있던 당무극은 갑자기 전신을 부르르 떨기 시작했다.

"그년! 그년이다! 날 이 꼴로 만든 그년의 기운이다!"

당무극은 그 말을 외치자마자 문밖을 향해 고함을 질렀다.

"풍각 각주를 불러라! 아비가 급히 전할 말이 있다고 하라! 그리고 혈우단은 지금 즉시 비상 출동 태세를 갖춰라!"

곧 혈우단의 처소가 소란스러워졌다.

당무극. 그는 아직까지는 혈우단의 단주 직위를 유지하고 있었다.

당무운은 한달음에 당군혜의 처소에 도착했다.

그러나 그토록 강하게 느껴지던 기운이 자신이 도착하자마자 씻은 듯이 사라졌다.

"기이한 일이로다. 도무지 알 수 없는 일이군."

당무운은 고개를 절레절레 흔들며 입구로 들어섰다.

그때 낯선 호통 소리가 터져 나왔다.

"오신 이는 걸음을 멈추시오! 이곳은 당분간 직위 고하를 불문하고 출입금지요!"

당무극은 이게 무슨 소린가 싶어 앞쪽을 쳐다봤다.

웬 넓적이가 두 발을 지면에 굳게 박은 채 자신을 향해 검을 겨누고 있었다. 그 옆으로도 네 명의 무인이 검을 뽑아 들고 있었다.

"헐. 감히 혜아의 처소에 남궁세가가? 그럼 그 기운의 정체는 남궁 세가의 고수?"

과거, 손녀딸의 인생을 단번에 망쳐 버린 혼담 때문에 가뜩이나 남궁세가에 대한 감정이 좋지 않은 당무운.

지금 상황은 충분히 분노하고 오해할 만한 상황이었다.

"이놈드으을! 네놈들이 감히 혜아를!"

벼락같은 호통과 함께 당무운의 손에서 시커먼 묵빛이 번쩍였다.

똑똑.

밖에서 문 두드리는 소리가 났다.

당군혜와 설아는 서로의 포옹을 풀고 눈물을 닦았다.

"무슨 일이냐?"

당군혜가 묻자 시녀들이 아니라 의외의 목소리가 들려왔다.

"대, 대소저. 죄, 죄송하오. 제가 능력이 부족해서……."

울음 반, 앓는 목소리 반인 남궁명이었다. 더구나 그는 말을 제대로 끝맺지도 못했다.

"이놈이 감히 뉘 앞에서 청승을 떠는 게야?"

갑자기 천둥 같은 호통 소리가 들려오나 싶더니 몇 번 투다닥거리는 소리가 났다. 뒤이어 애절한 신음성이 울려 퍼지는 가운데 당무운의 낮은 목소리가 들려왔다.

"혜아야, 할아비다. 들어가도 되느냐?"

당군혜는 깜짝 놀라 문을 열어주었다. 그 순간 당무운이 득달처럼 들이닥치더니 자세를 낮추고 칼날 같은 눈빛으로 사방을 훑었다.

"아, 아니, 조부님. 무슨 일이시기에?"

당군혜와 설아는 방 안에 들어서자마자 심각한 눈빛으로 사방을 살피는 당무운과 눈두덩이 시퍼렇게 부은 채 널브러져 있는 남궁명을 멍한 표정으로 번갈아 봤다.

방 안에 들어선 당무운은 몇 번을 살펴봐도 예상했던 불길한 장면이나 불길한 고수가 보이지 않자 안도의 한숨을 내쉬며 눈빛을 거뒀다. 그러다가 그는 흠칫하는 표정으로 설아를 쳐다봤다.

"누구냐… 이 아이는?"

기이한 열기가 감도는 당무운의 눈빛.

당군혜는 아차! 싶어 얼른 앞으로 나섰다.

"제가 초청한 의원입니다."

그 말은 오히려 역효과를 보였다.

당무운의 눈에 힘이 들어가기 시작했다.

당군혜는 다급히 한마디를 덧붙였다.

"무한이의 안사람 됩니다."

그 순간 설아의 뺨이 도화빛으로 물들었고, 당무운은 휘둥그레진 눈으로 설아를 살폈다.

"무한이의 안사람? 이 소저가?"

"예."

그제야 비로소 당무운의 눈에 호감이 어린다. 그러나 눈에 담긴 기이한 열기는 가시지 않았다.

"조부님."

당군혜가 그를 부르고서야 당무운은 긴 한숨을 쉬며 자리에 앉았다.

"휴우… 대단한 공력이구나. 너무 엄청난 기운이라 이 늙은이가 잠시 주책을 부렸다. 아가야, 네게 사문을 물어도 되겠느냐?"

아마도 무인 특유의 호승심과 궁금증이리라.

설아는 고개를 숙이며 기어들어 가는 음성으로 대답했다.

"아미입니다."

"오오! 아미파!"

당무운의 눈에 호감이 더욱 깊어졌다. 그러나 그는 의아한 눈빛으로 다시 한 번 질문을 해왔다.

"사승(師承)은 어찌 되느냐? 아미파 제일의 고수라는 권절(拳絶) 사매도 그런 기도는 내뿜지 못한다."

그 말에 당군혜가 깜짝 놀랐다.

아무리 강호에 몸을 담지 않았다 하나 명색이 사천당가의 대소저인 당군혜. 그러니 강호십대고수 중 권절로 불리는 경진 사태를 모를 리 없다. 그런데 비록 정식 혼례를 올린 것은 아니지만 곧 며느리 될 아이가 경진 사태의 성취를 넘어섰다니?

다른 사람이라면 모르되 허투루라도 실없는 소리를 하지 않는 조부다.

그러니 그녀의 놀람이 오죽했겠는가?

그러나 설아가 수줍은 표정으로 대답하는 순간, 당군혜는 또 한 번 놀라고 말았다.

"외람된 말씀입니다. 권절께서 제 사부님이십니다."

설아의 대답이 떨어지자 당무운은 뜨악한 표정으로 설아를 쳐다봤다.

설아는 좌불안석이 되어 뺨만 발갛게 붉히고 있었다.

"흐으으음. 그랬구나. 그 나이에 권절 사매의 제자라니! 대단하다, 정말 대단하다! 이제야 네 성취가 이해될 듯도 하다."

당무운은 감탄인지 질투인지 모를 신음성을 흘리며 한동안 설아를 쳐다봤다. 그 바람에 방 안에는 잠시 어색한 침묵이 감돌았다.

그때였다. 주변이 너무 조용해서인지 자고 있던 보옥이가 깨어났다.

"와앙! 엄마……."

사내아이답게 우렁찬 울음을 터뜨리며 설아에게 기어가는 곽보옥.

그를 본 당무운의 눈이 홱 돌변했다.

보옥이에게서 풍기는 기운이 보통이 아니어서였다.

더구나 저 눈에 어려 있는 상서로운 기운이라니?

"저, 저 아이가… 저 아이가……."

떨리는 목소리로 자신을 쳐다보는 조부를 보고 당군혜가 미소를 지었다.

"예, 저 아이가 바로 제 손자랍니다. 무한이 아들이지요."

"오오! 핏줄이구나! 우리 핏줄이구나!"

당무운은 자기도 모르게 후다닥 보옥이를 안아 올렸다. 그 순간 보옥이가 도리질을 치며 울음을 터뜨렸다. 갑작스런 행동에 놀란 것이다.

"이, 이런……."

당무운은 자기 팔에 안겨 앙탈을 부리는 보옥이를 보고 연신 민망한 표정을 지었다. 그 모습을 본 설아는 눈에 띄게 당황했다.

나중에는 어찌 될지 모르지만 지금은 하늘 같은 시고조부라 여기는 분이 아닌가? 설아는 얼른 보옥이를 달랬다.

"보옥아, 착하지? 네게 고조 할아버지 되는 분이셔. 그러니 눈물을 거두고 할아버지께 인사를 드리렴."

설아의 말을 보옥이가 알아들었을까? 아니면 할아버지란 말에서 채 노인을 떠올렸을까?

보옥이는 눈물 방울을 단 채로 또르륵또르륵 당무운을 쳐다보다가 배시시 웃어 보였다. 그리고 혀 짧은 소리로 내뱉는 말.

"하뿌지. 하뿌지."

그 말에 당무운이 녹아버렸다.

"허? 이놈 봐라! 혜아야, 들었느냐? 분명히 나에게 할아버지라고 한 것 맞지?"

"호호호. 맞아요. 분명히 할아버지라고 그랬어요."

당군혜가 웃으며 맞장구를 쳐줬다.

당무운은 함박웃음을 지으며 보옥이를 껴안았다. 그리고는 머리 위로 보옥이를 치켜들고는 칼날 같은 눈빛으로 몸 이곳저곳을 살폈다.

설아와 당군혜는 무슨 일인가 하여 긴장된 표정으로 당무운을 쳐다봤다.

그때 당무운이 갑자기 미친 사람처럼 웃어젖히기 시작했다.

"와하하하! 찾았다! 드디어 찾았다! 본 가의 숙원을 풀어줄 아이를 드디어 찾았다! 와하하하하하!"

도대체 무슨 일일까?

당무운은 눈물까지 글썽이며 웃음을 터뜨렸다.

사람이 너무 놀라면 어떤 표정이 될까?

그 증인이 바로 눈앞에 있었다.

퉁방울처럼 튀어나온 눈으로 콧구멍을 벌름거리며 뺨을 푸들푸들 떠는 당무운.

그의 옷자락은 부풀대로 부풀어 연신 '파라락, 파라락!' 소리를 내고 있었고, 보옥이를 안아 든 손과 무슨 말을 내뱉으려고 달싹거리는 입술은 마치 학질 걸린 사람처럼 부들부들 떨고 있었다. 그리고 그 모든 난관을 극복하며 기어코 내뱉고만 쥐어짜는 듯한 외침.

"끄아아아! 구백팔십오 년 먹은 이무기의 내단에다가 구엽음양과까지? 거기다가 벌모세수에 금린탄강법? 꼬르륵!"

"꺄악! 할아버지!"

사람이 너무 놀라면 제아무리 강호십대고수라도 졸도하고 만다.

그 바람에 당무운은 보옥이가 자신의 수염을 배배 꼬며 장난치는 것도 몰랐다.

당무운은 한참 뒤에야 깨어났다.

그는 깨어난 뒤에도 정신을 못 차린 사람처럼 혼잣말을 중얼거렸다.

"내 이 나이가 되도록 무슨 지체라느니 무슨 별자리를 타고났다느니 하는 말은 절대로 믿지 않았다. 그런데, 그런데 눈앞에 독왕지체가 나타나다니? 강호 역사상 단 한 번도 탄생하지 못한 고금제일지체가 눈앞에 나타나다니, 그것도 당가의 핏줄이라니……."

들릴락 말락 한 중얼거림.

그러나 조부의 용태에 신경을 곤두세우고 있던 당군혜는 그 말을 똑똑히 알아들었다.

당군혜의 표정은 급속히 굳어버렸다.

"안 돼요!"

자기도 모르게 터져 나온 고함 소리.

그 바람에 당무운이 번쩍 정신을 차렸다.

"아, 안 된다니? 그게 무슨 말이냐?"

사색이 되어 당군혜의 눈치만 살피는 당무운.

당군혜는 한 서린 음성으로 또박또박 말했다.

"조부님, 이 아이는 무한이 아들입니다. 가문에서 죽이려고 했던 바로 그 불쌍한 아이의 핏줄이란 말입니다. 저는 죽었으면 죽었지, 절대로 이 아이가 가문의 무공을 익히게 하지 않을 것입니다."

쿠쿵!

당무운이 듣기엔 그야말로 폭탄선언이었다.

"혜, 혜아야?"

"죄송합니다. 아무리 조부님이시라도 그것만은 안 되겠습니다. 아시잖습니까? 가문이 무한이에게 어떻게 했는지?"

"그, 그······."

당무운의 표정이 순간적으로 참담하게 변해 버렸다.

그러나 그는 닳고닳은 노강호(老江湖)다웠다.

그는 우선 당군혜의 뇌리에서 방금 전 자신이 말한 내용을 지울 필요가 있었다. 그러기 위해서는 뭔가 화제를 돌릴 필요성이 있었다. 그리고 마침, 화제를 돌릴 소재가 눈에 띄었다.

"그런데 도대체 저놈은 뭣 하는 놈이냐?"

당무운의 손가락이 향한 곳.

거기엔 아직도 시퍼런 눈두덩이 채로 혼절해 있는 남궁명이 있었다.

당가에 한바탕 소란이 일어났다.

독과 암기의 대명사인 풍운당과 뇌전당 고수들이 내성을 철통같이 경계하는 가운데, 화기(火器) 전문인 벽력당 고수들이 당가의 주요 건물로 향하는 길목을 봉쇄했다.

당가의 전투 집단인 염왕단은 중무장한 상태로 외성을 샅샅이 뒤지기 시작했고, 당가의 특수 조직인 혈우단은 당가 내, 외곽뿐만 아니라 조별로 흩어져 산지사방을 뒤지기 시작했다. 이 모두가 당무극의 한마디 때문이었다.

"그년을 찾아라!"

당장직은 몇몇 혈우단과 함께 직접 내성을 수색하고 있었다.

가주 집무실부터 시작해서 모든 곳을 다 수색하고 나니 마지막으로 남은 것은 당군혜의 처소.

마침 외성 경계병의 전언이 있었다.

"흠… 의원이 왔다고?"

알게 모르게 의심이 되는 대목이다.

그러나 남궁가에 책임을 맡겼으니 딱히 수색하기도 난처한 곳이다.

"이 일을 어쩐다?"

당장직은 끙끙거리면서도 당군혜의 처소로 향했다.

그런데 이상했다.

남궁가의 무인들이 터지고 깨진 얼굴로 경계를 서고 있지 않은가?

퍼뜩 의심이 들었다.

"무슨 일입니까?"

당장직은 먹이를 노리는 매처럼 물었다.

그러나 돌아온 대답은 실망스럽기 짝이 없었다.

"으으으… 이건 약속 위반이오. 왜 귀 세가의 최고 어른이신 전전대 가주께서 이곳을 방문하신단 말이오, 흑흑……."

어찌나 참혹하게 깨졌는지 발음조차 제대로 안 되는 남궁가의 무인들.

당장직은 고개를 조아리며 백배사죄하고는 도망치듯 물러날 수밖에 없었다.

"젠장. 벌써 백부님이 들르셨군. 여기는 아냐!"

결국 당가 식솔들은 밤새도록 엉뚱한 곳만 뒤졌다.

물론 손에 잡힌 결과는 아무것도 없고.

"제기랄. 몸이 불편하시다 보니 이젠 정신까지 오락가락하시는 모양이야."

당장직은 그런 결론을 내릴 수밖에 없었다.

당군혜는 하루하루가 행복했다.

보옥이의 재롱을 보며, 말썽을 보며 아침을 맞고 저녁을 보낸다.

자신이 만든 요리를 내놓고, 허겁지겁 퍼먹는 보옥이와 깨작깨작 먹는 설아를 비교하며 행복에 찬 미소를 짓는다.

뒤돌아서서 설아가 설거지를 하고 차를 내오면 자신은 손자를 앉혀 놓고 알아듣든 못 알아듣든 많은 이야기를 해준다. 예전에 무한이에게 해준 것처럼.

'이게 바로 행복이야. 이 자리에 무한이만 함께 있었으면……'

당군혜는 음식을 만드는 내내, 산책하는 내내, 보옥이의 재롱을 보는 내내 곽무한을 떠올리며 눈시울을 훔쳤다. 그러나 치맛자락을 잡아 당기며 재롱을 피우는 보옥이를 보면 금방 웃게 된다.

비록 아들이 이 자리에 없는 게 아쉽긴 하지만 서로가 서로를 위하며 행복을 만들어 나간다.

오늘도 마찬가지였다. 깔깔거리며 산책하고 났더니 보옥이가 뒤뚱 걸음으로 다가와 치맛자락을 붙잡고 늘어진다.

"하머니, 하머니."

녀석의 뺨에 걸린 애교 어린 웃음을 보니 또 배가 고픈 모양이다.

"호호호. 이 녀석, 그만큼 먹고도 입이 심심해? 할머니가 볼 때 넌 사람이 아니고 돼지로 태어났어야 했어. 호호호."

당군혜는 보옥이 때문에 할머니가 되어버린 자신의 처지가 기분 나쁘지 않은 듯했다. 오히려 즐기기라도 하는 듯 스스로를 가리킬 때마다 항상 할머니란 단어를 썼다. 마치 보옥이의 뇌리에 각인이라도 새길 듯이.

"호호호. 이런, 이젠 꼬집기까지 하는구나. 오냐, 알았다. 우리 금덩이 같은 손자가 해달라는데 할머니가 어찌 주저하겠느냐. 가서 엄마랑 잠시만 놀고 있어라. 할머니가 얼른 맛있는 걸 해주마."

당군혜는 손톱까지 동원해 칭얼거리는 보옥이를 안아 올려 뺨을 한 번 비벼주고는 청랑의 등에 태웠다.

보옥이는 자기가 필요한 말은 무척 잘 알아들었다.

"하머니, 많이. 많이."

맛있는 음식을 해준다는 말에 입이 귀에까지 걸린 보옥이는 연신 '많이!'를 외치며 청랑의 귀를 잡아당겨 설아에게로 갔다. 그러면 설아는 두 팔을 활짝 벌려 보옥이를 반긴다.

"호호호. 우리 아들, 이리 온."

"엄마, 엄마. 까아아!"

설아가 볼 때 보옥이는 이곳이 무척 마음에 드는 모양이었다.

좀체 안 지르는 환호성이 날마다 연발로 터져 나온다. 그 때문인지 가뜩이나 포동포동하던 녀석이 이제는 급속히 살이 붙어 우량아도 이런 우량아가 없을 정도였다.

"아유. 어머니, 이렇게 먹이다가 우리 보옥이 얼굴이 미어터지는 게 아닐까요?"

"어머, 설마. 호호호."

보옥이와 함께한 시간은 당군혜에겐 언제나 웃음 넘치는 행복한 시간이었다.

그러나 웃는 사람이 있으면 우는 사람이 있는 게 인생사.

남궁명은 날마다 울적한 시간을 보내고 있었다.

"제기랄. 이게 뭐야? 도대체 말 한마디 제대로 나눠볼 수 없으니……."

설아와 보옥이가 오고 난 뒤로 그는 경계 무사로 전락하고 말았다.

그게 늘 불만인 남궁명이다.

이래서야 어느 천년에 그녀의 마음을 사로잡냔 말이다.

'제기랄! 무슨 근사한 사건이라도 생기지 않나?'

남궁명이 그렇게 따분한 표정으로 궁시렁거리던 어느 날이었다.

"험, 험. 안에 있느냐?"

헛기침 소리와 함께 당무운이 찾아왔다.

당군혜 가족은 미소로 당무운을 반겼다.

"어머, 조부님. 어서 오세요."

"고조부님, 오셨어요? 보옥아, 이리 나와 보렴. 할아버지께 인사드
려야지."

"까아! 하뿌지. 하뿌지."

물론 남궁명은 사색이 된 표정으로 멀찍이 물러나 있었다.

"헐헐. 잘들 지냈느냐? 그동안 격조했었지?"

"아유. 왜 이리 발길이 뜸하셨어요? 어떻게 식사는 하셨어요? 팔보
죽을 만들어 드릴까요?"

당군혜의 말은 당연히 인사치레였다.

이틀이 멀다 하고 찾아오다가 고작 사흘이 지난 뒤에 온 것뿐이다.

그러나 노인네들이란 말 한마디에 상처받기 쉽기에 웃으며 받아친
것이었다.

"아니다. 식사는 하고 왔느니라. 내가 이렇게 오랜만에 온 까닭은
근사한 일이 생겨서란다."

"근사한 일요?"

"헐헐, 그렇단다. 내가 우리 보옥이를 위해 멋진 선물을 준비했지."

"멋진 선물요?"

"헐헐, 그렇단다. 아주 아주 멋진 선물이지."

당무운의 말이 이어질수록 왠지 마음이 무거워지는 당군혜다. 그러나 보옥이를 위해 준비한 선물이라니 차마 뭐라 하기도 그랬다.

"어머. 어떤 선물이에요?"

더구나 저렇게 눈을 반짝이며 묻는 천진난만한 설아 앞에서는 더 더욱.

"헐헐. 함께 가보려느냐?"

"가다니요? 어디로?"

역시나 우려했던 상황이 발생되고 있었다.

"어디긴 어디야? 이 늙은이의 거처지."

"와아! 고조부님의 거처라구요?"

설아는 기쁜 표정을 지었지만 당군혜는 흐린 표정을 지었다.

당무운의 거처.

거기는 온갖 천지의 독물이 가득한 곳이 아닌가?

"저어… 혹시 보옥이가 충격받진 않을까요?"

당군혜는 조부의 눈치를 살피며 조심스레 반대의 뜻을 피력했다.

"염려 마라, 독물들은 한쪽으로 몰아났으니."

그러나 웃는 낯으로 대답하는 조부의 얼굴을 보고는 더 이상 뭐라 할 말이 없었다.

당군혜 가족은 곧 당무운의 처소 겸 연구실인 동굴로 향했다.

남궁명 일행도 그들의 뒤를 따랐다. 당무운이 눈살을 찌푸렸지만 한사코 당군혜를 지켜야 한다는 남궁명의 말에 고개를 내젓고 만 것이다.

그러나 그들은 청랑은 두고 갔다.

아무리 털 색깔을 바꿨다지만 당가에는 청랑을 알아볼 사람이 없잖아 있었다. 그게 일반인과 다른 고수들의 눈이었다.

당군혜 등이 사라지고 나자 청랑은 한동안 우울한 표정을 지었다.

그는 땅바닥에 드러누웠다가, 탁자를 쓰러뜨렸다가, 온갖 심통을 부리더니 기어코 땅을 박차고 말았다.

실로 번개가 무색할 정도로 달리는 청랑.

그의 발길이 향한 곳은 당연히 보옥이가 있는 곳이었다.

동굴 안은 어두컴컴했다. 그러나 중간중간에 횃불을 켜놓아 완전 암흑 상태는 아니었다.

"보옥아, 괜찮니? 무섭지 않아?"

설아는 보옥이가 걱정됐다.

그러나 평소에도 무모할 정도로 용기와 배짱이 넘치던 녀석이다.

"까아. 불. 불!"

녀석은 연신 신이 난 표정으로 횃불을 가리키며 까르르댔다.

그 모습을 보니 더욱 흐뭇해지는 당무운이다.

"자! 다 왔다. 보려무나, 내가 준비한 선물을."

"어머! 저건?"

당무운이 가리킨 곳. 그곳에는 새까만 항아리가 놓여 있었다.

당군혜는 항아리를 보자마자 조부를 노려봤다.

"조부님, 무슨 뜻인지요? 전 분명히 보옥이를……."

"안다. 이미 네가 한 말을 기억하고 있다."

당무운은 웃으며 당군혜의 말을 잘랐다. 그리고는 천천히 걸음을 옮겨 항아리를 가져왔다.

"자! 보려무나. 네가 예상한 그 천하절독수(天下絶毒水)가 아니다."

"음? 그럼 이게 뭐지요?"

당군혜가 묻자 당무운이 미소를 지으며 말했다.

"너는 본 가의 팔대절기 중 유일한 미완성의 절기를 아느냐?"

"예, 천수탈영인(千手奪靈刃)이지요."

"껄껄껄. 과연 본 가 제일의 재녀로다. 그래, 바로 천수탈영인이지. 본 가의 조사 어른 이후로 단 한 사람도 성공한 예가 없는."

"그런데 갑자기 천수탈영인은 왜?"

당무운의 너털웃음에 당군혜가 의문을 표시했다.

그러자 당무운이 한쪽 구석에 있던 벽록색 수저를 들고 왔다.

"자! 보아라. 본 가의 귀물이라는 항독시(抗毒匙)다."

당무운은 설명과 동시에 벽록색 수저를 항아리에 담가 버렸다. 그러자 '치이익!' 하는 소음과 함께 수저가 흔적도 없이 녹아버렸다.

"자! 이처럼 지독한 극독이다. 이름하여 귀룡혈(鬼龍血)이라 하지. 보다시피 무색무취무미(無色無臭無味)의 독이다."

"그런데요?"

당군혜의 표정이 점점 무겁게 변했다.

그러나 당무운은 연신 싱글벙글이었다.

"저 아이의 몸에 깃든 영약과 처방을 보고 생각해 낸 것이다. 이처럼 지독한 극독이지만 천하에 오직 한 사람, 저 아이에게는 오히려 엄청난 영약으로 변한다."

"극독이 영약으로 변한다구요?"

당군혜가 의아한 표정으로 물었다.

"그렇다. 음양이 만나 중을 이루는 이치다. 이 독액에 보옥이가 들어가면 어찌 되는지 아느냐?"

"어찌… 되는데요?"

이제는 설아까지 호기심을 표했다.

당무운은 의기양양한 표정으로 말했다.

"헐헐헐. 어찌 되느냐고? 이 귀룡혈에 몸을 담그기만 하면 보옥이는 천하에 없을 독공의 소유자가 된단다. 몸 안에 이 귀룡혈이 잠재하되 공력을 일으키기 전까지는 아무런 위력을 나타내지 않아. 그 대신 이 세상의 그 어떤 독이라도 침범하지 못하는 만독불침지체가 되는 것이지. 그리고 귀룡혈에 맞는 심법까지 익히게 되면 본 가 최후의 무공이라는 천수탈영인을 펼칠 수도 있고. 헐헐. 내공을 운기하는 순간, 전신 모공으로 독기를 뿜어져 나오는 초절정고수가 되는 것이지. 어떠냐? 엄청난 선물이 아니냐?"

당군혜는 당무운의 말을 듣고 그 말이 곧 독공을 가르치려는 말이 아니냐고 항변하려 했다. 그러나 설아가 먼저였다.

설아는 당무운의 설명을 다 듣고 난 뒤 침울한 표정으로 말했다.

"고조부님, 전 우리 보옥이가 독 같은 거 가지고 있는 게 싫어요."

"엥? 시, 싫다니? 만독불침지체가 된대두?"

설아는 고개를 도리도리 내저었다.

"이미 보옥이는 만독불침지체에 가까워요. 더 이상 그러실 필요 없어요."

당무운은 눈을 부릅떴다.

"그, 그게 무슨 소리냐? 보옥이는 비록 독중지체의 기반을 갖고 있기는 하다만 아직 거기까지는……."

"아니에요. 전에 보옥이가 이무기의 내단을 먹었다고 했었지요? 그때 보옥인 이무기의 뱃속에 있었어요."

"히익! 그, 그런 말도 안 되는 일이?!"

당무운은 도저히 못 믿겠다는 표정으로 눈을 부릅떴다.

설아는 또박또박한 말투로 쐐기를 박았다.

"진짜예요. 그러나 그것보다 더 중요한 사실은 무한 오라버니 외에는 그 누구도 이 아이의 장래에 대해 간섭할 수 없다는 거예요. 정히 천수탈영인인가 뭔가를 가르치고 싶다면 오라버니께 허락을 받으세요."

"끄응……."

결국 당무운은 한숨을 내쉬고 말았다.

만독불침지체를 미끼로 해 차근차근 가문의 독공을 가르치려 했으나 완전히 헛물을 들이키고 만 것이다.

'그렇다고 포기할 내가 아니지! 가문의 숙원이 걸린 일이다!'

당무운은 호기심 어린 눈동자로 동굴 이곳저곳을 살피는 보옥이를 보며 다시 눈을 빛냈다.

그때였다.

갑자기 소란스런 종소리가 귓전으로 들려왔다.

"음? 무슨 소리지? 저건 가문의 무인들을 전부 소집하는 비상 타종 소린데?"

당무운은 의아한 표정으로 동굴 바깥쪽을 쳐다봤다.

이미 어둑한 밤 시간.

횃불이 바다처럼 넘실거리고 있었다. 그리고 그 횃불은 점차 동굴 쪽으로 몰려오고 있었다.

"도대체 무슨 일이야?"

당무운이 고개를 갸웃거릴 즈음,

크와아앙!

청랑의 우렁찬 포효성이 들려왔다. 그 순간 설아의 표정이 창백하게 질리고 말았다.

"맙소사! 청랑의 정체가 탄로 났어!"

당무운은 설아의 떨리는 목소리를 듣고 가슴이 철렁했다.

"와아아! 잡아라!"

함성 소리가 메아리쳤다.

당장직은 수하들의 움직임을 보며 회심의 미소를 지었다.

"후후후. 어떻게 신분을 속였는지는 모르겠지만 이젠 끝이다, 계집!"

당장직은 수하들에게 몰려 정신없이 달아나는 청랑을 보며 득의의 미소를 지었다. 저 현란한 불빛과 함성 소리가 청랑을 제 주인 있는 쪽으로 몰고 가고 있는 것이다.

그러나 시간이 흐르자 당장직의 표정이 점점 굳어졌다.

"어, 어찌 된 거야? 저긴 백부님이 계시는 곳이 아닌가?"

그랬다.

수하들에게 몰린 청랑이 이리저리 날뛰더니 뒤쪽 절벽에 있는 당무운의 처소로 향하고 있지 않은가?

당장직은 순간적으로 머리를 굴려보기 시작했다.

초저녁 무렵, 수하들의 이목에 걸린 청랑.

청랑의 주인은 백의신녀 채설아.

채설아의 연인은 그녀가 곽무한의 아이를 데리고 있는 걸로 봐서 곽무한이 분명하고, 곽무한의 모친은 당군혜다. 그리고 최근 들어 당군혜와 유난히 접촉이 잦은 당무운이고. 거기다가 며칠 전 당군혜의 처소에서 기거한다는 여자 의원과 그날 그곳에 들른 당무운.

"이런! 상황이 딱 맞아떨어지잖아?"

당장직은 자리에서 벌떡 일어났다.

"맙소사! 이번 일에 백부님까지 연루되다니?"

당장직은 속으로 비명을 지르며 가주인 당장욱을 찾았다.

"뭣이라고? 아버님이 연루돼?"

당장욱은 당장직의 보고에 골머리가 지끈거리는 심정이었다.

"이 일을 어쩌면 좋으냐?"

"어쩔 수 없습니다. 백의신녀 그 계집은 가문의 적. 곽무한의 씨앗은 척결 대상. 백부님을 물러나시도록 해야죠."

"어, 어떻게?"

"가주령을 발동합시다!"

당장직의 말에 당장욱은 버럭 소리를 질렀다.

"지금 나더러 아버님께 협박하라는 소리냐?"

당장직은 목소리를 낮추며 그 말을 되받았다.

"그럼, 이대로 두고 보시렵니까? 놈의 아기까지 함께 있는 상황입니다. 고슴도치도 제 새끼를 아끼는 법. 만에 하나, 혜아가 제 핏줄 때문에 앞뒤 가리지 않고 식솔들에게 전후 사정을 떠벌리기라도 하면 어쩌시려구요?"

논리정연한 당장직의 말에 당장욱은 꼬리를 내렸다.

"으음… 아버님이 과연 가주령에 복종하실까?"

"아마 그러실 것입니다. 가주령은 본 가의 모든 것에 우선합니다."

"끄응. 일이 왜 이리 꼬이나."

결국 당장욱은 당장직과 함께 집무실을 나섰다.

잠시 후, 동굴 근처에 도착한 두 사람.

눈앞의 상황을 보고 서로 어이없다는 표정을 지었다.

그들이 본 것은 눈앞에서 망둥이처럼 날뛰고 있는 한 사내였다.

"모두 물러서라니까! 이곳은 직위 고하를 막론하고 그 누구도 출입할 수 없다! 이건 남궁세가와 사천당가 간의 약속이란 말이다!"

남궁명의 목소리가 들려온 순간 당장직은 머리를 감싸 쥐고 말았다.

"아이고, 머리야! 내 딸이 혜아가 아닌 게 천만다행이다."

그들이 황당해하는 순간에도 남궁명과 수하들은 치열한 싸움을 벌이고 있었다. 비록 당무운에겐 고양이 앞의 쥐 신세인 남궁명이었지만, 웬만한 당가인들에게는 오히려 쥐 앞의 고양이가 될 수 있었다.

그 바람에 당가 쪽의 피해가 속출하고 있었다. 이미 예전부터 귀빈으로 여기던 남궁명인지라 실수를 펼치기가 쉽지 않아서였다.

잠시 그 모습을 지켜보던 당장직이 결국 앞으로 나섰다.

"남궁 형! 도대체 지금 뭣하는 것이오?"

앞으로 나서자마자 버럭 호통을 지른 당장직.

그의 호통에 남궁명이 당황한 표정을 지었다.

"어, 어? 나는 양가의 약속을 지키기 위해……."

"됐소이다! 이제 충분히 약속을 지키고도 남았으니 뒤로 물러나시오."

"어, 아직… 아직… 그녀가 나의 활약을 보지 못했는데……."

"그게 무슨 바보 같은 소리요? 당장 나오시라니까요!"

급기야 당장직의 목소리가 높아졌고, 남궁명은 머쓱한 표정으로 장내를 벗어났다.

당군혜는 동굴 아래 새까맣게 모인 가문의 무인들을 보고 뺨을 창백히 떨었다. 설아는 미리 청랑을 단속하지 못한 스스로를 자책하며 서서히 눈을 빛내고 있었다. 청랑은 풀죽은 표정으로 한쪽 구석에 앉아 제 몸에 난 상처를 핥고 있었고, 보옥이는 그런 청랑을 보며 눈물을 글썽이고 있었다.

설아에게 자초지종을 들은 당무운은 한숨만 푹푹 내쉬고 있었다.

이미 남궁명까지 물러난 상황.

앞으로 전개될 상황은 눈에 선했다.

자기가 가주이던 시절에도 몇 번 경험했던 일.

가주령이 떨어질 것이다.

'하아… 내게도 이런 경우가 생길 줄이야……'

이제껏 남의 일인 줄로만 알았다.

가문을 따르자니 혈육이 울고, 혈육을 따르자니 가문이 우는 일.

그 일을 자기가 겪게 된 것이다.

아니, 벌써 겪고 있는 중이다.

"가주령이오!"

우렁찬 호통 소리와 함께 조카뻘 되는 장로들이 동굴 위로 날아오고 있었다.

동굴 앞에 모여 있던 당가인들은 가문의 최고 어른에게 떨어지는 가주령을 보며 모두 충격에 휩싸였다.

그러나 그들에게 들이닥친 충격은 지금부터가 시작이었다.

"가주! 가주! 타강으로부터 급봅니다!"

당가를 한바탕 폭풍 속으로 몰아넣은 충격, 그 시작은 타강에서 보내온 전서구에서부터 비롯되었다.

제79장
망가로 향하는 곽무한

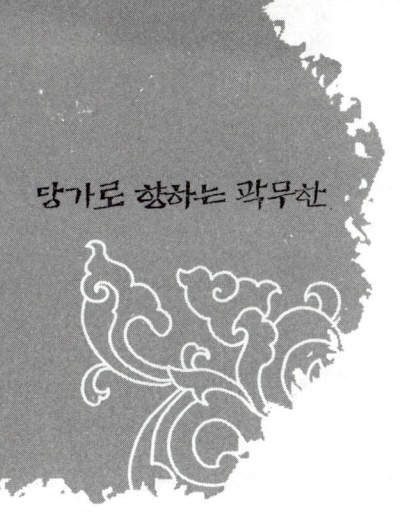

당가로 향하는 곽무한

당장욱은 난데없는 보고에 깜짝 놀랐다.

"아니! 타강에서 급보라니? 그게 도대체 무슨 소리야?"

타강은 성도 양쪽으로 흐르는 강줄기 중 한 곳이다. 달리 말하면 당가의 물품 운송로 중 절반에 해당하는 곳이다. 그런데 그곳이 습격을 받고 있다니?

당장욱은 서찰을 읽어 내려가다가 와락 구겨 버렸다.

"으아아아아! 이 개자식!"

당장욱의 난데없는 고함 소리에 당장직이 인상을 굳히며 서찰을 주워 들었다.

〈급보니다. 수룡채에서 전격 기습을 해왔습니다. 어마어마한 전력입니다. 급히 원군을 부탁합니다.〉

당장직은 서찰을 읽고 난 뒤 인상을 잔뜩 찌푸렸다.

이미 딱딱하게 굳어버린 먹물.

벌써 하루 이틀 정도가 지나 버렸다는 말이다. 물론 장주는 눈치채지 못했겠지만.

'제기랄! 곽무한, 그놈의 종적을 탐문하느라 모든 정보망을 외부로 돌린 게 실책이었다!'

곽무한의 종적을 발견하고 난 뒤에도 안일했다.

놈이 감히 먼저 도발해 올 것이라고는 꿈에도 생각지 않아 정보망을 귀환시키지 않았던 것이다.

'물론 장강의 파란 때문에 그대로 둘 필요도 있긴 했지만……'

지금에 와서 후회해 봐야 소용없는 일.

당장직은 가주의 명을 기다렸다.

그러나 가주도 고민스럽긴 마찬가지리라.

이미 장의 전력 중 핵심 인물들은 흑룡방과 싸우기 위해 양자호로 갔거나, 아니면 곽무한을 치기 위해 적취협으로 출동한 상황이다.

더구나 백의신녀의 종적을 찾기 위해 파견된 수하들도 있고.

이런 상황에서 타강으로 보낼 만한 전력은 염왕대뿐이다. 고작 수적 패거리를 상대하자고 가주 직계 무인들이나 특수 살인 집단인 혈우단, 가주 직속의 수신호위들인 청운대를 보낼 수는 없는 노릇 아닌가? 그러나 염왕대만 보내자니 불안한 것도 사실이다. 놈은 이미 웅풍산장을 무너뜨린 놈이 아닌가?

당장직이 암암리에 생각을 굴리고 있는데 문득 가주가 물어왔다.

"동굴 쪽 상황은 어찌 되어가느냐?"

"글쎄요… 곧 해결 나겠지요."

당장직은 뜬금없다는 표정으로 대답했다.

왜 갑자기 동굴 쪽 상황을 묻는단 말인가?

설마 하니 당무운이 가주령을 배신할지도 모른다고 생각하는 것인가?

불행히도 당장직의 생각은 거의 맞아떨어지고 있었다.

"배, 백부님?"

"당숙 어른?"

"노가주?"

징로들이 사색이 된 표정으로 일제히 소리쳤다.

당무운은 입술만 꽉 깨물고 있었다.

"도대체 어찌하여, 어찌하여 가주령을……?"

사천당가의 집법원주인 추혼귀수(追魂鬼手) 당화릉은 침중한 목소리로 다시 한 번 당무운의 의사를 물었다.

당무운은 말없이 양팔을 벌려 보였다.

"자! 나는 이미 거부를 선언했네. 어찌들 하시겠는가?"

가주령을 거부했으니 합공으로 그를 무너뜨려야 정상이었다.

그러나 한때는 자신들이 직접 모셨던 가주가 아닌가? 더구나 강호십대고수에 들어 있는 초절정고수다. 어찌 함부로 손을 쓰겠는가?

집법원 장로들은 모두 난감한 표정으로 서로의 얼굴만 쳐다보고 있었다.

당군혜는 그런 광경을 보며 안타까운 얼굴로 당무운을 쳐다봤다.

당무운은 장로들의 행동을 기다리며 조용히 생각에 잠겼다.

문득 가주령을 받은 뒤 보옥이를 보며 떠올린 생각이었다.

하다못해 말 못하는 미물의 상처에도 눈물을 글썽거리는 보옥이다.

그런데 자신은 뭔가?

혈육의 목숨이 달린 일이 아닌가?

그런데 가문이 우선이랍시고 뒤로 물러나 있는다?

도저히 보옥이를 볼 낯이 없었다.

그리고 또 하나, 그의 결심을 굳히게 만든 것들.

'그래… 이미 나 같은 불효자 때문에 마음 아파하실 어머님은 돌아가셨지. 또한 낯부끄러워 내 얼굴을 보지 못할 안사람도 유명을 달리한 상황이고 말이야. 결자해지라… 내가 뿌린 씨앗, 내가 거둬야지. 아무렴. 어긋난 문호를 다시 정리해야지.'

더 이상 체면 때문에 진실을 감출 필요가 없었다.

'후손들을 위해서라면 내 치부를 드러내는 한이 있더라도 진실을 공개하는 것이 좋으리라.'

당무운의 결심이었다.

"무얼 망설이나? 어서들 오시게!"

당무운의 고함 소리가 쩌렁쩌렁하게 울려 퍼졌다.

당무운의 고함 소리는 저 아래쪽에 있던 당장직에게까지 들렸다.

"가주, 상황이 복잡하게 돌아가는 것 같습니다."

당장직은 우울한 표정으로 말했다.

당장욱은 한동안 아무 말을 않았다.

그는 뭔가 어려운 결심을 하려는 것 같았다.

'설마?'

당장직은 고뇌하는 가주를 보며 가슴이 두근거렸다.

"아우, 어쩔 수 없네. 장로들을 물리고 아버님께 독강시를……."

"예에?"

당장직이 깜짝 놀란 표정을 지었다.

당장욱은 손가락 하나를 조용히 입에 올렸다.

"식솔들이 모두 보고 있네. 가주령은 가문의 그 어떤 명보다 우선하
는 것. 어쩔 수 없으니 독강시를 부르게나."

"아, 알겠습니다."

당장직은 쿵쿵거리는 가슴을 진정치 못하며 억지로 대답했다.

가주는 연이어 명을 내렸다.

"늦었을지도 모르지만 중기더러 급전을 보내 타강으로 배를 돌리라
고 하게. 그리고 타강에는 염왕대와 뇌전당을 보내게."

"중기와… 염왕대에 이어 뇌전당까지 입니까?"

"그렇네. 이 기회에 가문의 명을 어기면 어찌 되는가를 똑똑히 보여
주겠네."

"혀, 형님?"

"만약에 중기가 돌아오면 그 아이에 대한 처리 문제도 준비해 두도
록!"

"헉! 그, 그 말씀은?"

당장직이 창백한 표정으로 물었다.

당장욱은 차가운 표정으로 대답했다.

"장명 형님에 대한 것까지 준비해 놓게!"

"혀, 형님?"

당장직이 당장욱을 불렀을 땐 이미 등을 돌리고 있었다.

"맙소사! 골육상잔이로구나! 정말 골육상잔을 벌이실 생각이로구나……!"

당장직은 새삼 당장욱의 냉정함에 치를 떨었다.

*   *   *

콰자자작!

"끄아아아!"

"으아아악!"

타강 전투는 예상외로 일방적으로 전개되고 있었다.

중간에 작두와 합류한 수룡채의 일부가 정신없이 가릉강을 흔들고 있어 그들의 전력이 나뉜 덕분이었다. 그리고 예상했던 당가의 지원 병력이 아직도 합류하지 않은 탓이었다.

"와하하! 마구 부숴라! 눈에 띄는 대로 부숴 버려!"

추단은 신바람을 내며 지휘했다.

벌써 몇 번째 느끼는 사실이지만 수하들은 정말 용감했다.

이제껏 수많은 악전고투를 치른 탓인지 강한 상대를 만나면 오히려 투지를 불태우는 수하들이다. 그런 판에 고작 상선이나 털고 다니던 타강채가 어찌 수하들의 상대가 되랴?

보라! 수하들은 물 위를 펄펄 날아다니고 있지 않은가?

추단은 흐뭇한 표정으로 전황을 살피다가 문득 곽무한을 찾았다.

전투를 처음 시작할 때만 해도 창룡음을 터뜨리며 적들의 배를 일도에 양단해 버리던 그 무시무시한 신위.

거의 전투가 끝나가는 이 시점에 한 번 더 보여줬으면 해서였다.

그러나 아무리 찾아봐도 곽무한의 얼굴이 보이지 않았다.

'도대체 어디서 싸우고 계신 거야?'

추단은 입을 불쑥 내밀며 다가오는 창날을 피했다.

서걱!

무신경하게 휘두른 쌍환에도 목을 감싸 쥐며 쓰러지는 적들.

'제기랄! 손맛이 안 나니 흥도 안 나네. 도대체 당가 놈들은 언제 오는 거야?'

추단은 짜증스런 표정으로 저 강물 너머의 지평선을 쳐다봤다.

성도에 있는 사천성 최고 행정 기관, 승선포정사사(丞宣布政使司).

이곳 최고 책임자인 포정사 나리는 오뉴월 독감에라도 걸린 듯 사지를 벌벌 떨고 있었다.

이유는 단 하나.

등 뒤에서 칼을 들이밀고 있는 놈 때문이었다.

'개자식! 하필이면 그곳에 칼을 들이대고 있다니……!'

놈이 칼을 갖다 대고 있는 부위는 다름 아닌 남성의 상징 부위.

절로 식은땀이 났다.

그는 한 번쯤 밖을 향해 고함이라도 질러봤으면 싶었다.

그러나 눈앞에서 머리가 깨진 채로 나뒹굴고 있는 수하들의 시체를 보자니 모험하고픈 생각이 천 리 밖으로 달아나 버렸다.

'휴우… 도대체 언제쯤 이놈이 떠나려는지… 혹시 떠나기 전에 날 죽이지나 않을런지…….'

꼬리를 무는 상념은 오싹한 공포만 가중시켰다.

그때였다.

"나리, 나리! 급한 소식입니다."

문밖에서 아전의 목소리가 들려오자 포정사는 드디어 올 게 왔구나 싶었다.

아니나 다를까?

사타구니 쪽이 쿡쿡 쑤셔왔다.

'아흑! 잘못하다간 고자 신세 되겠다!'

양씨 성의 포정사는 어기적어기적 걸어가 문을 빼꼼 열었다.

"무슨 일이냐?"

관에는 머저리들만 모였다.

포정사가 저렇게 기이한 음성으로 묻는데도 의심하는 놈 하나 없다.

"화정산에 불이 났습니다. 그리고 타강과 가릉강에 수적들이 나타났답니다. 관병을 출동시키도록 해주십시오."

얼굴만 바뀌었지 벌써 세 번째 듣는 소리다.

'이놈아! 난들 보내고 싶지 않아서 이러는 줄 아느냐?'

포정사는 생각 따로 입 따로였다.

"놔둬!"

"나으리?"

"벌써 세 번째 하는 말이다. 도찰원에서 감사가 오기로 되어 있다."

그의 대답에 아전이 잠깐 머리를 굴리더니 재차 물어왔다.

"그럼 더 문제잖습니까? 수로가 저토록 난리니……."

답변은 미리 준비되어 있었다.

"육로로 오기로 되어 있어."

"예? 멀쩡한 수로를 놔두고 왜 육로로?"

포정사는 벌컥 소리를 질렀다.

"난들 아느냐, 이놈아! 제 놈들 마음이지 그것까지 내가 어떻게 하느냐고!"

결국 호통을 질러야 몸을 사리는 게 관리들이다.

아전이 사라지자 포정사는 맥없는 표정으로 다시 문을 닫았다.

그때였다.

사타구니 쪽이 다시 쿡쿡 쑤셔왔다.

"헉! 왜, 왜 그러시는지요? 제가 무슨 잘못이라도……?"

빌어먹게도 목소리까지 떨려온다.

그만큼 무서운 놈이었다. 집무실로 들어오자마자 쇠사슬로 세 명의 머리통을 부숴 버린 놈이었다.

그가 심드렁한 어조로 말했다.

"이봐, 나으리. 이대로는 그쪽도 힘들고 나도 힘들어서 안 되겠다. 아니, 정확히 말하자면 심심해서 안 되겠어. 우리 협상하자."

"무, 무슨 협상을?"

스윽!

사타구니 쪽에서 칼이 빠져나갔다.

덥수룩한 수염에 부리부리한 눈동자를 지닌 사내는 성큼성큼 걸어 수하들 시신 앞에 쪼그리고 앉았다. 그리고 이어진 그의 행동.

"허거거걱!"

끔찍하게도 놈은 시체의 살점을 씹어 먹고 있었다.

그가 핏물 뚝뚝 흐르는 입으로 말했다.

"난 이만 가볼 테니 지금 했던 것처럼 해. 그럼 산다. 아니면……."

"아, 아니면?"

그가 힘차게 살점을 씹는다.

"지금 내 입속에 있는 게 네 물건이라고 생각해."

포정사는 백지장으로 변해 버렸다.

"아, 알겠습니다. 그렇게 하겠습니다. 추호도 어긋남이 없겠습니다!"

그렇게 정신없이 얼마나 빌었을까?

한참 뒤에 고개를 드니 그 사내는 어느새 사라지고 없다.

"으아아아! 강호인이 무섭다더니, 으그그그……."

결국 포정사는 이 핑계 저 핑계로 일 주야를 앓아 누웠다.

물론 죽어라고 관병의 출동을 제지시킨 채.

이탁은 관아를 나서자마자 숲을 찾아 토악질을 했다.

"왝! 왝! 내가 미쳤지. 무슨 용빼는 재주 있다고 이런 어리석은 짓이냐?"

그는 한참 토악질을 하다가 입을 쓱 닦았다. 그리고 아련한 눈빛으로 북쪽 하늘을 쳐다봤다.

"총채주, 벌써 도착하셨소? 아니라면 조금만 기다리시오. 제가 가고 있소이다!"

이탁은 천천히 하늘에서 시선을 거뒀다. 그리고 뒤로 돌아서는 순간, 그의 눈은 벌겋게 충혈되어 있었다.

"우리는 총채주와 생사를 함께한다! 알겠나?"

"영광입니다!"

백 개의 목소리가 이탁의 귀를 울렸다.

*　　　　*　　　　*

야트막한 토성을 뛰어넘자 드디어 거대한 전각군이 보였다.

곽무한은 천천히 혈뢰도를 쓰다듬었다.

"후후후. 사천당가… 일보(一步)에 대지를 녹이고 일수(一手)에 하늘을 무너뜨리는 공포의 전설이라고? 후후후. 오늘 그 공포의 실체를 경험해 보겠군."

파파파파팟!

속도를 올리자 경장이 바람에 떨었다.

드넓게 펼쳐진 관도를 지나니 거대한 성문이 망막을 가득 채운다.

곽무한은 긴 숨을 들이마셨다. 그리고 다음 순간,

"우와아아아아압!"

뇌성벽력 같은 기합성과 함께 혈뢰도가 빛을 번쩍 뿜었다.

콰자자자자작!

거대한 굉음을 일으키며 산산조각으로 터져 가는 성문.

자욱이 날리는 흙먼지 사이로 녹포인들의 당황한 얼굴이 들어왔다.

곽무한은 그들을 향해 도를 치켜세우며 쩌렁쩌렁한 목소리로 말했다.

"나는 수룡채의 곽무한! 사천당가를 접수하러 왔다!"

순간, 녹포인들의 얼굴이 창백하게 변해 버렸다.

『장강수로채』 9권에 계속…

FANTASTIC
ORIENTAL
HEROES

청 어 람 신 무 협 판 타 지 소 설

2005년 고무판(WWW.GOMUFAN.COM)
「장르문학 대상」최고의 영예, 대상(大賞) 수상작!

좌검우도전(左劍右刀傳) / 이령 지음

한칼에 세상이 갈라지고,
한걸음에 무림이 격동친다!
『좌검우도전』
(左劍右刀傳)

강한 자(强漢者)가 뿜어내는 거대한 힘과
강인한 매력에 빠져든다!

"너는 반드시 힘을 가져야 한다. 네 의지로… 세상을 뒤엎어 버려라."

"강자를 약자로 만들고, 명예를 뭉칠하고, 돈을 빼앗아라.
협의도(俠義道)가, 마도(魔道)가 얼마나 더러운 것인지 알려주어라."

"오냐, 아무것에도 얽매이지 말고 네 마음대로 세상을 휘저어라.
너의 이름은 수강호(讐江湖)가 아니더냐? 강호를 향해 마음껏 복수하거라!
유오독존(唯吾獨尊)! 그것이 나의 소원이다."

FANTASTIC
ORIENTAL
HEROES

청 어 람 신 무 협 판 타 지 소 설

제1회 신춘무협 공모전에 『보표무적』으로
금상을 수상한 작가 장영훈의 신작!!

일도양단(一刀兩斷) / 장영훈 지음

한 겹 한 겹 파헤쳐지는
음모의 속살을 엿본다!

『일도양단』
(一刀兩斷)

그의 이름은 기풍한.

천룡맹(天龍盟) 강호 일급 음모(一級陰謀) 진압조(鎭壓組)
질풍육조(疾風六組)의 조장이다.

임무를 위해 출맹한 지 사 년이 지난 어느 겨울날 새벽,
돌아온 그에게 천룡맹 섬서 지단 부단주가 말했다.

"질풍조는 이미 해체되었네."

그리고…
그의 존재를 알던 모든 이들이 죽었다.

유행이 아닌 자유추구 -
WWW.chungeoram.com